10|18
12, avenue d'Italie — Paris XIIIe

Sur l'auteur

Hollandais, Robert Van Gulik (1910-1967) est un fin érudit et un véritable polyglotte (néerlandais, anglais, japonais, malais, javanais, latin, grec, mais aussi chinois et russe). Après avoir étudié à Leyde et à Utrecht le droit et la politique, il entre aux Affaires étrangères. Il s'initie à la poésie et à la calligraphie chinoises, au tibétain et au sanscrit, à la philosophie bouddhiste. Après avoir assimilé cette formation de lettré chinois, il publie deux ouvrages, l'un sur le luth chinois, l'autre sur la peinture. Il continue son œuvre au cours de ses pérégrinations de diplomate, au Japon, au Liban, en Malaisie, à Washington. L'acquisition d'un album de gravures érotiques de la dynastie Ming l'amène à s'intéresser à l'érotisme chinois et, en 1962, il publie *La Vie sexuelle dans la Chine antique*, traduit en français en 1971. C'est en 1948 au Japon qu'il traduit un roman policier chinois, le *Dee Goong An* ou *Affaires résolues par le juge Ti*, fonctionnaire de l'époque T'ang. En s'inspirant de vieux récits chinois, Van Gulik écrit alors dix-sept récits policiers fictifs, affaires débrouillées par son juge Ti, qui font découvrir au lecteur occidental maints aspects de la vie sociale en Chine ancienne.

TROIS AFFAIRES CRIMINELLES RÉSOLUES PAR LE JUGE TI

Un ancien roman policier chinois traduit du chinois en anglais, préfacé, annoté et postfacé par Robert Van Gulik et traduit de l'anglais en français par Anne Krief.
Avec trois reproductions d'anciens bois gravés chinois et six illustrations de R. H. Van Gulik dans le style chinois.

10|18

« Grands Détectives »
dirigé par Jean-Claude Zylberstein

CHRISTIAN BOURGOIS ÉDITEUR

Titre original :
Dee Goong An
An Ancient Chinese Detective Story

La première édition en langue anglaise a paru,
à un tirage limité à 1200 exemplaires,
à Tokyo, en 1949

ISBN 2-264-03362-2

PRÉFACE DU TRADUCTEUR

L'introduction d'une « touche chinoise » dans les romans policiers occidentaux ne date pas d'hier. Qu'il s'agisse des mystères de la Chine elle-même ou de ceux des quartiers chinois de villes extérieures à la Chine, cette couleur locale a souvent servi à donner à l'intrigue une atmosphère d'exotisme et de mystère. De grands criminels, comme le docteur Fu-Manchou de Sax Rohmer, ou un grand détective, comme le Charlie Chan de Earl D. Biggers, sont presque aussi familiers aux lecteurs d'aujourd'hui que Lord Lister, ou même l'immortel Sherlock Holmes.

Les Chinois ayant été si souvent utilisés dans notre littérature policière, il semble juste de leur laisser pour une fois la parole en ce domaine. D'autant plus que ce genre de littérature était florissant, en Chine, des siècles avant l'apparition d'Edgar Allan Poe ou de Sir Arthur Conan Doyle.

De courtes nouvelles relatant des énigmes et leur résolution existent en Chine depuis plus de mille ans, et des détectives émérites font depuis des siècles preuve de leur perspicacité dans les récits des conteurs et dans les pièces de théâtre. Le roman policier chinois proprement dit est apparu plus tard, vers 1600, et a atteint son apogée aux XVIIIe et XIXe siècles. Ces histoires où se mêlent le crime et le mystère étaient et sont toujours très populaires en Chine. Aujourd'hui encore, les noms des fameux détectives du passé sont connus de tous dans le pays entier, des vieux comme des jeunes.

A ma connaissance, aucun de ces romans policiers n'a jamais été publié intégralement en langue anglaise. Des extraits ou des traductions partielles ont paru de temps à autre dans des revues de sinologie, et il y a quelques années Vincent Starrett a publié une étude succincte mais intéressante sur quelques-uns de ces récits parmi les plus célèbres (dans son *Bookman's Holiday*, New York, 1942). Il est donc indéniable que les chercheurs occidentaux ont fait montre envers le roman policier chinois d'une grande négligence ; en tout cas depuis que la plupart des grands récits historiques et « romans de mœurs » chinois ont été excellemment et intégralement traduits en anglais.

La raison de cet état de choses réside probablement dans le fait que la plupart de ces romans policiers chinois, quoique souvent bien écrits et très intéressants pour qui étudie les « choses de la Chine », ne correspondent pas vraiment au goût du public occidental en général. Le roman policier chinois s'est forgé une personnalité propre au cours de sa longue histoire. Ces récits sont, bien entendu, hautement appréciés des Chinois. Mais leur conception des exigences auxquelles un roman policier se doit de répondre est si éloignée de la nôtre que ces récits peuvent ne présenter aucun intérêt pour ceux d'entre nous qui lisent de tels romans à seule fin de se distraire.

Les romans policiers chinois possèdent cinq caractéristiques principales qui nous sont parfaitement étrangères.

Premièrement, le coupable est en général présenté au lecteur dès le début du livre, avec son nom, ses origines et le mobile qui l'a poussé à commettre son crime. Les Chinois recherchent dans la lecture d'un roman policier un plaisir purement intellectuel semblable à celui qu'il y a à observer une partie d'échecs ; tous les facteurs étant connus, le plaisir consiste à suivre les initiatives du détective et les manœuvres du coupable jusqu'à ce que ce jeu s'achève par l'inévitable échec et mat de ce dernier. En ce qui nous concerne, nous aimons au contraire être tenus en haleine et essayer de deviner l'identité du coupable, que doit nous révéler la dernière page du livre. Ainsi, l'élément de suspense est absent de la plupart des romans policiers chinois. Le lecteur connaît dès les premières pages la réponse à cette question pour nous essentielle : « Qui est le coupable ? »

Deuxièmement, les Chinois ont un amour inné pour le surnaturel. Les fantômes et les démons sont comme chez eux dans la majorité de ces histoires ; les animaux et les ustensiles de cuisine témoignent au tribunal, et le détective se permet parfois de petites incursions dans l'Au-Delà pour comparer ses notes avec celles des juges des régions infernales. Cela s'oppose donc au réalisme que nous demandons au roman policier.

Troisièmement, les Chinois ne sont pas des gens pressés et ils s'intéressent passionnément aux détails. Ainsi tous leurs romans, y compris les policiers, sont écrits dans un style extrêmement narratif, truffés de longs poèmes, de digressions philosophiques et autres, les documents officiels relatifs à l'affaire étant cités in extenso. C'est pourquoi la plupart de ces romans policiers sont des ouvrages volumineux, d'une centaine de chapitres, voire davantage, et chacun, une fois traduit, représenterait plusieurs volumes.

Quatrièmement, les Chinois ont une mémoire prodigieuse pour les noms et un sixième sens pour les liens de parenté. Un Chinois cultivé peut débiter sans le moindre effort les noms de quelque soixante-dix ou quatre-vingts parents, avec leur nom de famille, nom personnel (prénom) et titre, ainsi que le degré exact de parenté, sujet sur lequel la langue chinoise possède d'ailleurs un vocabulaire d'une richesse stupéfiante. Le lecteur chinois adore les romans où les personnages abondent, de sorte que leur liste comporte fréquemment deux cents noms ou plus. Nos romans policiers actuels comptent tout au plus une douzaine de personnages principaux, et les éditeurs ont encore trouvé utile d'en donner la liste en début de livre pour la commodité du lecteur.

Cinquièmement, les Chinois ont des idées très différentes des nôtres sur ce qui doit être décrit dans un roman policier et sur ce qui peut aussi bien être laissé à l'imagination du lecteur. Si nous tenons à savoir précisément comment le crime a été commis, en revanche la façon exacte dont le criminel va être châtié nous importe peu. Si son avion ne s'abîme pas dans l'océan, ou si sa voiture ne tombe pas d'une falaise, ou encore s'il ne quitte pas la scène de quelque autre manière appropriée, nous l'abandonnons à la fin du livre, après quelques sombres allusions au bourreau ou à la chaise électrique. Les Chinois, quant à eux, veulent un récit circonstancié de l'exécution du coupable, avec tous les détails macabres. Il arrive également que l'auteur chinois ajoute « en prime » la description fidèle du châtiment que l'infortuné criminel reçoit en Enfer après l'exécution. Si une telle chute est indispensable pour satisfaire le sens de la justice des Chinois, elle choque le lecteur occidental, pour lequel elle évoque par trop l'acharnement contre celui qui est déjà à terre *.

---

* Les auteurs chinois modernes voient bien qu'il se pourrait qu'un jour en Chine le grand public désire lire un autre type de romans policiers. Certains d'entre eux se sont essayé à réécrire d'anciens romans policiers chinois d'une manière qui rappelle plus celle des Occidentaux. Le meilleur exemple d'une telle tentative est le *Djiu-ming-chi-yuan,* « La mystérieuse vengeance des neuf meurtres », écrit par le célèbre romancier Woo Wo-yao (1867-1910). Il s'inspira d'une histoire du XVIIIe siècle, le *Djing-foo-hsin-shoo,* qui relate une célèbre affaire de neuf meurtres, effectivement commis à Canton en 1725. Le travail de Woo est assez intéressant et ses qualités littéraires sont appréciées par un critique moderne aussi éminent que le Docteur Hoo Shih.

Si, en outre, l'on se rappelle que l'auteur chinois considère naturellement que son lecteur est parfaitement au fait des méandres de la justice chinoise, ainsi que des us et des coutumes du pays, il devient évident que la traduction d'un roman policier chinois pour le grand public occidental exige non seulement une réécriture intégrale de l'ouvrage, mais aussi un lourd appareil de notes. Il est vrai qu'une note occasionnelle en bas de page confère un certain air de sérieux et d'authenticité à une histoire policière, comme dans les romans de Van Dine où sont décrits les exploits de Philo Vance, mais il est fort peu probable que le lecteur apprécie une longue note à chaque page.

Ainsi, lorsque j'ai décidé de présenter à l'amateur occidental de littérature policière une traduction intégrale d'un roman chinois du genre, mon plus gros problème a été d'en découvrir un qui combinât le maximum d'enquête pure et d'intérêt humain général avec le minimum de caractéristiques chinoises que je viens d'évoquer.

Je crois avoir répondu à ces exigences avec le *Dee Goong An*, roman anonyme du XVIIIe siècle.

Ce roman correspond à nos critères habituels en ceci que le nom du coupable n'y est pas révélé d'emblée, que l'intervention du surnaturel y est réduite, le nombre des personnages limité, qu'il ne contient aucune digression

---

Toutefois, un certain nombre de romans policiers chinois modernes entièrement originaux furent publiés par la suite en Chine, et dont les intrigues étaient nettement plus passionnantes que celle de Woo Wo-yao. Il est évident que les auteurs, tout comme Woo Wo-yao, étaient grandement influencés par la littérature policière occidentale ; ils étaient de fervents lecteurs des aventures de Sherlock Holmes et d'Arsène Lupin, dont il était paru de nombreuses traductions en chinois. Cependant, leurs efforts méritent beaucoup plus d'attention que celle qu'ils ont reçue jusqu'ici. Bien qu'il faille probablement attendre de nombreuses années avant que les détectives célébrés dans ces nouveaux romans ne remplacent le juge Pao, le juge Ti, le juge Peng, et autres brillants maîtres de l'enquête policière dans le cœur de la majorité des Chinois, ces jeunes écrivains ouvrent la voie à un nouveau genre de littérature purement chinoise.

qui ne se rapporte pas directement à l'intrigue, et qu'il est relativement court. En outre, l'intrigue est très ingénieuse, l'ouvrage bien écrit, nous y retrouvons toutes les astuces propres à tenir le lecteur en haleine, et il mêle judicieusement la tragédie et la comédie. Il correspond aussi à nos critères en ceci que, non seulement nous nous régalons des « tours de force » intellectuels du détective, mais nous le suivons également lorsqu'il se lance personnellement dans des expéditions périlleuses. Par ailleurs, ce roman introduit un procédé littéraire qui, pour autant que je sache, n'a jamais été utilisé dans notre littérature policière, à savoir que le détective mène de front trois enquêtes différentes, entièrement distinctes les unes des autres.

Sa faiblesse reste, selon nos goûts, l'élément surnaturel. Celui-ci, cependant, n'apparaît que deux fois dans ce roman, et dans chaque cas il reste relativement acceptable, puisqu'il s'agit de phénomènes fréquemment abordés par la littérature parapsychologique occidentale. En outre, il ne constitue pas un facteur déterminant dans la solution du crime, car il ne fait que confirmer les déductions antérieures du détective et l'encourager dans ses tentatives d'élucidation. Dans le premier cas, l'esprit d'un homme assassiné se manifeste près de sa tombe. En Occident également, beaucoup de gens croient que l'âme d'un individu mort de mort violente reste près de son cadavre et peut, d'une manière ou d'une autre, se manifester. Le second cas est le rêve que fait le détective au moment où, dans le cours de deux affaires, son désarroi et sa perplexité sont à leur comble. Le rêve vient confirmer ses soupçons et lui permet de mettre judicieusement en relation différents facteurs connus. Ce passage, qui figure au chapitre XI, intéressera sans doute ceux qui étudient la psychologie du rêve.

On trouve également dans ce roman quelques macabres descriptions de torture infligée aux prisonniers lors des audiences du tribunal. Le lecteur devra les accepter comme elles sont. En revanche, la scène sur le terrain d'exécution, au dernier chapitre, est plus courte et plus prosaïque que dans tout autre roman chinois.

Le court intermède ménagé au milieu du roman, entre le chapitre XV et le chapitre XVI, mérite une attention particulière ; à première vue, il semble n'avoir aucun rapport avec l'histoire. C'est une caractéristique très intéressante, commune à la plupart des romans chinois plus courts. Un tel intermède est toujours rédigé sous la forme d'une scène du théâtre chinois : quelques acteurs font leur apparition et se lancent dans un dialogue entrecoupé de chansons, ainsi que le veut la tradition théâtrale chinoise. Ces acteurs sont simplement caractérisés à l'aide de termes conventionnels : « jeune homme », « père noble », etc. On laisse à la perspicacité du lecteur le soin de reconnaître quels personnages du roman ils incarnent. Cet intermède est intéressant dans la mesure où il nous donne un aperçu direct du subconscient des principaux personnages, libérés de toutes leurs inhibitions et refoulements. Ainsi ces intermèdes chinois correspondent d'une certaine manière aux portraits psychologiques des personnages de nos romans modernes. Les auteurs chinois anciens ne se livrent jamais à l'analyse psychologique des personnages qu'ils décrivent, mais fournissent au lecteur de rapides esquisses de leurs pensées et émotions les plus secrètes, par le biais de tels intermèdes ou par celui des rêves. Ce procédé du « rêve dans le rêve » ou de la « pièce dans la pièce » a également été employé par nos auteurs classiques, comme la scène 2 de l'acte II d'*Hamlet* en est un exemple célèbre.

Bien que certaines caractéristiques spécifiquement chinoises soient moins prononcées dans ce roman que dans d'autres, le *Dee Goong An* n'en reste pas moins typiquement chinois. Ce roman ne livre pas seulement une description fidèle des méthodes de travail des détectives de la Chine ancienne, des problèmes qu'ils rencontrent lors de leurs enquêtes, ainsi que du monde souterrain de la pègre chinoise, il donne également au lecteur une bonne idée du fonctionnement de la justice dans la Chine ancienne, lui fait connaître les principales dispositions du Code pénal, et enfin le mode de vie des Chinois en général.

En ce qui concerne le fond du roman, il s'agit de trois affaires criminelles.

La première pourrait s'intituler « Le double meurtre de l'aube ». Il s'agit d'un meurtre sordide, commis par cupidité. Cette affaire nous fait partager la vie aventureuse des marchands de soie ambulants. Après avoir acheté à bon prix de la soie sauvage dans la province du Kiang-sou, ils la revendent avec un bénéfice le long des routes menant vers les provinces du nord. Ces marchands itinérants ne sont pas des gens commodes : durs en affaires et sachant se battre, ils sont au fait de tous les dangers et pièges des grands chemins. Cette affaire entraîne le lecteur sur les fameuses routes de la soie du Chantong, et lui fait découvrir le milieu des roués dépositaires de soie, des aubergistes, des bandes de voleurs, et de tous ces gens qui vivent du passage sur les grandes routes commerciales.

La seconde affaire, « Le mystérieux cadavre », se déroule parmi les habitants d'un petit village. Il s'agit d'un crime passionnel dont l'élucidation se révèle des plus ardues. Il y est brossé un portrait particulièrement réaliste de la femme présumée coupable. Bien que simple épouse de boutiquier, elle fait montre d'une volonté de fer, et sa force de caractère rappelle celle de l'étonnante impératrice douairière des derniers temps de l'Empire, comme celle d'autres femmes chinoises qui jouèrent un rôle de premier plan dans l'histoire de leur pays. Nous découvrons également quelles sont les responsabilités du surveillant de village ; nous pénétrons dans les bains publics et assistons à une exhumation en bonne et due forme, et à l'autopsie qui s'ensuit.

La troisième affaire, « La jeune mariée empoisonnée », se déroule dans le milieu de la petite noblesse locale. La jolie jeune fille qui meurt de manière atroce le soir de ses noces est la fille d'un lettré, et le fiancé le fils d'un vieux préfet, vivant retiré dans sa grande demeure, aux cours et galeries innombrables. Pour mettre la dernière touche à ce tableau respectable, le suspect est un candidat aux examens littéraires.

Ce roman présente donc une sorte de coupe de la société chinoise. Mais ces trois affaires ont un point commun : elles se déroulent dans un seul et même district, et sont résolues par le même détective.

On trouvera ici une traduction intégrale du *Dee Goong An*. Peut-être aurait-il eu plus d'attrait s'il avait été entièrement réécrit pour lui donner une forme plus familière à nos lecteurs. Mais l'essentiel de l'atmosphère typiquement chinoise aurait disparu, et en dernier ressort, l'auteur chinois comme le lecteur occidental auraient été lésés. Certains passages intéresseront moins que d'autres le lecteur occidental, mais je gage que même traduit littéralement le roman sera plus séduisant que les idioties manifestes dont un public indulgent est abreuvé par ces auteurs de pseudo-histoires « chinoises », chinoiseries qui décrivent une Chine et un peuple chinois tout droit sortis de leur imagination.

Le personnage principal, le grand détective, est, comme dans tous les romans policiers chinois, un magistrat de district. Depuis les temps les plus reculés jusqu'à l'avènement de la République chinoise en 1911, ce fonctionnaire du gouvernement a rempli à la fois les fonctions de juge, juré, procureur et détective.

Le territoire placé sous sa juridiction, le district, était la plus petite unité du complexe système administratif chinois ; il comprenait en général une assez grande ville fortifiée, ainsi que la campagne environnante sur quelque soixante ou soixante-dix milles à la ronde. Le magistrat de district était la plus haute autorité civile de son territoire ; chargé de l'administration de la ville et de la campagne, du tribunal, du service de recouvrement des impôts, de l'enregistrement des actes, il avait en général aussi la responsabilité du maintien de l'ordre dans l'ensemble du district. Son pouvoir s'exerçait donc en fait sur tous les aspects de la vie des habitants de son district. Il n'avait de compte à rendre qu'aux autorités supérieures, à savoir le préfet ou le gouverneur de la province.

C'était dans son rôle de juge que le magistrat de district pouvait s'illustrer par ses talents de détective. C'est pourquoi dans la littérature policière chinoise, les fins limiers qui viennent à bout d'énigmes coriaces sont toujours désignés comme « juges » et non comme « détectives ». Le héros de ce roman, dont le nom de famille est Ti (*Dee*), est toujours appelé *Dee Goong :* juge Ti. En chinois, une affaire criminelle se dit *an ;* le titre original, *Dee Goong An,* signifie donc littéralement « Affaires criminelles résolues par le juge Ti ».

C'est le titre habituel de tous les romans policiers chinois. On a sur le même modèle *Bao Goong An,* « Affaires criminelles résolues par le juge Pao », le *Peng Goong An,* « Affaires criminelles résolues par le juge Peng », et ainsi de suite.

Il est évident que l'auteur anonyme du *Dee Goong An* a, à un moment quelconque de sa carrière, occupé lui-même le poste de magistrat de district. Cela n'a rien d'étonnant, car la plupart des romanciers étaient des fonctionnaires à la retraite, qui écrivaient pour leur plaisir et préféraient garder l'anonymat parce que les romans furent tout d'abord considérés en Chine comme un genre littéraire très secondaire. En chinois, « roman » se dit *hsiao-shwo,* « récit mineur », et les romans ne devaient jamais être mis sur le même plan que les ouvrages concernant la philosophie, la poésie et autres sujets instructifs. Quoi qu'il en soit, ce roman montre que l'auteur connaissait parfaitement la procédure judiciaire et le code pénal chinois. J'ai comparé avec les dispositions du code la manière dont sont conduites les affaires décrites ici : la procédure est respectée dans ses moindres détails ; j'ai relevé les points dignes d'intérêt dans la « Postface du traducteur », où sont cités les articles de loi concernés.

Ce roman décrit l'ensemble des responsabilités incombant au magistrat en sa qualité de juge présidant le tribunal du district. C'est lui qui est directement informé des crimes, c'est lui qui doit recueillir et examiner toutes les preuves, découvrir le coupable, l'arrêter, le faire avouer, le juger et enfin lui infliger le châtiment qu'il mérite.

Dans cette tâche écrasante, il n'est que fort peu aidé par le personnel permanent du tribunal. Les sbires, les scribes, les gardes, le bourreau, le geôlier, le contrôleur des décès et ses assistants, tous ces subordonnés du tribunal n'exécutent que leurs travaux de routine. Le juge n'est pas censé avoir recours à leurs services pour le noble art de l'investigation.

Cependant, tout juge a trois ou quatre hommes de confiance attachés à sa personne, soigneusement recrutés au début de sa carrière, et qu'il garde à son service lorsqu'il est muté d'un poste à un autre, jusqu'à ce qu'il finisse ses jours comme préfet ou gouverneur de province. Ces lieutenants tiennent leur rang et leurs attributions (supérieurs à ceux de tout autre membre du tribunal) de la seule autorité du juge. C'est à eux que le juge s'en remet lorsqu'il a besoin d'être secondé dans son enquête et dans la résolution des affaires.

Dans tous les romans policiers chinois, ces lieutenants sont des hommes costauds et intrépides, passés maîtres dans l'art de la boxe et de la lutte. Et dans tous les romans policiers chinois, le juge recrute ces hommes parmi les « Chevaliers des Vertes forêts », bandits de grands chemins du genre de Robin des Bois. Ils sont en général devenus voleurs parce qu'après une erreur judiciaire, après avoir tué un fonctionnaire cruel, rossé un politicien véreux, ou pour toute autre raison similaire, ils ont été contraints de vivre en marge, de leurs « talents ». Le juge les amène à s'amender, et par la suite ils deviennent ses fidèles collaborateurs, loyaux serviteurs de la justice.

Le juge Ti, héros du présent roman, est ainsi entouré de quatre lieutenants. Deux d'entre eux, Ma Jong et Tsiao Taï, sont d'anciens « Chevaliers des Vertes forêts » ; le troisième, Tao Gan, est un escroc repenti ; quant au quatrième, Hong Liang, homme d'un certain âge, c'est un ancien serviteur de la famille du juge. Le juge Ti l'a nommé sergent de tous les sbires, et nous l'appellerons donc au cours du récit le sergent Hong. Ce dernier fait office auprès du juge d'une sorte de Watson ; ayant connu le magistrat tout enfant, il peut, en tant que vieux serviteur fidèle, conseiller son maître, et le juge Ti peut de son côté lui confier librement ses problèmes sans « perdre la face », ni compromettre la dignité de ses fonctions.

Ces lieutenants sont en quelque sorte les jambes du juge. Il les envoie faire des enquêtes discrètes ; il les charge d'interroger les témoins, de filer les suspects, de découvrir la cachette d'un criminel et de l'arrêter. Il est très important qu'ils soient passés maîtres en lutte et en boxe, car le détective chinois respecte la même noble tradition que ses futurs homologues de Bow Street : il n'est pas armé et se saisit de son homme à mains nues.

Toutefois, mis à part le sergent Hong, ils ont plus de muscles que de cervelle. C'est le juge qui leur indique où aller et quoi faire, et c'est lui qui étudie et coordonne les renseignements qu'ils lui rapportent, puis élucide le crime grâce à sa seule puissance intellectuelle.

Cela ne signifie pas pour autant que le juge ne se déplace jamais et, comme le gros Nero Wolfe de Rex Stout, refuse de quitter son poste. Les devoirs d'un haut fonctionnaire chinois exigent que chaque fois que le juge quitte le tribunal pour affaire, il le fasse avec toute la pompe qu'implique sa fonction. Mais le juge peut sortir incognito, et il ne s'en prive pas. Après s'être déguisé et grimé, il quitte discrètement le tribunal et mène son enquête personnelle.

Néanmoins, le fait est que le décor principal de l'activité du juge est la salle d'audience du tribunal. Là, trônant sur l'estrade, derrière la haute table, il confond les suspects retors par l'habileté de son interrogatoire, arrache des aveux aux criminels endurcis, soutire la vérité aux témoins timorés et éblouit tout le monde par sa brillante intelligence.

En ce qui concerne les méthodes suivies par le juge pour résoudre une affaire, il est naturellement freiné par l'absence des nombreux moyens mis au point par la science moderne ; à son secours, point d'empreintes digitales, point de tests chimiques, point d'expériences photographiques. D'un autre côté, son travail est facilité par l'extraordinaire étendue des pouvoirs que lui confèrent les dispositions du code pénal. Il peut arrêter qui il veut, il peut interroger les suspects sous la torture, faire rosser les témoins récalcitrants, mettre à profit les on-dit, pousser un accusé à mentir pour ensuite le prendre en défaut avec délectation, bref il peut ouvertement et officiellement employer toutes sortes de méthodes qui feraient frémir nos juges dans leurs robes.

Il faut toutefois préciser que ce n'est pas grâce à la torture, ni à d'autres moyens violents, que le juge parvient à ses fins, mais plutôt grâce à sa grande connaissance du genre humain, à son raisonnement implacablement logique et, surtout, à sa profonde intuition psychologique. C'est essentiellement grâce à ces qualités qu'il parvient à résoudre plus d'une énigme qui donnerait du fil à retordre à nos détectives modernes. Les magistrats chinois tels que le juge Ti étaient pourvus d'une force morale et de facultés intellectuelles hors du commun, tout en étant des lettrés raffinés, n'ignorant rien des Arts et des Lettres. Autrement dit, le genre d'individus que l'on voudrait connaître.

C'est pourquoi il est dommage que le roman policier chinois ne puisse pas plus que le nôtre se permettre d'accorder une plus large place à la description détaillée des personnages. Et cela est d'autant plus regrettable dans le cas de ce roman que le juge Ti fut un personnage historique, homme d'Etat célèbre sous les T'ang (618-907). Fils d'un éminent fonctionnaire et lettré, il est né en 630 et mourut en 700, ministre d'Etat *. Durant la seconde moitié de sa carrière, alors qu'il était en poste à la Cour impériale, il joua un rôle important dans les affaires nationales et internationales de l'Empire. Les archives historiques chinoises contiennent un compte rendu détaillé de sa brillante carrière de fonctionnaire. Mais ces biographies ne concernent que l'activité officielle. Rien n'est dit sur la vie privée du juge Ti.

Ce roman-ci adopte la même réserve. Lorsque le récit commence, nous découvrons le juge Ti « dans son cabinet particulier, occupé à quelque tâche administrative », et à la fin, nous le quittons dans ce même cabinet, mettant « de l'ordre dans ses dossiers pour son successeur ». Pas un mot sur son foyer, ses enfants, ses goûts.

Selon certaines sources, le juge Ti aurait laissé un « recueil d'œuvres », mais il semble s'être perdu ; ne nous sont parvenus que neuf de ses mémoires présentés au Trône. Bien que le juge ait vécu à l'époque des grands poètes classiques, il ne semble pas s'être beaucoup adonné à ce passe-temps raffiné du fonctionnaire érudit. Il ne figure dans le *Chuan-tang-shih*, recueil de poésies T'ang, qui ne comporte pas moins de cent vingt tomes, qu'un seul poème de huit lignes écrit par le juge Ti. Et encore

* Curieusement, le juge Ti a déjà été présenté aux lecteurs occidentaux il y a plus de 150 ans. Dans le cinquième volume de l'œuvre monumentale : *Mémoires concernant l'histoire, les sciences, les arts, etc., des Chinois*, parue à Paris en 1780, et l'une des premières sources occidentales d'informations sérieuses sur la Chine, il se trouve au chapitre « Portraits des célèbres Chinois » une courte biographie de notre « juge Ti », sous le titre : « Ty-Jin-Kie, Ministre ».

s'agit-il d'un compliment adressé au Trône, à ce point truffé d'allusions littéraires obscures que par la suite un éditeur dut ajouter deux pages d'explications imprimées serré. C'est là notre dernière chance d'entrevoir ce que furent les pensées intimes du juge Ti qui nous est ôtée.

La rareté des sources écrites rend d'autant plus précieux les rares documents iconographiques dont nous disposons. Le frontispice de ce livre représente le juge Ti en tenue de cérémonie. Il s'agit d'un bois gravé chinois, visiblement tiré à partir d'une matrice ancienne, regravée à plusieurs reprises. Il est clair cependant que la peinture originale qui servit de modèle n'était en rien une œuvre d'art. La pose du juge Ti est d'un charmant laisser-aller. Sa main droite caresse ses favoris, tandis que la gauche est négligemment glissée dans les plis de sa robe. Le juge Ti est assurément en train de réfléchir à une énigme particulièrement compliquée. L'extrême perplexité qui se peignait sans doute sur son visage peut encore se distinguer sur cette épreuve.

Malgré son mauvais état, je préfère encore cette gravure aux « portraits » conventionnels conservés dans divers recueils d' « Hommes célèbres des dynasties successives ». A mon avis, il est hors de doute que le portrait original est très ancien ; on le retrouve dans des ouvrages beaucoup plus récents, où figure le juge Ti, et même dans une petite illustration de la toute dernière édition du *Dee Goong An*, publiée à Shanghaï en 1947.

En feuilletant les anciens livres chinois illustrés de gravures, on peut se faire au moins une idée de la façon dont le juge Ti occupait ses rares heures de détente. La gravure figurant page suivante représente la bibliothèque d'un haut fonctionnaire et nous donne un aperçu général de ce « Baker Street 122 B » chinois du VIIe siècle. Espérons que le juge Ti avait l'occasion de se reposer de la sorte, tard le soir, après avoir enfin quitté le tribunal.

Confortablement installé dans un fauteuil placé sur

Le juge Ti lit dans sa bibliothèque
(d'après un ancien bois gravé chinois).

une peau de panthère, un bonnet d'intérieur sur la tête, notre juge est plongé dans la lecture de son livre. D'autres livres l'attendent, posés sur une table, à côté de lui. Il ne s'agit probablement pas d'ouvrages juridiques, et encore moins de romans d'amour. Le juge Ti était marié, avait le nombre de concubines convenant à un personnage de son rang, et il est à craindre qu'il considérât l'amour de façon plutôt détachée. Non, il y a tout lieu de croire que ces livres étaient les œuvres de quelque philosophe taoïste, comme Tchouang Tseu, où la sagesse la plus profonde est exprimée sous la forme de paraboles pleines d'humour, ou de courtes histoires, écrites avec légèreté et décrivant les complexes intrigues ourdies dans les milieux officiels d'une époque révolue. Une élégante branche de corail disposée dans un vase de porcelaine craquelée repose le regard, et une volute de fumée odorante s'élève du brûle-parfum.

Enfin, sa lecture achevée, tandis que tout repose dans le silence de la nuit, le juge Ti, avant de se retirer, jouera sans doute quelques mélodies sur son luth à sept cordes posé sur la table, encore à demi recouvert par sa couverture de brocart. Et il fera mieux que Sherlock Holmes sur son violon, car tout fonctionnaire raffiné et érudit se devait de maîtriser cet instrument.

II

Il est à souhaiter que ce qui précède suffira comme introduction générale à ce roman policier chinois. On trouvera dans la « Postface du traducteur » des détails sur l'original chinois, des remarques plus développées sur la traduction, des références au Code pénal chinois, et autres renseignements d'ordre plus ou moins technique. Ce sont mes scrupules de sinologue qui m'ont poussé à ajouter cette postface. Le lecteur non spécialisé pourra la négliger sans inconvénient, la connaissance des détails exposés là n'étant pas indispensable à la compréhension de l'intrigue.

Il est cependant quelques données élémentaires concernant le fonctionnement de la justice dans la Chine ancienne, dont la connaissance aidera le lecteur à comprendre les situations décrites dans ce récit, et lui permettra de mieux saisir ce qui est écrit entre les lignes. C'est pourquoi je prends la liberté d'abuser encore un instant de la patience du lecteur, en l'invitant à parcourir le rapide aperçu qui suit.

Le tribunal, qui joue un rôle si important dans tout roman policier chinois, occupe une partie du bâtiment où réside le magistrat du district, l'hôtel de ville, comme nous l'appellerions. Il s'agit en fait de plusieurs bâtiments d'un étage, séparés les uns des autres par des cours et des galeries. L'ensemble est entouré d'un mur élevé. En entrant par la porte principale, arche décorative flanquée de postes de garde, on découvre la salle d'audience, au fond de la première cour. Devant la porte, un grand gong de bronze est suspendu à un cadre de bois. Tout citoyen a le droit de frapper ce gong, à toute heure, afin de faire savoir qu'il désire porter une affaire à la connaissance du juge.

La salle d'audience est une vaste pièce au plafond haut, dépourvue de toute décoration à l'exception de quelques inscriptions au mur, citations tirées des classiques exaltant la majesté de la loi. Au fond de la salle se dresse une estrade surplombant d'environ un pied le sol dallé. Sur cette estrade est installée la haute table, gigantesque bureau recouvert d'un morceau de brocart pourpre qui en cache toute la face. Sur la table, on distingue un pot rempli de baguettes de bambou, une pierre à encrer pour l'encre noire et la rouge, un porte-pinceaux triangulaire contenant deux pinceaux à calligraphier, et les sceaux de la charge, enveloppés dans un morceau de brocart ;

derrière la table, le grand fauteuil qu'occupe le magistrat lors de l'audience. A l'aplomb de l'estrade est fixé un dais aux lourds rideaux que l'on tire à la fin de l'audience (voir illustration p. 106).

Derrière la table, une porte ouvre sur le cabinet particulier du juge, son cabinet de consultation, pour ainsi dire. Cette ouverture est masquée par une tenture sur laquelle est représentée une licorne, symbole de la perspicacité dans la Chine ancienne. C'est dans son cabinet particulier que le magistrat exécute toutes ses tâches administratives lorsqu'il n'y a pas d'audience au tribunal. Ces audiences sont au nombre de trois par jour, le matin, à midi et dans l'après-midi.

Ce cabinet particulier donne lui-même sur une seconde cour, autour de laquelle se trouvent les bureaux plus petits où travaillent les commis, les archivistes, les copistes et autres employés du tribunal et de l'administration du district. Au-delà de ces bureaux, on pénètre dans une autre cour, plus vaste, agrémentée de petits étangs de lotus garnis de poissons rouges, de parterres de fleurs et de rochers artificiels ; c'est au fond de cette cour que se trouve la grande salle de réception, ouverte à l'occasion de diverses cérémonies, et pour l'accueil des hôtes de marque.

Cette salle de réception donne sur une autre cour, qui verra la fin de notre visite, car nous sommes à présent dans les appartements du magistrat et de sa famille. Ils forment une unité indépendante.

Avant chaque audience, les sbires se rassemblent dans la salle et se placent sur deux rangs, à gauche et à droite, face à la grande table. Ils sont munis de badines de bambous, de fouets, de menottes, de poucettes et autres instruments de leur charge. Derrière eux, des « messagers » ont pour fonction de brandir des pancartes portant des inscriptions telles que : « Silence », « Evacuez la salle ! »

Lorsque tout le monde est à sa place, les rideaux sont

ouverts et le magistrat apparaît sur l'estrade, vêtu de sa robe de cérémonie vert foncé, et la coiffe noire de magistrat sur la tête. Tandis qu'il s'assied derrière la haute table, ses lieutenants et le doyen des scribes se placent de part et d'autre de son siège. Le juge fait alors l'appel et l'audience peut commencer.

Le juge fait entrer l'accusé qui doit s'agenouiller sur le sol nu, devant la haute table, et rester dans cette attitude tout au long de l'audience. Tout est mis en œuvre pour que l'accusé se sente anéanti par la majesté de la loi. A genoux, très en dessous du juge, sur un sol portant encore probablement des traces de sang de gens battus ou torturés précédemment, flanqué de sbires prêts à l'insulter ou à le frapper à la première occasion, la position de l'accusé n'a rien de très agréable. Il est déjà assez pénible d'être à genoux, mais cela devient un véritable calvaire lorsqu'un sbire prévenant dispose au préalable quelques fines chaînes sous les genoux de l'accusé, ce qui est le cas pour les criminels récalcitrants.

Dans la mesure où les plaignants, quels que soient leur rang ou leur âge, sont placés exactement dans la même position, il n'y a rien d'étonnant que les Chinois n'entament un procès que lorsque toutes les tentatives de règlement à l'amiable ont échoué.

La loi autorise le juge à interroger l'accusé sous la torture, à condition que les preuves de sa culpabilité soient assez nombreuses. *Un des principes fondamentaux du Code pénal chinois est que personne ne puisse être condamné s'il n'a pas avoué son crime.* Afin d'éviter que des criminels endurcis n'échappent à leur châtiment en refusant d'avouer, en dépit des preuves irréfutables de leur culpabilité, divers modes de torture poussée, quoique officiellement interdits par la loi, sont en fait admis. Toutefois, si un individu meurt sous cette « grande torture », ainsi que l'appellent les Chinois, et que son innocence est prouvée par la suite, le juge et tout le personnel du tribunal concerné se voient condamnés à la peine de mort.

Ces tortures légales sont les coups de fouet légers sur le dos, des coups de bambou sur le bas des reins, l'application des poucettes aux mains et aux chevilles, et des claques sur le visage avec des lanières de cuir. Chaque petite baguette de bambou disposée dans le vase placé sur la haute table représente un certain nombre de coups de bambou. Lorsque le juge ordonne à un sbire de frapper un accusé, il jette un certain nombre de ces baguettes par terre, et le chef des sbires doit s'assurer que le compte lui est bien infligé.

Une fois que l'accusé a avoué, le juge le condamne à la peine prévue par le Code. Celui-ci, dont l'origine remonte à l'an 650 de notre ère, était encore en vigueur il y a quelques décennies. C'est un ouvrage monumental d'un intérêt passionnant, ainsi qu'un admirable exemple de législation. Ses qualités et ses défauts ont été pertinemment résumés par l'éminent spécialiste en droit criminel chinois, Sir Chaloner Alabaster : « En ce qui concerne le droit criminel des Chinois, bien que l'autorisation de la torture pour l'interrogatoire des prisonniers soit une tache que l'on ne peut négliger, bien que le châtiment pour la trahison ou le parricide soit monstrueux, et que celui du collier de bois ou du pilori soit indéfendable, il n'en reste pas moins que le Code — lorsqu'on en a compris le fonctionnement — est infiniment plus juste et satisfaisant que le nôtre, et bien éloigné d'être l'abomination cruelle et barbare pour laquelle on le tient en général. » (*Notes et Commentaires sur le Droit criminel chinois*, Londres, 1899.)

Dans l'ensemble, une grande latitude est laissée à la discrétion du juge pour appliquer les articles du Code. Le magistrat n'est pas aussi strictement lié par la jurisprudence que le sont nos juges. En outre, il peut faire exécuter toutes les sentences de son propre chef, à l'exception de la peine de mort, qui doit être ratifiée par le Trône.

Comme nous l'avons déjà fait remarquer précédemment, à l'audience la position du plaignant n'a rien à envier à celle de l'accusé. Ni l'un ni l'autre ne sont autorisés à avoir d' « avocat », pas plus qu'ils ne peuvent faire comparaître de témoins. L'audition de témoins est le privilège du tribunal.

Seuls peuvent être dans une certaine mesure comparés à nos avocats les rédacteurs de requêtes professionnels. Ces individus ne jouissent pas d'une grande estime dans la société chinoise. Ce sont souvent des étudiants qui, ayant échoué à leurs examens littéraires et auxquels l'entrée dans l'administration est ainsi fermée, gagnent leur maigre pitance en rédigeant les plaintes et les défenses pour quelques sapèques. Certains ont cependant une solide connaissance du droit et du fonctionnement de la justice et, grâce à leur habileté à présenter une affaire, aident souvent leur client de manière indirecte. Mais ils ne sont guère appréciés pour leur talent, le tribunal les ignore et aucun roman policier chinois ne glorifie un personnage évoquant le célèbre Perry Mason de Erle S. Gardner.

Au premier abord, il pourrait sembler à la lecture de ce bref exposé que le système chinois n'est qu'une parodie de justice. Toutefois, il a en fait admirablement fonctionné pendant des siècles. Bien que l'auteur de ce roman ait vécu au XVIIIe siècle et décrit le système juridique de son temps, celui-ci était essentiellement le même que sous les T'ang (618-907), période à laquelle se situe l'action de son récit. Au cours de ces dix siècles, le protocole même suivi par le tribunal a fort peu changé, comme le montre la gravure ci-contre, copie d'une illustration de l'époque T'ang ; le juge est assis derrière la haute table, flanqué de ses assistants, tandis que le plaignant et l'accusé se tiennent en dessous, face à lui.

Un des dix juges de l'Enfer.

Selon une très ancienne croyance chinoise, les âmes des morts devaient comparaître devant le tribunal de l'Enfer, réplique exacte de celui qui existe sur terre. L'accusé est placé à gauche, devant la haute table. A droite, le greffier du tribunal de l'Enfer tient un rouleau où sont consignés les péchés de l'accusé. Pour une raison que l'on ignore, ce greffier et les deux assistants du juge sont des femmes.

(Dessin exécuté d'après une illustration d'un rouleau datant de la dynastie T'ang et intitulé *Foo-shwo-shih-wang-djing.*)

Des sources littéraires indiquent qu'il en était de même pour le fonctionnement du système, que nous allons envisager maintenant. La structure sociale du XVIIIe siècle ne différait pas substantiellement de celle qui prévalait sous la dynastie des T'ang.

On ne peut comprendre correctement le système judiciaire chinois qu'en le considérant par rapport à l'arrière-plan particulier du gouvernement de la Chine ancienne et de la structure de la société chinoise en général.

L'abus de pouvoir juridique était contrôlé de plusieurs façons. Tout d'abord, le magistrat de district n'était qu'un infime rouage dans la colossale machine administrative de l'Empire. Il devait rendre compte de tous ses actes à ses supérieurs immédiats, en fournissant tous les documents originaux s'y référant. Tout fonctionnaire étant tenu pour pleinement responsable des actes de ses subordonnés, ces informations étaient soigneusement vérifiées, et s'il subsistait le moindre doute, une nouvelle procédure était engagée. En outre, chacun avait le droit d'en appeler aux instances juridiques supérieures, jusqu'au Trône. Il y avait enfin les redoutables censeurs impériaux, qui sillonnaient incognito le pays entier, investis de pouvoirs absolus, et responsables devant le Trône seul ; ils étaient habilités à faire arrêter sans autre forme de procès n'importe quel fonctionnaire et à l'envoyer sous escorte à la capitale pour que son cas soit examiné.

Le second contrôle était assuré par la pratique de la délation. Tout fonctionnaire avait le droit de dénoncer son supérieur aux autorités. Il lui était même fortement recommandé d'agir de la sorte, pour sa propre sécurité, car il aurait été tenu pour responsable en cas d'erreur judiciaire, au même titre que son supérieur ; « avoir obéi aux ordres » ne constituait pas une excuse valable au regard du droit chinois. Si, par exemple, un prisonnier innocent mourait sous la torture, le juge qui avait ordonné celle-ci, le sbire qui avait exécuté l'ordre et le chef des sbires qui l'avait supervisée pouvaient tous avoir la tête tranchée.

Il faut porter au crédit de l'esprit démocratique qui a toujours caractérisé le peuple chinois, malgré l'ancienne forme autocratique de son gouvernement, que l'instrument de contrôle le plus puissant de tout abus du pouvoir judiciaire était l'opinion publique. Toutes les audiences du tribunal étaient publiques, et la ville entière était au courant et discutait les délibérations du tribunal. Un juge cruel ou arbitraire n'aurait pas tardé à voir la population se dresser contre lui. La foule grouillante des Chinois était extrêmement bien organisée. A côté des unités très soudées comme la famille et le clan, il existait des organisations plus larges telles que les guildes professionnelles, les associations de commerçants et les sociétés secrètes. Quand le peuple voulait saboter l'administration d'un magistrat, les impôts n'étaient plus payés à temps, l'enregistrement devenait un embrouillamini inextricable, les routes n'étaient plus entretenues ; et au bout de quelques mois un censeur faisait son apparition sur les lieux pour mener une enquête.

Ce roman illustre de manière éclatante combien un juge doit prendre soin de montrer à tous qu'il conduit ses affaires en respectant la procédure.

Le plus grave défaut du système était que, de par sa structure pyramidale, trop de choses dépendaient du sommet. Lorsque la qualité des fonctionnaires métropolitains baissa, cette dégradation ne tarda pas à se manifester à tous les échelons. Elle pouvait être tenue en échec un certain temps, par un gouverneur de province intègre, mais si le pouvoir central restait faible trop longtemps, les magistrats de district étaient touchés à leur tour. Cette détérioration générale de l'administration judiciaire devint évidente au cours du dernier siècle du pouvoir mandchou. Il n'y a donc rien d'étonnant à ce que les observateurs étrangers présents en Chine au

XIXᵉ siècle n'aient pas tenu le système juridique chinois en grande estime.

L'autre défaut de ce système était l'étendue considérable des tâches qui incombaient au magistrat de district. Il était en permanence surchargé de travail. S'il ne consacrait pas pratiquement toutes ses heures de veille à son travail, il était obligé d'en abandonner une grande partie à ses subordonnés. Des individus comme le juge Ti venaient à bout de cette tâche écrasante, mais on peut imaginer que des hommes de moindre envergure n'auraient pas tardé à s'en remettre entièrement au personnel permanent de leur tribunal, tels que les scribes, le chef des sbires, etc. Ces petits employés étaient particulièrement enclins à abuser de leur autorité. S'ils n'étaient pas surveillés de près, ils pouvaient se livrer à toutes sortes de petites exactions, extorquant impartialement de l'argent à quiconque était impliqué dans une affaire criminelle. Ce « menu fretin » est décrit avec beaucoup d'esprit dans ce roman. Ainsi, les sbires du tribunal sont des paresseux, des plus réticents à remplir des tâches supplémentaires, et toujours prêts à extorquer quelques sapèques à droite ou à gauche ; mais parfois ils se montrent bons et humains, et non dénués d'un certain sens de l'humour plutôt curieux.

Il faudrait ajouter que le poste de magistrat de district était celui qui permettait d'accéder à une plus haute charge. Dans la mesure où la promotion était exclusivement fondée sur les résultats obtenus, et où l'occupation d'un poste dépassait rarement trois ans, même les individus les plus paresseux ou médiocres s'efforçaient de se montrer des fonctionnaires satisfaisants, dans l'espoir d'être promus, le moment venu, à un poste moins éprouvant.

Tout compte fait, le système fonctionnait correctement. Les violations les plus flagrantes des principes de la justice mentionnés dans l'histoire chinoise portent sur des affaires de persécutions politique et religieuse —

domaine dans lequel nous n'avons pas non plus les mains très propres ! En conclusion, l'appréciation du compétent traducteur du Code pénal chinois, Sir George Staunton, peut être citée ici en hommage à l'ancien système judiciaire chinois, et d'autant plus que ces mots furent écrits à la fin du XVIIIᵉ siècle, au moment où le pouvoir central, la dynastie des conquérants mandchous, était déjà en voie de désintégration, avec tous les abus de pouvoir juridique que cela impliquait. « Il existe de très sérieuses raisons de croire, remarque ce prudent observateur, qu'aucun acte flagrant ni répété d'injustice n'est, par le fait, quels que soient le rang ou la position, resté en fin de compte impuni. »

R.H. V. G.

TROIS AFFAIRES CRIMINELLES RÉSOLUES PAR LE JUGE TI

(DEE GOONG AN)

Le juge Ti

D'après un ancien bois gravé chinois. L'inscription, en caractères archaïques, signifie : « Portrait de Ti, duc de Liang. »

LES PERSONNAGES

Cette liste a été établie par le traducteur pour la commodité du lecteur. Remarquons qu'en chinois le nom de famille (imprimé ici en majuscules) précède toujours le prénom.

PERSONNAGES PRINCIPAUX :

TI Jen-tsie : on l'appelle le juge Ti ou « le juge ». Magistrat de Tchang-ping, ville de la province du Chantong. Les trois affaires criminelles résolues par le juge Ti se sont déroulées dans cette ville et dans les villages environnants.

HONG Liang : sergent commandant les sbires du tribunal de Tchang-ping et fidèle conseiller du juge Ti. On l'appelle le sergent Hong ou « le sergent ».

MA Jong : premier lieutenant du juge Ti.

TAO Gan : second et TSIAO Taï : troisième } lieutenants du juge Ti

PERSONNAGES DE L'AFFAIRE DU DOUBLE MEURTRE DE L'AUBE :

PANG Te : surveillant du Village des Six Milles, où les crimes furent commis.
TSAO San : son assistant.
KONG Wan-te : aubergiste du Village des Six Milles chez lequel s'arrêtèrent les deux victimes.
LIOU Gouang-tchi, CHAO Li-huaï, TSAO Wan-tchouan : marchands de soie ambulants venant du Kiang-sou
WANG : un charretier.
Madame WANG : sa veuve.
TSANG : aubergiste du Village Divin.
LO Tchang-po : gérant d'un magasin de soie au Village Divin. On l'appelle « Maître Lo ».

PERSONNAGES DE L'AFFAIRE DU CADAVRE MYSTÉRIEUX :

HO Kaï : surveillant du village de Houang-Houa, où fut commis le meurtre.
PI Hsun : boutiquier de Houang-Houa, la victime.
Madame PI : sa vieille mère.
Madame PI, née TCHOU, sa veuve. On l'appelle Madame TCHOU.
TANG Te-tsung : docteur en littérature. On l'appelle le Docteur Tang.
TO, HSU Té-taï : élèves du Docteur Tang

PERSONNAGES DE L'AFFAIRE DE LA JEUNE MARIÉE EMPOISONNÉE :

HOUA Kouo-hsiang : ancien préfet, à la retraite à Tchang-ping. On l'appelle Monsieur Houa.

HOUA Wen-tsun : candidat aux examens littéraires, fils de Monsieur Houa et fiancé de l'infortunée jeune fille. On l'appelle Wen-tsun.
Madame LI : mère de la fiancée.
Mademoiselle LI : la fiancée.
HO Tso-pin : candidat aux examens littéraires, camarade de Wen-tsun. On l'appelle le Candidat Ho.
Madame HO : sa vieille mère.
TCHEN : vieille domestique de la famille Houa.

PERSONNAGE APPARAISSANT AUX CHAPITRES XXIX ET XXX :

YEN Li-pen : Censeur impérial.

I

Le juge Ti est nommé magistrat de Tchang-ping ; Les gens accourent au tribunal pour faire leurs doléances.

S'ils sont nombreux à soupirer après un poste de magistrat,
Bien peu comprennent comment résoudre une affaire criminelle :
Tempérer la sévérité par la clémence, ainsi que le prescrivent nos législateurs,
Et éviter les extrêmes préconisés par d'artificieux philosophes.

Un magistrat intègre représente le bonheur de milliers de foyers,
Le seul mot de « justice » représente la paix du peuple entier.
La conduite exemplaire du juge Ti, magistrat de Tchang-ping,
Est ici consignée pour l'édification des lecteurs.

Au bout du compte, aucun criminel n'échappe en général à la loi. Mais il revient au juge de décider qui est coupable et qui est innocent. C'est pourquoi si un juge est impartial, la population de son district vivra paisiblement ; si le peuple est paisible, ses mœurs et sa moralité seront bonnes. Tous les vagabonds, et les oisifs, tous les propagateurs de mensonges et les fauteurs de troubles disparaîtront, et les petites gens vaqueront de bon cœur à leurs affaires. Et si d'aventure de mauvais éléments viennent à s'établir dans un tel district, ils s'amélioreront et se corrigeront d'eux-mêmes ; car ils verront de leurs propres yeux et entendront de leurs propres oreilles combien les lois sont strictement appliquées et combien la justice est sévèrement rendue. C'est pourquoi l'on peut dire que l'amélioration des gens du peuple dépend de l'honnêteté du magistrat ; un fonctionnaire malhonnête n'a jamais encore amélioré les hommes placés sous son autorité.

L'honnêteté d'un magistrat ne consiste pas uniquement en qualités négatives, telles que refuser les pots-de-vin et ne pas nuire aux gens ; elle suppose également des qualités positives telles que, pour servir l'Etat, faire ce que d'autres ne peuvent ou n'osent pas faire, et, pour gouverner le peuple, corriger les erreurs que d'autres ne peuvent ou n'osent corriger. Qu'il s'agisse des indices à découvrir parmi les petites gens ou des inextricables intrigues de l'administration, un juge doit être capable de mener ses investigations avec impartialité. Sa devise doit être la suivante : « Rendre manifestes les justes sanctions édictées par le Ciel au discernement infaillible. » Les juges qui ont possédé ces belles qualités ont été honorés comme il se doit par nos augustes souverains, depuis la plus haute antiquité.

Il existe cependant des magistrats qui, lors d'une affaire, se laissent corrompre, et qui, de peur de perdre leur poste s'ils n'expédient pas au plus vite un grand nombre de dossiers, prononcent des verdicts hâtifs sur la base d'aveux extorqués sous la torture ou à partir de semblants de preuves. De tels fonctionnaires ont échoué dans leur propre éducation, et ne seront donc jamais appelés à des fonctions de dirigeants. Car comment de tels individus pourraient-ils rendre leurs subordonnés honnêtes, et apporter la paix aux gens du peuple ?

A mes heures de loisir, passées à parcourir les

ouvrages des anciens et des modernes à la recherche d'informations historiques de tout ordre, je suis tombé sur plus d'une étrange histoire relatant des affaires criminelles résolues par de célèbres juges du passé. Toutefois peu d'entre elles égalent le récit qui va suivre.

Le présent livre décrit des enquêtes criminelles complexes, des crimes déconcertants, de stupéfiants exploits en matière de déduction et de merveilleuses élucidations d'énigmes ardues. Il est question de gens qui commettent des crimes pour vivre jusqu'à la fin de leurs jours en odeur de sainteté ; qui en commettent pour amasser des richesses ; de gens poussés dans la voie du crime par leurs relations adultères ; de gens qui meurent brutalement en absorbant un poison qui ne leur était pas destiné ; de gens qui par leurs plaisanteries attirent sur eux de graves soupçons et qui, bien qu'innocents n'échappent que de justesse à un sévère châtiment. Tous ces faits n'auraient pu être rétablis dans leur vérité sans la présence d'un magistrat compétent et diligent qui, en se grimant et se déguisant, n'hésitait pas à aller mener ses propres enquêtes, ou qui parfois allait jusqu'à se faire passer pour une apparition de l'Enfer, dans le seul but de découvrir le fin mot d'une affaire, de redresser un tort, et d'appréhender un criminel, concluant ainsi brillamment les procès les plus étranges et déconcertants.

Aujourd'hui que la brise printanière me pousse à l'indolence et que le temps me pèse, je mets cette histoire en forme pour l'offrir à mes lecteurs. Sans avoir la prétention de croire que le récit de ces étranges événements servira d'avertissement aux gens et améliorera ainsi leur conduite, je me hasarde toutefois à espérer que sa lecture contribuera à égayer leurs moments d'oisiveté.

Il est dit dans un poème :

En rapportant ces affaires étranges et déroutantes,
On ne peut qu'admirer ce juge des temps révolus :

Désintéressé et perspicace, c'était un homme d'une extrême droiture,
Qui restera à jamais dans les mémoires comme redresseur de torts.

Ce livre est le récit des exploits d'un magistrat qui vécut sous la glorieuse dynastie T'ang, dans la première moitié du VIIe siècle de notre ère.

Ce magistrat était originaire de Taï-yuan, capitale de la province du Chan-si. Son nom de famille était Ti, et son prénom Jen-tsie ; il avait adopté le nom de plume de Houai-ying. Homme d'une honnêteté exemplaire et d'une profonde sagesse, il fut, le moment venu, promu à une haute charge à la Cour impériale, et, grâce à ses mémoires francs et courageux adressés au Trône, contribua à résoudre plus d'une crise gouvernementale. En témoignage de reconnaissance pour ses loyaux services, il fut plus tard nommé gouverneur, puis annobli sous le nom de duc Liang.

Ses hauts faits sont comme de juste relatés dans l'*Histoire de la dynastie T'ang,* et peuvent ainsi être accessibles à tous. Cependant, un certain nombre d'éléments, concernant les débuts de la carrière de Ti Jen-tsie, connu à l'époque sous le nom de juge Ti, ont été soit omis soit évoqués hâtivement dans les archives officielles. Il faut aller les chercher dans les écrits historiques de moindre importance, dans les archives des villes où il fut magistrat, et autres sources du même genre. Ces éléments ne sont pas pour autant dépourvus d'intérêt. Ils contribuent à notre respect pour le juge Ti. Ils montrent que tout en étant un loyal serviteur du Trône, Ti Jen-tsie était également un magistrat avisé, un grand homme qui a su combiner une remarquable perspicacité et une bonté ainsi qu'un amour de la justice, et qui, en tant que magistrat de district, a réussi à résoudre un nombre stupéfiant d'affaires criminelles particulièrement troublantes.

Il ne s'agit donc dans ce récit que du début de la

carrière du juge Ti, à l'époque où il exerçait ses fonctions de magistrat à Tchang-ping.

A peine nommé à son poste, le juge Ti consacra ses forces à l'élimination des éléments indisciplinés, à la protection des citoyens placés sous son autorité et au règlement des litiges en suspens.

Le juge Ti était adroitement secondé dans ces tâches écrasantes par quatre fidèles assistants.

Son premier assistant était un homme du nom de Hong Liang, vieux serviteur de la famille du juge Ti, qui avait connu son maître tout enfant. Quoique d'un âge déjà respectable, Hong Liang était néanmoins vaillant, prompt à exécuter toute mission dangereuse ou délicate que lui confiait le juge, faisant preuve d'un tact considérable et d'un don inné pour la déduction. Le juge Ti l'avait nommé sergent des sbires du tribunal et le traitait comme son bras droit.

Quant aux deux autres, Ma Jong et Tsiao Taï, le juge Ti les employait à toutes les missions particulièrement périlleuses liées à l'arrestation des criminels. Tous deux étaient auparavant « Chevaliers des Vertes forêts », autrement dit, voleurs de grands chemins. Un jour que le juge Ti se rendait à la capitale, il fut attaqué avec son escorte par ces deux hommes qui tentèrent de le détrousser. Le juge Ti s'aperçut immédiatement qu'il ne s'agissait pas de bandits ordinaires : Ma Jong et Tsiao Taï étaient de toute évidence des hommes d'un grand courage et les coups qu'ils portaient montraient qu'ils étaient passés maîtres dans l'art des armes et de la boxe. Le juge estima qu'il pourrait peut-être faire revenir ces hommes dans le droit chemin et les engager par la suite à son service et donc à celui de l'Etat. Leurs talents pourraient ainsi être excellemment mis à profit. Donc le juge Ti, sans même daigner dégainer son épée, se contenta de leur ordonner d'abandonner le combat. Sur ces entrefaites, il leur administra un bon sermon qui émut grandement Tsiao Taï et Ma Jong. Celui-ci répondit respectueusement :

« C'est parce que nous avons trouvé l'Empire en état de désarroi et de mauvais ministres à la Cour que nous en avons été réduits à cette misérable activité. Nous ne possédons rien d'autre au monde que nos bras et notre connaissance des arts martiaux, et personne ne voulant nous employer, il ne nous restait plus qu'à devenir bandits de grands chemins. Mais maintenant que Votre Excellence nous a parlé avec autant de bonté, notre seul désir est d'être désormais autorisés à suivre votre fouet et à tenir vos étriers, afin de manifester notre gratitude envers la faveur de Votre Excellence. »

C'est ainsi que le juge Ti fit de ces deux braves ses lieutenants.

Son quatrième lieutenant était un ancien escroc itinérant, du nom de Tao Gan. Cet homme s'était corrigé depuis longtemps et était devenu le messager d'un certain magistrat. Mais si nombreux étaient les gens qui lui gardaient rancune, qu'il était constamment harcelé et importuné par ses anciens ennemis, et il finit par chercher refuge auprès du juge Ti. Il était doué de multiples talents et d'une grande ingéniosité ; le juge Ti le prit donc comme assistant. Tao Gan devint l'ami intime du sergent Hong, de Ma Jong et de Tsiao Taï.

Depuis l'entrée en fonctions du juge Ti à Tchang-ping, ces quatre hommes s'étaient révélés très précieux. Le juge leur confiait des recherches secrètes à exécuter, et les renseignements qu'ils réunirent l'aidèrent à résoudre plus d'une affaire criminelle délicate.

*
**

Un jour que le juge Ti se trouvait dans son cabinet particulier, derrière la salle d'audience, occupé à quelque tâche administrative, il entendit soudain résonner le gong à l'entrée du tribunal. Prévenu qu'une affaire allait être portée à sa connaissance, il revêtit en hâte sa robe et sa coiffe officielles et, arrivé dans la salle d'audience, prit place derrière la haute table. En contrebas, devant, les commis, les sbires et autres petits employés du tribunal s'étaient déjà disposés sur deux rangs, à droite et à gauche. Dirigeant ses regards vers l'entrée de la salle, le juge Ti aperçut un homme du peuple, d'une quarantaine d'années. Le visage luisant de sueur, il semblait en proie à une vive agitation. Il restait à la porte en gémissant inlassablement qu'il était victime d'une grave injustice.

Le juge ordonna à deux sbires de faire approcher l'homme. Comme il s'agenouillait devant l'estrade, le juge s'adressa à lui :

— Qui êtes-vous et quelle injustice assez cruelle avez-vous subie pour sonner le gong avant l'heure de l'audience ?

— L'insignifiante personne qui se prosterne à vos pieds, commença l'homme respectueusement, se nomme Kong Wan-té. J'habite le Village des Six Milles, au-delà de la porte du Sud. Comme ma demeure est plutôt vaste, et ma famille peu nombreuse, j'en ai transformé une partie en auberge. Il y a plus de dix ans que j'exerce paisiblement cette activité. Hier, vers la tombée de la nuit, deux marchands de soie ambulants se sont présentés. Ils venaient, dirent-ils, du Kiang-sou, et étaient de passage dans la région, vendant leur marchandise en chemin. Comme il se faisait tard, ils voulaient passer la nuit dans mon auberge. Voyant qu'ils avaient beaucoup voyagé, je leur ai donc donné une chambre. Ils dînèrent, burent du vin, rirent et bavardèrent, ainsi que peuvent le confirmer plusieurs témoins. Ce matin, un peu avant l'aube, les deux marchands sont repartis.

« Alors soudain, ce matin, le surveillant du village, Pang Te, est venu me voir, disant que deux hommes avaient été découverts morts sur le bas-côté de la route, un peu avant la porte du marché voisin. " Ces deux hommes, m'a-t-il dit, ont passé la nuit dans ton auberge, et tu les as assassinés pour leur voler leur argent. Puis tu as traîné leurs cadavres jusqu'à la porte du marché. " Cela dit, et avant même que j'aie eu le temps de me défendre, il a fait amener les cadavres juste devant ma porte. Là-dessus, il s'est mis à vociférer et à me menacer, exigeant cinq cents pièces d'argent pour étouffer ce scandale. " Ces deux hommes sortent de chez toi, hurlait-il, il est donc évident que tu les y as assassinés et que tu as ensuite traîné leurs cadavres jusqu'au marché, pour faire disparaître les traces de ton forfait. " Je me suis aussitôt précipité ici, bourrelé d'angoisse, pour prier Votre Excellence de réparer cette injustice. »

Après avoir entendu cette déclaration, le juge Ti examina l'homme à genoux et pensa qu'il n'avait assurément rien d'un dangereux criminel. Par ailleurs, il s'agissait apparemment d'une affaire importante, et il ne pouvait naturellement pas en juger sur le seul témoignage de cet homme.

— Vous prétendez être un honnête citoyen de cette localité, répondit-il donc. Pour quelle raison alors le surveillant Pang vous a-t-il immédiatement considéré comme coupable ? Il me semble difficile de croire que vous êtes aussi innocent que vous le prétendez. Je vais devoir entendre le surveillant Pang, afin de vérifier vos dires.

Après quoi il ordonna à un sbire d'aller chercher le surveillant du village, et un moment plus tard, un homme d'une trentaine d'années fut introduit dans la salle. Il avait un visage ridé et portait une robe bleue. S'agenouillant devant la haute table, il déclara :

— Pang Te, surveillant du Village des Six Milles, présente ses respects à Votre Excellence. Ce meurtre relève de ma juridiction. Ce matin, j'ai découvert les cadavres de deux individus sur le bas-côté de la route, devant la porte du marché. Je ne savais pas tout d'abord d'où venaient ces hommes, mais j'ai interrogé les gens du quartier, qui m'ont tous dit qu'ils avaient passé la nuit à l'auberge de Kong. C'est pourquoi j'ai interrogé Kong, ce qui m'a permis d'établir que c'était lui qui avait traîné les cadavres jusqu'au marché après avoir assassiné les marchands pour les voler. Car d'après Kong, ils sont partis avant le lever du jour. Or à cette heure-là, il y a déjà du monde sur cette route, et personne n'y a croisé quelque suspect que ce soit. En outre, aux dires de ceux qui habitent aux alentours du marché, personne n'a entendu le moindre appel au secours. Ces faits prouvent selon moi à suffisance que les victimes ont été tuées au cours de la nuit passée dans l'auberge de Kong, et que ce dernier a ensuite traîné leurs cadavres jusqu'à la porte du marché, afin de détourner les soupçons. Le coupable étant déjà ici, je prie Votre Excellence de le mettre en accusation.

Le juge Ti se dit en son for intérieur que le raisonnement du surveillant Pang n'était pas dénué de tout fondement. D'autre part, dévisageant une nouvelle fois Kong, il persista à penser que cet homme n'avait rien d'un assassin, capable de tuer de sang-froid pour de l'argent. Après un instant de réflexion, il déclara :

— Vous avez fait tous deux des déclarations contradictoires. Je ne peux poursuivre cette affaire sans enquête préalable. Les recherches reprendront après examen du lieu du crime.

Après avoir fait emmener Kong Wan-té et le surveillant Pang par les sbires, il ordonna que les préparatifs soient faits pour que le Tribunal puisse se rendre sur les lieux du crime.

II

La calomnie du surveillant Pang se retourne contre lui ; Le sergent Hong découvre un indice grâce à sa puissance de déduction.

Après avoir réintégré son cabinet particulier, le juge Ti ordonna à un sbire d'aller chercher le contrôleur des décès. Quand le gong eut retenti par trois fois, il revêtit sa robe et sa coiffe de grande cérémonie et partit en palanquin pour le Village des Six Milles, accompagné des sbires et autres employés du tribunal. Les habitants des environs avaient appris la nouvelle du double meurtre. Connaissant la réputation de grand détective de leur magistrat, une foule dense s'était rassemblée et suivait le cortège pour assister à la suite des événements.

Ils arrivèrent avant midi au Village des Six Milles. Le surveillant Pang, son assistant Tsao San, et le chef du village, qui avaient déjà installé un tribunal de fortune, se portèrent à la rencontre du juge.

Après avoir échangé les compliments d'usage, le juge Ti descendit du palanquin et dit :

— Je vais tout d'abord me rendre à l'auberge de Kong pour mener mes propres recherches, puis j'ouvrirai l'audience et poursuivrai l'enquête.

Il leur ordonna de le conduire à l'auberge où il découvrit les corps des deux victimes, lardés de coups de couteau, étendus sur le seuil.

— Où avez-vous trouvé ces corps ? demanda-t-il au chef Pang.

— Avec la permission de Votre Excellence, ces hommes ont été assassinés par Kong Wan-té pour les voler ; ensuite, il a transporté les cadavres jusqu'à la porte du marché, afin de pouvoir nier son forfait. Ne voulant pas mêler des innocents à cette affaire, je les ai fait déposer ici, devant l'auberge de Kong. Je prie Votre Excellence de vérifier mes déclarations.

Il avait à peine terminé sa phrase que le juge Ti s'exclama :

— Tête de mule ! Je ne t'ai pas demandé de me donner l'identité du meurtrier. Ce que je désire savoir c'est comment tu oses, occupant un poste officiel et étant censé connaître tous les articles de la loi, offenser ainsi la justice ? Tu devrais savoir quel châtiment punit ceux qui déplacent délibérément des cadavres, faisant ainsi disparaître des indices importants. Quoi qu'il en soit de la culpabilité de Kong, tu n'avais aucun droit de faire enlever ces corps du lieu de leur découverte, avant de m'en avoir fait la demande, en m'exposant tes raisons, ou avant que, mon enquête terminée, j'aie rédigé et scellé le rapport officiel. Je te demande donc pourquoi tu as osé offenser de la sorte les lois de ce pays et eu l'audace de déplacer ces corps sans autorisation ? De toute évidence, tu cherchais à couvrir quelque odieuse machination. Peut-être as-tu organisé ce meurtre avec Kong et, après vous être querellés sur le partage du butin, essaies-tu de lui faire porter toute la responsabilité ? Je vais commencer par te faire appliquer une bastonnade en règle, puis je t'interrogerai sous la torture.

Le juge Ti ordonna aux sbires d'infliger sur-le-champ cent coups de gros bambou au surveillant du village. Les cris de Pang s'élevèrent jusqu'aux cieux, et le sang ne tarda pas à ruisseler sur son dos meurtri. Désormais, tous les spectateurs étaient convaincus que Kong avait été accusé à tort et admiraient la perspicacité du juge Ti.

Lorsque le surveillant du village eut reçu le châtiment mérité, il persista à clamer son innocence. Le juge Ti décida de le laisser tranquille pour le moment et entra dans l'auberge de Kong avec sa suite.

— Votre auberge dispose d'un grand nombre de chambres. Expliquez-moi clairement où ont logé les deux victimes, demanda-t-il à Kong.

— Les trois pièces au bout de la maison sont les appartements de mon épouse, de notre petite fille et de moi-même. Les deux autres, à l'est, sont les cuisines. Ces cinq pièces ne sont donc jamais ouvertes aux hôtes : nous leur avons réservé celles de la première et de la seconde cour. Les deux clients qui se sont présentés hier soir étant des marchands de soie, je savais qu'ils ne regarderaient pas à la dépense et je leur ai donc offert la meilleure chambre de la seconde cour, celle-ci étant plus agréable que la première, car loin du bruit et de la poussière de la rue.

Après quoi Kong conduisit le juge Ti et ses assistants dans la seconde cour où il leur montra la chambre qu'avaient occupée les deux marchands assassinés.

Le juge Ti et ses lieutenants inspectèrent minutieusement la chambre. Les reliefs du dîner de la veille étaient toujours sur la table et deux vases de nuit traînaient encore devant la couche. Il n'y avait pas la moindre trace de lutte, et encore moins de meurtre. Estimant que Kong pouvait encore cacher quelque chose, le juge Ti lui demanda :

— Puisque vous tenez cette auberge depuis plus de dix ans, les clients doivent défiler chez vous. Je suppose que les deux marchands de soie n'étaient pas seuls ici hier soir...

— Il y avait trois autres clients. Un marchand de cuir en route pour le Chan-si, et un monsieur accompagné de son domestique, de la province du Honan. Comme le monsieur est tombé malade, ils sont toujours dans leur chambre de la première cour.

Le juge Ti fit appeler le marchand de cuir ainsi que

le domestique du voyageur indisposé. Il commença par interroger le premier :

— Je suis un marchand de cuir du Chan-si, déclara l'homme, et cela fait des années que j'exerce ce métier. Lorsque je passe dans la région, je m'arrête toujours dans cette auberge. J'ai effectivement vu partir les deux marchands de soie juste avant le lever du jour, et je peux également certifier n'avoir entendu ni cris ni remue-ménage au cours de la nuit. J'ignore absolument la façon dont ces hommes ont été tués, cela va de soi.

Le juge Ti se tourna ensuite vers le domestique. L'homme confirma les déclarations du marchand de cuir, ajoutant qu'étant donné l'indisposition de son maître, il n'avait guère fermé l'œil de la nuit. Si quelque chose d'anormal s'était produit dans l'auberge, il s'en serait certainement rendu compte.

En entendant ce témoignage, le juge pensa qu'il tendait à confirmer ses doutes quant à la culpabilité de Kong Wan-té. Ne se tenant cependant pas encore pour satisfait, il ordonna à ses hommes de passer toutes les pièces de l'auberge au peigne fin. Ce qu'ils firent sans rien découvrir qui indiquât qu'un crime avait été commis en ce lieu.

Le juge Ti avait à présent la certitude que le meurtre avait été commis à l'extérieur, après le départ des marchands. Car, quand bien même supposerait-on que les trois témoins fussent de mèche avec Kong, comment auraient-ils pu faire disparaître à ce point toute trace du crime ?

Plongé dans ses pensées, il retourna avec sa suite sur la place du marché et examina attentivement l'endroit où avaient été découvertes les victimes. Il sautait aux yeux que le crime avait été commis en cet endroit même : le sol était entièrement recouvert de sang.

Il n'y avait aucune maison dans les environs immédiats, un peu plus loin seulement, sur la place proprement dite. Le juge Ti en fit venir les occupants pour les interroger.

Mais il n'obtint rien d'eux. Tout ce qu'ils avaient entendu, c'était les éclats de voix des passants matinaux qui les avaient réveillés en criant au meurtre. Ils avaient aussitôt prévenu le surveillant du village dont les recherches avaient permis d'apprendre que les victimes avaient passé la nuit à l'auberge de Kong.

Cette information incita le juge Ti à penser que Pang pouvait bien être le véritable coupable. Mais comme la nuit tombait, il lui fallait remettre ses investigations au lendemain. Il décida d'envoyer le soir même ses assistants faire leurs recherches personnelles et voir ce qu'ils pourraient glaner comme renseignements. L'enquête pourrait commencer le lendemain matin à la première heure.

— Dès le début de cette affaire, déclara-t-il au chef du village, les problèmes se sont accumulés, chacun venant compliquer encore les choses. C'est pourquoi je suis venu ici dès que j'ai eu connaissance de l'affaire, afin de mener personnellement mes recherches. Dans un cas comme celui-ci, il est de la plus haute importance de tenir une audience le plus vite possible ; nous passerons donc la nuit ici et ouvrirons l'audience demain matin.

Après avoir ordonné que l'on veillât soigneusement sur les corps, il se rendit dans les appartements officiels qui avaient été préparés à son intention. Il bavarda un moment avec le chef du village puis congédia tout le monde, à l'exception du sergent Hong. Quand chacun se fut retiré, il lui dit :

— Ce crime n'a certainement pas été commis par Kong. Je soupçonnerais plutôt le surveillant Pang. Il s'est empressé d'accuser quelqu'un d'autre pour détourner les soupçons. Tu ferais bien d'aller faire un tour ce soir et d'essayer d'obtenir des renseignements. Dès que tu auras découvert quelque chose d'intéressant, préviens-moi immédiatement.

Le sergent Hong prit congé de son maître et partit voir

l'assistant du surveillant Pang, Tsao San, accompagné de trois sbires.

Tsao San faisait partie des hommes chargés de la garde des deux victimes. S'approchant de lui, le sergent lui dit d'un ton badin :

— Je fais partie de l'escorte du juge Ti et collabore à l'enquête sur cette affaire. Jusqu'à présent, je n'ai pas importuné votre supérieur. La seule conclusion à laquelle je sois parvenu, c'est que ce vieux Kong est sûrement innocent. Et, bien que mes camarades et moi-même soyons des serviteurs zélés du gouvernement, nous n'importunons jamais les innocents. Nous avons eu cependant une journée plutôt éprouvante, et on se sent comme un léger creux à l'estomac. Est-il permis de supposer que votre maître, le surveillant Pang, a quelque part de quoi grignoter avec un pichet de vin ? Ce n'est pas que nous soyons en quête d'un repas, tout le monde connaît l'honnêteté de notre maître. Demain il nous donnera certainement quelque argent, à moi et à mes collègues, et nous aurons de quoi payer largement notre repas. Alors en attendant, ne nous laissez pas mourir de faim !

Tsao San s'empressa de présenter ses respects au sergent Hong et répondit :

— Ne vous fâchez pas, je vous en prie, sergent. Notre surveillant est tellement occupé en ce moment par cette affaire qu'il a complètement oublié de donner des ordres pour accueillir l'escorte de Son Excellence. Mais puisque vous et vos collègues êtes affamés, faites-moi l'honneur d'être mes hôtes. Allons manger un morceau à l'auberge du marché.

Il ordonna alors à quelques hommes de monter la garde devant les cadavres des victimes et conduisit le sergent et les sbires à l'auberge. Les serveurs du lieu, sachant qu'ils avaient affaire à des fonctionnaires venus enquêter sur les meurtres, les assaillirent de questions les plus diverses, et leur apportèrent aussitôt une profusion de mets et du vin en quantité.

— Nous n'avons rien de commun, les prévint d'emblée le sergent Hong, avec ces sbires qui, dès qu'ils sont en déplacement, s'empressent de se gaver de vin et de nourriture aux frais de leur maître, et demandent par-dessus le marché à l'aubergiste quelques pièces d'argent pour payer leur séjour. Vous nous apporterez deux plats copieux et nous donnerez à chacun deux coupes de vin, un point c'est tout. Nous vous réglerons l'addition plus tard.

Après cette intervention pleine de délicatesse du sergent Hong, tout le monde prit place à la table. Naturellement, le sergent Hong savait parfaitement que le surveillant Pang, après avoir reçu son châtiment, était détenu à l'auberge de Kong, sous la garde de Ma Jong et de Tsiao Taï ; mais la bienséance l'avait retenu de mentionner cette pénible réalité au début de sa conversation avec Tsao San, le subordonné de Pang.

— Votre patron, lui dit-il alors, est à vrai dire un peu trop négligent dans son travail. Que faisait-il dehors en pleine nuit, hier ? En rentrant chez lui de petit matin, après avoir découvert le meurtre, il se rappela soudain que le vieux Kong était un richard que l'on pouvait un peu pressurer et décida de faire transporter les victimes devant son auberge. N'est-ce pas outrepasser les bornes ? Les corps ont été trouvés sur la route. Comment se fait-il que ni lui ni vous ne les ayez remarqués plus tôt ? Aujourd'hui, Son Excellence le juge a fait infliger cent coups de bambou à Pang, et demain, il le forcera certainement à produire le coupable. Entre nous, n'est-ce pas chercher volontairement des ennuis ?

— Sergent, répondit Tsao San, vous ignorez les dessous de cette affaire. Puisque nous sommes réunis autour de cette table, en bons amis, je peux bien vous le dire. Il faut que vous sachiez que notre surveillant de village a une vieille rancune contre Kong. Au Nouvel An, ce Kong ne lui donne que quelques misérables sapèques ; le vieux rapiat se refuse obstinément à faire le moindre geste de générosité.

« Or, hier soir, il se trouve que le surveillant Pang s'est laissé entraîner à jouer chez Li et qu'il a perdu gros. Il a continué jusqu'à l'aube, quand il a entendu des gens crier qu'un meurtre avait été commis. Dès qu'il apprit que les victimes sortaient de chez Kong, il vit là l'occasion rêvée de se venger du vieux Kong et de lui soutirer un argent dont il avait grand besoin. Vous voyez donc que le surveillant Pang n'a rien à voir avec le meurtre lui-même ; il a simplement essayé de gruger le vieux Kong et n'y a gagné qu'une sévère correction ! Au lieu de nuire à autrui, il s'est nui à lui-même !

« Maintenant en ce qui concerne ce meurtre, il est assurément très mystérieux. Il est bien clair que le forfait a eu lieu à l'aube, probablement après notre dernière ronde de la nuit, car il n'y avait rien à signaler alors. Le vieux Kong est bel et bien un rapiat, mais pour autant que je sache, il n'est sûrement pas l'assassin. »

Le sergent Hong ponctuait le récit de son interlocuteur par quelques remarques anodines, pensant par-devers lui que le surveillant Pang n'était pas non plus l'assassin. Il s'était contenté d'escroquer au vieux Kong quelques pièces d'argent et avait déjà reçu son châtiment avec les cent coups de bambou. Le problème restait entier : qui avait commis le crime ? Après avoir réfléchi de la sorte, le sergent Hong entama son plat avec appétit et ne fut pas long à en venir à bout.

Une fois terminé le dernier morceau et bu la dernière goutte de vin, le sergent Hong demanda l'addition et, pour sauver les apparences, pria l'aubergiste de venir se faire payer le lendemain au tribunal. Puis il quitta ses compagnons et se rendit auprès de son maître.

Après avoir entendu le récit du sergent, le juge Ti déclara :

— L'affaire est effectivement complexe. Si Kong n'est pas coupable, les deux victimes ont donc dû trop parler et faire savoir ailleurs que leurs manches étaient bien garnies ; un malfrat a pu les entendre, les suivre ici, jusqu'à ce que ce matin, les voyant quitter l'auberge, il saisisse l'occasion de les assassiner. C'est la seule explication à la découverte des deux corps près de la porte du marché. Quant à moi, en tant que magistrat du district, je me dois de veiller à ce que ce meurtre soit puni. Ainsi seulement pourrai-je regarder en face notre tout-puissant souverain comme les petites gens. Mais nous ne pouvons rien faire de plus aujourd'hui. Nous nous reverrons demain matin, après l'audition.

Puis le juge autorisa le sergent Hong à se retirer.

III

Kong relève une erreur à propos des cadavres ; Le juge Ti, déguisé en médecin, va vendre des potions.

Le lendemain matin, le juge Ti se leva de bonne heure et, après avoir fait sa toilette et pris son petit déjeuner, il ordonna à ses hommes d'aller se poster auprès des cadavres, devant la porte de l'auberge, où un groupe de sbires et autres employés du tribunal s'étaient rassemblés. Le juge Ti quitta ses appartements pour rejoindre l'auberge de Kong où un tribunal provisoire avait été dressé. Après avoir pris place derrière la haute table, il fit appeler Kong et s'adressa à lui en ces termes :

— Bien que vous clamiez votre innocence, le fait est que votre auberge est le cadre de cette affaire. En conséquence, vous ne pouvez nullement vous en désintéresser à la légère. Nous commencerons par vous demander les noms des victimes, de manière que l'enquête puisse se dérouler selon les règles.

— Lorsque ces deux hommes, répondit Kong, sont arrivés à mon auberge, je leur ai demandé leurs noms. L'un a dit s'appeler Liou, l'autre Chao. Comme ils étaient à ce moment occupés à défaire leurs bagages, je n'ai pas eu l'occasion de m'enquérir de leurs prénoms.

Le juge Ti hocha la tête et, saisissant un pinceau, il écrivit à l'encre vermillon sur une bande de papier : « Individu de sexe masculin ; nom de famille Liou. » Puis il ordonna au contrôleur des décès d'examiner le cadavre.

Tenant respectueusement à deux mains devant lui le billet du juge, le contrôleur des décès transporta, avec l'aide de Tsao San et des sbires de service, le cadavre étendu sur la gauche jusque devant la haute table du tribunal.

— Je prie Votre Excellence, dit-il, d'ordonner à Kong Wan-té de venir identifier le cadavre du nommé Liou.

Le juge Ti dit à Kong de s'exécuter.

Tout bouleversé qu'il fût par cette démarche, Kong ne put faire autrement que de s'approcher du cadavre couvert de sang. Tremblant de tous ses membres, il fit un effort surhumain pour se maîtriser et considéra soigneusement la victime avant d'affirmer :

— C'est effectivement le nommé Liou qui a passé la nuit dans mon auberge.

Le contrôleur des décès étendit une natte de jonc par terre et fit disposer le corps dessus. Après l'avoir nettoyé à l'eau chaude, il l'examina pouce par pouce puis annonça au juge :

— Cadavre de sexe masculin ; une blessure provoquée par un couteau derrière l'épaule, de deux pouces et demi de long sur un demi de large. Sur le côté gauche, blessure causée par un coup de pied, un demi-pouce de profondeur et cinq de diamètre. Un coup de couteau dans la gorge, trois pouces de long, un demi de large, profonde blessure, trachée artère sectionnée.

Ce rapport fut dûment consigné par les assistants du contrôleur des décès et le document placé sur le bureau du juge Ti.

Lorsque le magistrat eut médité quelques instants sur ce rapport, il quitta son siège pour aller examiner lui-même le corps. Après s'être assuré de l'exactitude des faits, il appliqua son sceau rouge sur le document. Puis il donna l'ordre de placer le corps dans un cercueil provisoire et de faire placarder un avis à la population, demandant à toute personne ayant connu le défunt de se présenter au tribunal.

Après avoir réintégré sa place derrière la haute table, il prit une autre petite bande de papier et écrivit à l'encre rouge : « Nom de famille Chao. » Puis le contrôleur des décès procéda comme précédemment et fit identifier la victime par Kong.

L'homme s'approcha la tête baissée, et ne la releva qu'une fois devant le cadavre. Soudain, il sursauta violemment, les yeux exorbités, et après avoir émis quelques sons incohérents, s'évanouit.

Comprenant qu'un coup de théâtre était sur le point de se produire, le juge Ti ordonna au sergent Hong d'aller ranimer Kong pour qu'il fournisse les explications nécessaires à la poursuite de l'enquête.

Un profond silence régnait dans la foule des spectateurs, les yeux rivés sur Kong.

Le sergent Hong l'aida à s'asseoir sur le sol et ordonna à son épouse de lui apporter au plus vite un bol de thé sucré.

Les spectateurs qui s'étaient tout d'abord impatientés de ce contretemps et s'apprêtaient à se disperser, se tinrent de nouveau cois, attentifs à ce qui allait se passer.

Au bout de quelques instants, Kong revint à lui. Il essaya de dire quelque chose, mais ne réussit à prononcer que ces mots énigmatiques : « Ce n'est... pas lui... C'est une... erreur ! »

— Ecoutez, lui dit le sergent Hong, Votre Excellence attend vos explications. Allez, parlez, qui a fait une erreur ?

— Ce n'est pas le bon cadavre ! se décida enfin à déclarer Kong. Le Monsieur Chao d'hier soir était un jeune homme, et il s'agit là d'un homme âgé, avec des favoris. Ce n'est pas mon hôte. Il y a forcément une erreur. Je supplie Votre Excellence d'élucider ce mystère !

Le contrôleur des décès et le sergent Hong, troublés par ce retournement de situation, interrogèrent le juge Ti du regard.

— Comment est-ce possible ? s'étonna le magistrat. Ces

deux cadavres n'ont pas bougé d'ici de la journée ; pourquoi Kong n'a-t-il pas vu plus tôt qu'il s'agissait de quelqu'un d'autre ? Voilà qu'au dernier moment il change d'avis. Ce qui prouve clairement qu'il cherche à nous gruger.

Après avoir fait approcher Kong, il lui intima sévèrement l'ordre de dire toute la vérité.

En proie à une vive émotion, Kong frappa plusieurs fois le sol de son front et gémit :

— Lorsque le surveillant Pang a essayé de m'impliquer dans cette histoire en jetant les deux cadavres devant ma porte, j'étais bouleversé et je me suis précipité aussitôt à la ville pour expliquer la chose. Comment aurais-je pu examiner mieux les victimes ? Par ailleurs, le second cadavre était en partie caché sous celui de Liou, et comme j'ai tout de suite reconnu ce dernier, je n'ai pas douté un seul instant que l'autre fût celui de Chao. Comment aurais-je pu prévoir qu'il n'en était rien ? Je suis innocent et remets ma vie entre les mains de Votre Excellence.

Le juge se rappela que lorsqu'il avait aperçu les cadavres, la veille, l'un était effectivement à moitié recouvert par l'autre. Il en conclut donc que l'erreur de Kong était probablement involontaire. Mais cela ne contribuait pas à simplifier l'affaire. Il ordonna qu'on lui amenât le surveillant Pang. Celui-ci apparut, flanqué de Tsiao Taï et de Ma Jong.

— Non seulement vous déplacez les cadavres, s'exclama le juge, mais vous calomniez les innocents ! Vous avez prétendu que Kong avait assassiné ces deux hommes, et hier vous avez transporté leurs cadavres jusqu'ici. Vous avez donc eu amplement le temps de les observer. Décrivez-les-moi vite !

Le surveillant Pang, qui était déjà au courant de l'erreur d'identification de l'une des victimes, redoutait à présent par-dessus tout, devant la façon dont le juge s'adressait à lui, d'être accusé du crime. Il s'empressa de dire toute la vérité.

— J'ai dit que Kong était l'assassin uniquement parce que les victimes avaient passé la nuit dans son auberge et parce que le meurtre a été commis près de chez lui. L'une était assurément jeune et l'autre beaucoup plus âgée, avec des favoris. Mais comme Kong Wan-té, furieux de ce que j'aie transporté les cadavres devant sa porte, a immédiatement couru à la ville, je n'ai pas eu le temps de lui demander s'il reconnaissait bien les deux hommes. Qu'il y ait eu erreur sur la personne, cela je ne saurais le dire, puisque je n'ai pas vu arriver les deux marchands à l'auberge de Kong.

Le juge Ti ordonna aux sbires d'infliger à Pang une seconde correction, le jugeant coupable de calomnie et de tentative d'incriminer un innocent.

Puis il fit venir devant lui les trois autres clients de l'auberge et les interrogea. Tous trois confirmèrent que les deux marchands étaient jeunes et que la victime la plus âgée n'avait pas séjourné à l'auberge ; ils ne purent l'identifier et ils ignoraient comment il était mort.

— En conséquence, déclara le juge Ti, je sais à présent où se trouve le coupable.

Il ordonna alors au contrôleur des décès d'examiner le cadavre de l'inconnu.

— Cadavre d'un inconnu de sexe masculin, déclara le contrôleur des décès, ecchymose de trois pouces au bras gauche, et au creux des reins blessure causée par un coup de pied, de trois pouces sur cinq. Sous les côtes, coup de couteau d'un pouce un quart de large, cinq et demi de long et deux un quart de profondeur. Autre coup de couteau dans le dos de deux pouces trois quarts de long.

Toutes ces informations furent dûment enregistrées par l'assistant du contrôleur des décès.

Une fois toutes ces formalités achevées, le juge dit :

— Cet individu étant probablement originaire de ce

district, le cadavre restera ici, dans un cercueil provisoire. Ses parents et amis vivent probablement dans les environs. Je vais à présent apposer mon sceau sur l'avis appelant toute personne connaissant cet homme à se présenter. Dès que le coupable aura été arrêté, le procès pourra commencer.

« Kong Wan-té est relâché sous caution, mais il devra se présenter au tribunal comme témoin dès l'ouverture du procès. En attendant, le surveillant Pang sera maintenu en détention. »

Une fois ces ordres donnés, le juge Ti monta dans son palanquin et, encadré du personnel du tribunal, quitta le Village des Six Milles pour regagner la ville.

A son arrivée, il se rendit tout d'abord au temple du dieu tutélaire de la ville pour y brûler de l'encens.

Puis il retourna au tribunal et prit place derrière la haute table. Après avoir fait l'appel des membres du personnel et s'être assuré que personne ne manquait, il gagna son cabinet particulier, derrière la salle d'audience.

Saisissant son pinceau à calligraphier, il commença par rédiger une dépêche pour les autorités de la province du Kiang-sou, leur fournissant une description détaillée de la victime du nom de Liou, et leur demandant d'essayer de retrouver sa famille et ses relations. Puis il écrivit une circulaire aux magistrats des districts environnants, les priant de faire rechercher un individu répondant au signalement de Chao, le marchand disparu.

Il remit les brouillons à ses commis pour qu'ils les recopient et les envoient, puis appela Tsiao Taï et Ma Jong.

— Tout est à présent fort clair, leur dit-il. Le nommé Chao est sans aucun doute le meurtrier. Quand nous l'aurons rattrapé, nous le jugerons et nous pourrons ainsi mettre un point final à cette affaire. Je vous ordonne donc de le rechercher, de l'arrêter et de me l'amener sans plus attendre.

Lorsque Tsiao Taï et Ma Jong eurent pris congé de leur maître, le juge Ti fit venir le sergent Hong et lui parla en ces termes :

— L'inconnu assassiné est probablement originaire de ce district. Je voudrais que tu te renseignes dans toute la région et essaies de retrouver quelqu'un qui le connaisse. Par ailleurs, je ne pense pas que le meurtrier soit allé bien loin ; il a dû juger plus sûr pour l'instant de rester caché dans les environs, jusqu'à ce que les choses se tassent. Tu en profiteras donc également pour te renseigner discrètement sur ce nommé Chao.

Le juge Ti attendit plusieurs jours le retour de ses lieutenants, sans qu'aucune nouvelle ne lui parvînt.

Commençant à s'inquiéter de leur absence, le juge songea :

« Depuis que j'ai pris mes fonctions dans ce district, j'ai résolu plus d'une énigme. Comment se fait-il que ce qui semble être la dernière phase de l'enquête mette tant de temps à se concrétiser ? Le mieux serait que j'entreprenne mes propres recherches pour voir si je peux retrouver ce meurtrier. »

Le lendemain matin, le juge se leva de bonne heure et se déguisa en médecin ambulant. Comme tout lettré, il possédait une solide connaissance des drogues et de la médecine, de sorte qu'il ne risquait guère d'être pris en défaut. En outre, il savait bien qu'en général les gens se confient plus volontiers aux médecins. Il se dit également que le meurtrier avait probablement été blessé lui aussi au cours de la rixe et, contraint de se cacher, préférerait avoir recours aux soins d'un médecin itinérant plutôt qu'à un praticien local.

Portant en bandoulière un coffret bien pourvu en herbes médicinales, pilules et poudres en tout genre, le juge Ti se mit en route.

Après avoir quitté la ville par la Porte du Sud, il chemina sur la route qui menait au Village des Six Milles. Il erra longtemps, s'arrêtant systématiquement sur tous les marchés qui se présentaient, mais personne ne lui adressa la parole.

« Peut-être, se dit-il, aurais-je plus de succès si je déballais ma marchandise à l'entrée d'une grande boutique, pour attirer les clients. »

Le juge finit par arriver sur un marché qui, s'il n'était pas aussi bien achalandé que ceux de la ville, était néanmoins fort animé. Il était en effet situé à la croisée de deux grand-routes qu'empruntaient toute la journée des fonctionnaires, des commerçants et des colporteurs. Dans l'angle nord-est se dressait une grande arche commémorative surmontée de l'inscription « Huang Hua Chen », « Marché de la Gloire impériale ». En franchissant cette arche, il découvrit un bâtiment à deux étages, à l'enseigne d'un prêteur sur gages. Le juge Ti pensa que le large perron de cette officine était tout indiqué pour servir de cabinet de consultation provisoire. Il ouvrit son coffret de médicaments et, après avoir étendu un morceau de tissu sur les dalles, disposa dessus son assortiment de drogues et d'herbes médicinales. Puis il s'inclina profondément et déclama les vers suivants d'une voix forte :

Vous qui venez du Nord et du Sud, arrêtez vos pas un instant.
Vous pouvez oublier la maladie lorsque vous êtes bien portants ;
Mais trouver des médecins compétents n'est pas chose aisée,
Et si un mal vient à vous frapper, vous n'y serez pas préparés.

Puis il poursuivit :

— Je me nomme Jen, et mon nom personnel est Tsie ; je viens du Chan-si. Depuis mon plus jeune âge, je me consacre à l'étude des traités de médecine et possède à fond les secrets de l'art de guérir. Sans avoir la prétention de me mesurer aux médecins illustres du passé, j'ai néanmoins celle de déclarer que je connais l'enseignement des plus fameux de nos médecins actuels. Je tâte le pouls des hommes et des femmes, je pratique la chirurgie et la médecine des organes, et j'excelle dans le diagnostic des maladies étranges. Consultez-moi, je vous prie, et vous vérifierez vous-mêmes. Vous me verrez vous prescrire les remèdes appropriés qui vous guériront instantanément de vos maux bénins, et je vous garantis que les plus graves seront traités en trois jours. Je suis ici aujourd'hui à la demande d'un patient qui m'a fait venir expressément. Et mon devoir consistant à venir en aide à tous ceux qui en ont besoin, je prie d'approcher ceux d'entre vous qui souffriraient d'une quelconque maladie.

Tandis qu'il récitait sa harangue, une foule de badauds avaient fait cercle autour du juge Ti, qui les avait attentivement observés du coin de l'œil. Tous semblaient du voisinage et discutaient gaiement entre eux. Il remarqua plus particulièrement une femme âgée, voûtée, qui essayait de se frayer un chemin parmi les spectateurs. Quand il eut terminé son boniment, la femme s'adressa au juge :

— Maître, puisque vous êtes si versé dans l'art de guérir, vous devez être capable de soigner le mal qui me tourmente.

— Certainement, répondit le juge Ti. Si je ne possédais pas ce pouvoir, comment oserais-je voyager par monts et par vaux, en me livrant à de vaines forfanteries ? Faites-moi une description précise de vos symptômes et je vous soignerai.

— Les racines de mon mal, expliqua la femme, sont enfoncées là, dans mon cœur. Pouvez-vous soigner cette maladie ?

— Que m'est-il impossible de faire ? répliqua le juge Ti. Vous avez une maladie de cœur, et j'en possède le remède. Tournez votre visage vers la lumière que je le regarde.

Lorsqu'elle se fut tournée vers le juge Ti, ce dernier la gratifia d'un rapide coup d'œil. Tout en se livrant à cette mascarade dans l'intérêt de la justice, il n'en restait pas moins un haut fonctionnaire, et elle, une femme qui lui était totalement étrangère ; il était donc contraire aux règles de la bienséance de la laisser s'approcher davantage de sa personne.

— Je sais ce qui ne va pas, déclara-t-il. Votre peau est sèche et votre teint brouillé ; vos veines sont saillantes. C'est le signe indéniable que vous avez un foie malade et un système nerveux affaibli. Vous avez dû être dans le passé éprouvée par de terribles angoisses ; ce qui vous a fatigué le foie et perturbé la digestion. La région du cœur est constamment douloureuse, n'est-ce pas ?

— Maître, vous êtes effectivement un médecin hors pair ! s'empressa de répondre la femme. Cela fait des années que je souffre de cette maladie, mais aucun médecin n'en avait déterminé la cause avec autant de précision. Maintenant que vous avez établi votre diagnostic, pensez-vous qu'il existe un remède capable de me soulager ?

IV

Déguisé en médecin, le juge Ti rend visite à une patiente ; Découvrant une jeune muette, ses soupçons s'éveillent.

Quand le juge Ti s'aperçut que la femme faisait confiance en ses talents de médecin, il se dit qu'il pouvait tout aussi bien en apprendre davantage sur son cas.

— Vous souffrez de ce mal depuis longtemps déjà, remarqua-t-il. Vous avez sûrement un mari et des enfants qui auraient pu faire appel à un médecin, n'est-ce pas ? Pourquoi ont-ils laissé ce mal devenir chronique ?

— C'est triste à dire, répondit la femme en soupirant, mais mon mari est mort depuis des années. Il m'a laissé un fils qui aurait aujourd'hui vingt-huit ans. Il avait au marché une petite boutique de laine et de coton. Il s'est marié il y a huit ans. Et puis, en mai de l'an dernier, le jour de la Fête des Bateaux-dragons, il est resté chez lui jusqu'à midi et ensuite il est passé nous chercher, moi, sa femme et leur petite fille pour aller assister aux festivités sur le fleuve. Ce jour-là, mon fils était aussi gai que d'habitude. Mais après dîner, il s'est soudain plaint d'une violente douleur à l'estomac. J'ai cru qu'il avait attrapé un coup de soleil l'après-midi sur le fleuve, et j'ai dit à sa femme de le coucher. Au moment de la troisième veille, je l'ai soudain entendu hurler, et sa femme s'est précipitée dans ma chambre en s'écriant que mon fils était mort.

« Pour sa femme comme pour moi, cette calamité était

un coup aussi terrible que si le ciel nous était tombé sur la tête. Notre famille allait s'éteindre.

« Bien que nous possédions cette petite boutique, il n'y avait presque pas d'argent à la maison, et ce ne fut qu'au prix de grandes difficultés, en empruntant à droite et à gauche, que nous avons enfin réussi à grappiller assez d'argent pour l'enterrement. Alors qu'on s'apprêtait à habiller le défunt, j'ai remarqué que les yeux lui sortaient des orbites. Cette vision affligeante a fait redoubler ma douleur ; je passais mes jours et mes nuits à pleurer mon fils. Voilà comment m'est venue cette maladie de cœur. »

Tout en écoutant le récit de la femme, le juge Ti, grâce à son esprit exercé, releva aussitôt quelques étrangetés.

« Il est fort possible, pensa-t-il, que ce jeune homme soit mort d'insolation. Mais alors comment expliquer ses cris soudains juste avant sa mort et ses yeux exorbités ? Il doit y avoir autre chose derrière tout cela. Je suis venu ici aujourd'hui pour en apprendre davantage sur un double meurtre, mais il se pourrait qu'au lieu de retrouver l'assassin Chao, je me retrouve avec une nouvelle affaire sur les bras ! »

— A présent que j'ai entendu votre histoire, dit-il à la femme, je me rends compte que votre mal est beaucoup plus grave que je ne l'avais imaginé. Lorsqu'elle n'est provoquée que par la mélancolie, cette maladie, tout en étant sérieuse, peut être guérie relativement facilement. Mais lorsqu'un profond chagrin a commencé à vous ronger le cœur et les os, elle devient difficile à soigner rapidement. Enfin, j'ai une drogue ici qui vous soulagera, mais je dois absolument la faire bouillir moi-même, pour y ajouter l'exacte proportion d'eau. Seulement alors elle pourrait faire son effet. Comment serait-il possible d'exécuter cette opération délicate en pleine rue ? J'ignore jusqu'à quel point vous désirez guérir de ce mal. Si vous voulez vous en débarrasser à jamais, alors la seule solution est que je me rende chez vous pour vous y préparer votre remède.

La femme hésita un assez long moment avant de répondre :

— Si vous, Maître, avez la bonté de m'accompagner à la maison, quant à moi je désire assurément être débarrassée de cette maladie. Mais il y a un problème dont je voudrais vous entretenir auparavant. Depuis la mort de mon fils, son épouse a observé le deuil le plus strict. Elle n'accepte de voir que les proches parents. Après midi, elle s'enferme tous les jours dans sa chambre, et si des étrangers passent, ne serait-ce qu'un instant, elle me crie à n'en plus finir : « Mère, pourquoi laissez-vous entrer ces gens dans une maison où vit une jeune femme ? » Aussi tous nos parents de sexe masculin, connaissant la ferme détermination de ma fille de ne pas se remarier, ne nous rendent plus visite et, depuis peu, les femmes font de même. Désormais nous sommes donc, ma fille et moi, toujours seules. Le matin, nous accomplissons ensemble les tâches ménagères, mais l'après-midi nous restons chacune dans notre chambre. Si vous consentez à venir, vous devrez en conséquence préparer votre remède dans la cour, et je serai obligée de vous prier de partir immédiatement après. Autrement, ma fille recommencera à me chercher querelle.

Cette information confirma les soupçons du juge Ti : la mort du jeune homme cachait un mystérieux secret. « Il est vrai, se dit-il, que dans notre pays les veuves fidèles ne sont heureusement pas rares : mais cette jeune femme dépasse les bornes. Qu'elle refuse de laisser les hommes entrer chez elle et bavarder en sa compagnie, voilà une conduite respectable. Mais refuser de voir d'autres femmes et en outre s'enfermer dans sa chambre tous les après-midi, voilà qui est hautement suspect. Je vais accompagner cette femme et je tâcherai de tirer au clair le comportement de sa bru. »

— Il est en effet fort admirable et estimable que votre

fille soit à ce point fidèle à la mémoire de son époux. Je resterai chez vous le temps de préparer votre potion, et je partirai aussitôt après, sans même boire une tasse de thé ni exiger de votre part d'autres civilités.

Enchantée de voir que le juge acceptait ses conditions, la femme déclara :

— Je vais partir en avant pour expliquer la chose à ma fille et je reviendrai vous chercher.

Craignant que la jeune femme ne l'empêche de revenir, le juge s'empressa de rétorquer :

— C'est impossible. Dès que j'aurai fini de vous préparer le remède, je dois absolument rentrer en ville pour affaires. Vous posez beaucoup de conditions, en dépit du fait que, comme je le présume, vous n'avez pas les moyens de me dédommager décemment pour mon dérangement. Je veux bien toutefois vous accompagner, dans le seul but d'accroître ma réputation d'habile praticien. Mais nous devons y aller tout de suite.

Là-dessus, il rangea ses drogues et ses herbes médicinales et, après avoir profondément salué la foule des badauds, il suivit la femme.

Après avoir traversé quelques étroites ruelles, ils arrivèrent à une modeste demeure. Une fillette d'environ sept ans, qui se tenait devant la porte, courut à leur rencontre avec une joie manifeste dès qu'elle les aperçut de loin. Saisissant d'une main la femme par la manche, elle fit de grands gestes de l'autre, en murmurant des sons inarticulés.

Constatant que la fillette était muette, le juge Ti s'enquit :

— Quelle est cette enfant qui a perdu l'usage de la parole ? Est-elle née muette ?

Mais la femme avait déjà ouvert la porte et se dépêchait d'entrer, de toute évidence pour prévenir sa fille de leur arrivée. Le juge Ti, redoutant que la belle-fille ne disparaisse avant qu'il ait pu l'apercevoir, suivit rapidement la femme à l'intérieur. Au fond de la cour, il découvrit un bâtiment bas composé de trois pièces contiguës. La porte de celle de droite s'entrebâilla, son occupant ayant probablement entendu s'ouvrir la porte d'entrée ; une jeune femme glissa la tête dans l'entrebâillement, faisant face au juge Ti.

Le juge Ti entrevit une femme d'une trentaine d'années, qui portait une simple robe d'intérieur bleue et n'était pas encore maquillée, mais tout cela n'altérait en rien sa beauté voluptueuse. Le juge Ti pouvait bien imaginer comment elle pouvait dès le premier coup d'œil faire tourner la tête d'un homme. Son front à la blancheur de neige était de belles proportions et ses joues avaient l'incarnat des roses.

A peine eut-elle aperçu l'étranger dans la cour qu'elle disparut dans sa chambre avec un cri de contrariété en refermant aussitôt la porte derrière elle. Le juge Ti l'entendit tancer furieusement sa belle-mère :

— Mauvaise femme, voilà que vous vous mettez à amener des charlatans à la maison ! Après quelques jours de tranquillité, je vais être obligée de me disputer avec vous toute la soirée. En quoi ai-je mérité une telle infortune ?

En entendant ces propos, le juge se dit qu'il pourrait essayer de deviner ce qui se passait réellement dans cette maison. « Cette jeune femme est certainement méchante et bonne à rien, pensa-t-il. Au point où j'en suis, je ne partirai pas d'ici avant d'en avoir appris davantage, dussé-je me faire maudire et insulter. »

Il s'installa sur un siège dans la cour et déclara respectueusement :

— L'insignifiante personne que je suis pénètre dans cette demeure pour la première fois et ne s'est pas même enquis de votre honorable nom. Je suppose que la fillette qui est venue à notre rencontre est votre estimable petite-fille ?

— Notre nom de famille est Pi, répondit la femme. Feu mon époux se nommait Pi Tchang-chan et mon fils

Pi Hsun. Hélas, à sa mort, il ne m'a laissé que cette petite-fille de sept ans.

Ce que disant, elle attira contre elle la fillette et fondit en larmes.

— Madame, dit le juge Ti, il est déjà fort tard ; pourriez-vous, je vous prie, m'apporter un réchaud à thé pour que je fasse bouillir le remède ? Mais au passage, en tant que médecin, le cas de votre petite-fille m'intéresse. Comment se fait-il qu'elle ait perdu la parole ?

— Tout cela vient du terrible sort qui s'est acharné sur notre maison, répondit la femme. Lorsqu'elle n'était encore qu'un bébé, cette fillette semblait faire montre des dons les plus remarquables. Elle était très intelligente et dès l'âge de quatre ans parlait couramment. Or, deux mois après la mort de son père, on la retrouva muette un matin, à son réveil. Depuis lors, bien qu'elle comprenne parfaitement tout ce qui se dit, elle n'a plus pu prononcer un seul mot intelligible. N'est-ce pas un grand malheur qu'une enfant aussi mignonne et pleine de promesses se transforme en l'espace d'une nuit en une telle créature ?

— Dans quelle chambre dormait-elle la nuit où elle perdit la parole ? s'enquit le juge. Quelqu'un lui a peut-être administré certaine drogue. Vous devriez vous renseigner précisément sur ce point, car si une personne mal intentionnée l'a effectivement rendue muette en lui faisant absorber une drogue, j'ai les moyens de la guérir.

Avant que Madame Pi ait pu répondre, sa fille s'écria de sa chambre :

— Ce type essaie effrontément d'extorquer de l'argent aux honnêtes citoyens en leur débitant des sornettes. Qui aurait pu matériellement droguer ma fille qui ne me quitte jamais ? Depuis la nuit des temps, toutes sortes de médecins ont existé, mais aucun, que je sache, n'a jamais pu guérir le mutisme. Et vous, la vieille, vous avez amené ce charlatan à seule fin de vous fournir un peu de distraction, sans chercher à vous renseigner auparavant sur le genre d'individu dont il s'agit. C'est vraiment une piètre façon de compatir au deuil qui est le mien.

Injuriée de la sorte, Madame Pi n'osa rien répliquer.

« Cette jeune femme est assurément mêlée à une odieuse machination, pensa le juge. Sa belle-mère ne s'en rend pas compte, pour la simple raison qu'elle est idiote ; elle s'imagine que sa belle-fille s'ingénie réellement à préserver la chasteté de son veuvage. Quant à moi, je la soupçonne d'avoir assassiné son mari. Car les veuves vraiment chastes se montrent également des brus respectueuses. En honorant la mémoire de leur époux, elles s'inquiètent aussi de la santé de la mère de celui-ci. En conséquence, pourquoi cette jeune femme ne fait-elle rien pour soulager les maux de sa belle-mère ? Et, de plus, pourquoi ne tente-t-elle rien contre l'infirmité de sa fillette ? En outre, apprenant que quelqu'un peut la guérir, au lieu d'être transportée de joie, elle ne manifeste pas le moindre intérêt pour cette perspective, mais va jusqu'à proférer des insultes. Ces deux incohérences constituent une preuve tangible de sa culpabilité. Autant ne pas précipiter les choses pour le moment, afin de ne pas éveiller les soupçons. En rentrant au tribunal, j'ouvrirai une enquête approfondie. »

— Bien que simple médecin itinérant, déclara-t-il à voix haute en se levant, j'exige néanmoins des gens le respect qui m'est dû, à défaut de quoi il m'est impossible de les soigner. Or votre belle-fille m'insulte sans raison, moi qui ne vous demande pas la moindre sapèque en échange de mes services. Je ne vois donc pas pourquoi je vous viendrais en aide. Vous feriez mieux de chercher un autre médecin.

Sur ces paroles, le juge Ti prit congé, et Madame Pi, sans oser tenter de le faire revenir sur sa décision, le reconduisit en silence jusqu'à la porte.

Lorsque le juge Ti se retrouva sur la place du marché, le soleil se couchait. Comme il était trop tard pour rentrer à la ville, il décida de passer la nuit sur place. Il ne regagnerait Tchang-ping que le lendemain matin, après avoir essayé entre-temps de glaner quelques informations supplémentaires dans cette petite localité.

Il découvrit une assez grande auberge juste en face du marché, dans laquelle il entra. Un serveur vint à lui et lui demanda s'il désirait louer un lit ou s'il préférait une chambre particulière. Le juge Ti constata que la cour de l'auberge était pleine de chaises à porteurs et de charrettes. Ne tenant pas à partager une chambre avec un nombre indéterminé de clients, il répondit :

— Je suis seul, mais dans la mesure où je compte exercer mon activité ici même, deux jours, pour réunir les fonds nécessaires à mes déplacements, je préfère prendre une chambre individuelle.

Apprenant que le médecin allait donner des consultations et vendre des produits, ce qui lui fournirait maintes occasions de toucher une petite commission, le garçon répondit avec empressement un « Bien monsieur » des plus courtois, avant d'introduire le juge dans une chambre d'hôte de la seconde cour.

Le garçon nettoya la pièce et, comme le juge Ti n'avait pas de natte de lit, il partit lui louer sa literie à l'office de la pension. Une fois la couche faite, il demanda au juge s'il avait déjà dîné. Le magistrat commanda deux plats et un pichet de vin.

Après lui avoir apporté en attendant une tasse de thé chaud, le garçon partit chercher le dîner. Lorsque le juge Ti eut achevé son repas, il se dit qu'il pourrait mettre à profit la présence à l'auberge de nombreux clients pour essayer d'apprendre quelque chose sur le meurtrier du Village des Six Milles. Il sortit donc dans la cour où, bien que l'on allumât déjà les lanternes de papier, les clients allaient et venaient encore.

En observant de plus près la foule affairée, il remarqua un homme qui, l'apercevant, s'arrêta aussitôt et fit mine de vouloir le saluer.

Le juge Ti avait immédiatement reconnu l'individu et, avant que l'homme ait pu dire un mot, il s'exclama :

— Honorable Monsieur Hong ! Quelle chance de vous rencontrer ici ! Suivez-moi, nous allons bavarder un instant dans ma chambre.

V

UNE CONVERSATION DANS UN ÉTABLISSEMENT DE BAINS RÉVÈLE DE NOUVEAUX ÉLÉMENTS ; DANS UN CIMETIÈRE, IL EST ÉVOQUÉ UNE ÂME EN DÉTRESSE.

L'homme auquel venait de s'adresser le juge Ti n'était autre que le sergent Hong. Ayant reçu de son maître l'ordre d'aller enquêter dans les environs du Village des Six Milles, il avait prospecté plusieurs jours sans rien découvrir. Ce jour-là, il avait poursuivi ses recherches sur la place du marché et, comme il se faisait tard, avait décidé de passer la nuit dans cette même auberge. Craignant sinon de trahir l'identité du juge, il aligna sa conduite sur la sienne et lui parla comme à un vieil ami :

— Je n'aurais jamais pensé vous rencontrer ici. Je serais ravi de bavarder un moment avec vous.

Le juge Ti le conduisit vers sa chambre où il le pria d'entrer. Après avoir soigneusement fermé la porte à clé, le sergent Hong s'enquit respectueusement :

— Quand Votre Excellence est-elle arrivée ici ?

— Nous sommes dans une auberge, répondit promptement le juge, et les murs ont des oreilles. Donc, ne t'adresse plus à moi de la sorte. A présent, raconte-moi comment l'affaire se présente.

Le sergent Hong secoua tristement la tête et répondit à voix basse :

— Suivant vos instructions, j'ai fait toutes les recherches possibles pendant plusieurs jours sans rien découvrir. Je crains que le nommé Chao n'ait déjà quitté la région. Ma Jong et Tsiao Taï auront peut-être eu plus de chance.

— Alors que ce double meurtre n'est toujours pas élucidé, déclara le juge, j'ai découvert aujourd'hui dans cette localité quelque chose qui pourrait bien se révéler une nouvelle affaire. Nous devons en apprendre davantage là-dessus ce soir pour que je puisse ouvrir une enquête dès demain.

Puis il raconta au sergent Hong sa rencontre avec Madame Pi, et ce qui s'en était suivi.

— Bien que cette histoire ait assurément l'air très suspecte, observa le sergent Hong, personne n'a porté plainte et rien ne prouve qu'un crime ait été commis. Comment pourrions-nous donc ouvrir une enquête ?

— C'est précisément la raison pour laquelle il nous faut en savoir davantage, rétorqua le juge. Un peu plus tard, ce soir, tu pourrais te rendre dans la rue de Madame Pi et voir si tu peux découvrir quelque chose. En outre tu pourrais glaner dans le voisinage des précisions sur la mort de Pi Hsun et apprendre où il a été enterré.

Puis il fit apporter au sergent de quoi dîner, et, quand il eut achevé son repas, ils attendirent tous deux l'heure de la première veille. Alors, le sergent Hong appela le garçon pour lui demander d'apporter une théière de thé chaud et d'aider le juge Ti à se préparer pour la nuit.

— Quant à moi, dit-il d'un ton familier, je vais sortir voir un ami, mais je ne serai pas long.

L'entendant parler sur ce ton, le garçon ne pouvait imaginer un seul instant qu'il s'agissait d'un magistrat de district et de l'un de ses subordonnés. Il fit ce que l'on attendait de lui, après quoi le sergent Hong quitta l'auberge.

Suivant les indications du juge Ti, il trouva sans peine son chemin dans le dédale des ruelles étroites et tortueuses, et ne tarda pas à arriver dans la rue de Madame Pi. Il l'arpenta plusieurs fois de suite, mais un calme sépulcral y régnait et aucun passant ne s'y montra. Pensant qu'il était peut-être un peu tôt, il retourna sur la place du marché ; lorsqu'il y aurait fait un tour, il dirigerait de nouveau ses pas vers la maison de Madame Pi.

Les échoppes du marché n'avaient pas encore fermé leurs volets pour la nuit et les rues étaient brillamment illuminées par d'innombrables lanternes de papier. Le marché se trouvant à la croisée de deux grand-routes, il y avait encore beaucoup de monde.

Tout en flânant alentour, le sergent Hong arriva devant un grand établissement de bains. « Pourquoi ne pas entrer prendre un bain ? se dit-il. Il s'y trouve toujours dans de tels lieux une foule de gens oisifs ; c'est donc l'endroit idéal pour recueillir des informations. »

Il entra. Les bains étaient effectivement bondés ; les deux bassins étaient occupés par un grand nombre de clients assis dans l'eau chaude. Le sergent Hong réussit néanmoins à trouver une place sur une grande banquette de pierre chauffante, sur l'un des côtés du bassin, et s'y accroupit.

— A combien sommes-nous de Tchang-ping ? demanda-t-il au garçon de bains, et combien d'établissements de bains existe-t-il dans le secteur ?

Constatant que l'homme était nouveau venu dans la ville, le garçon répondit :

— Nous sommes à cinq milles environ de Tchang-ping. Vous avez l'intention de vous y rendre ce soir ?

— J'ai un parent à y voir. Je suppose que ce village-ci se trouve sous la juridiction du magistrat de Tchang-ping... Qui est le magistrat actuel, et savez-vous s'il s'est produit quelque événement notable ici ces derniers temps ?

Le garçon de bains, ravi de trouver quelqu'un qui n'était pas encore au courant des grandes nouvelles, répliqua :

— Notre magistrat est le célèbre juge Ti, l'un des

meilleurs de l'Empire. Quant aux nouvelles, il est vraiment regrettable que vous ne soyez pas arrivé quelques jours plus tôt. Vous auriez pu voir quelque chose !

Là-dessus, il entreprit de lui raconter avec délectation le double meurtre du Village des Six Milles et les rebondissements de l'enquête.

Le sergent Hong écouta son récit avec l'attention qu'il méritait, puis se dévêtit et savoura les délices d'un bon bain chaud. Tout en se séchant sur la banquette de pierre, il reprit sa conversation avec le garçon de bains :

— J'ai ouï dire que les courses de bateaux-dragons sont particulièrement réussies dans cette localité. Mais il paraît aussi que l'année dernière il y a eu une grave épidémie juste au moment des festivités et qu'un grand nombre de gens venus assister aux courses ont été touchés et en sont morts.

Le garçon de bains éclata de rire avant de repartir :

— Vous plaisantez, étranger ! J'ai vécu toute ma vie ici et n'ai jamais entendu parler d'une telle chose. Qui donc s'est ainsi moqué de vous ?

— Quand on m'a dit cela, répliqua le sergent, j'ai commencé moi-même par en douter. Mais par la suite, le type m'a fourni une preuve, disant qu'un certain Monsieur Pi, d'ici, était mort juste après être rentré des courses. Alors que dites-vous de cela ?

Avant que le garçon de bains ait eu le temps de répondre, un jeune homme de dix-huit ans environ, assis tout près, intervint :

— Oui, c'est parfaitement exact. Mais cet homme n'est pas mort pour avoir assisté aux courses. A ce que je sais, il est mort d'une sorte d'ulcère à l'estomac.

Puis un troisième client dit au garçon de bains :

— C'est assurément une histoire très curieuse. Comment se fait-il qu'un gaillard aussi costaud que le jeune Pi, jusqu'à ce jour en parfaite santé, se mette brusquement à hurler en pleine nuit et meure sur le coup ? Et rappelez-vous, lorsqu'on a fait sa toilette mortuaire, ses yeux lui sortaient des orbites de façon particulièrement macabre. Il y a aussi des gens qui prétendent qu'on voit fréquemment de mystérieuses apparitions auprès de sa tombe. Pas étonnant que les gens d'ici se posent des questions sur sa mort. Vous avez vu sa veuve ?

— Allons, allons, il ne faut pas dire n'importe quoi, remarqua le garçon de bains. Que sa veuve, encore très séduisante, reste à ce point fidèle à la mémoire de son mari et ne sorte jamais de chez elle, voilà qui prouve sa loyauté. Comment pourrait-elle endurer tout cela autrement ? Quant aux apparitions surnaturelles du cimetière, là-bas, à Gao-tsia-oua, il y a un bon nombre de sépultures. Comment savez-vous que ces fantômes ont quelque rapport avec le jeune Pi ?

— Je disais cela comme ça, répliqua l'autre. Dans ce monde, nous ne faisons que passer, comme les nuages dans le ciel. Aujourd'hui nous sommes là, demain nous serons peut-être morts. Et après la disparition de Pi Hsun, sa fillette a perdu la parole. Quelle triste histoire !

Sur ces mots, il se rhabilla et quitta l'établissement. Le sergent Hong conclut que ce jeune homme en savait long sur l'affaire Pi et demanda au garçon de bains :

— Qui est cette personne ? Il m'a l'air d'un charmant et honnête garçon.

— Il a une échoppe sur le marché, répondit le préposé, et Pi Hsun en avait une de laine et de coton juste à côté de la sienne. Il s'appelle Wang, mais comme on le connaît depuis l'enfance, il est pour nous le petit Wang. Il n'est pas très futé et sort tout ce qui lui passe par la tête, mais sans penser à mal.

Le sergent Hong fit une réponse de circonstance et, après avoir gratifié le garçon de bains d'un sérieux pourboire, quitta à son tour l'établissement.

Il retourna tout d'abord vers la maison de Madame Pi, pensant en chemin que si les grandes lignes de cette affaire commençaient à se dessiner un peu plus clairement, il n'y avait toujours pas l'ombre d'une preuve ; comment le juge pourrait-il donc poursuivre ses investigations ?

Il erra près d'une demi-heure dans la ruelle où habitait Madame Pi, mais tout était parfaitement tranquille et rien ne lui parut suspect. Il rentra à l'auberge où il relata par le menu tout ce qu'il avait entendu aux bains.

— Le mieux que nous ayons à faire est de nous rendre demain au cimetière de Gao-tsia-oua.

Le lendemain matin, le juge Ti et le sergent Hong se levèrent de bonne heure et, après avoir pris leur petit déjeuner ensemble, donnèrent quelques pièces d'argent au garçon puis quittèrent l'auberge, le magistrat portant toujours en bandoulière son coffret de remèdes.

Ils demandèrent leur chemin à un vieillard et, en marchant d'un bon pas, arrivèrent bientôt sur une lande recouverte de hautes herbes. Elle était jonchée d'ossements, et le seul relief était constitué par les monticules des tombes.

Le sergent Hong inspecta les alentours d'un air désespéré et dit :

— Maintenant que Votre Excellence est sur place, comment allons-nous faire pour retrouver la tombe de Pi Hsun parmi toutes les autres ?

— Je suis venu ici, moi le magistrat de Tchang-ping, dans le but exprès de venger la mort de Pi Hsun. Or, bien que les vivants et les morts demeurent dans des mondes bien distincts, je crois néanmoins que si mon intention est juste et honnête le défunt parviendra à se manifester à nous. Si Pi Hsun est mort de mort naturelle, nous ne retrouverons certainement pas sa tombe. Si en revanche il a été lâchement assassiné, son âme doit encore errer auprès de son corps et se manifestera d'une manière ou d'une autre.

Puis, debout parmi les tombes, le juge Ti se recueillit et pria en silence, avec ferveur.

Il était midi juste, quand soudain le soleil s'obscurcit et une violente rafale de vent balaya le cimetière, faisant tournoyer les cailloux et le sable sur plus d'une brasse. Une forme sombre aux contours flous apparut alors, flottant vers eux dans les airs.

Devant ce phénomène surnaturel, le sergent Hong blêmit, les cheveux dressés sur la tête comme il tentait de se cacher derrière le juge.

Le magistrat quant à lui resta parfaitement immobile et déclara avec solennité :

— Moi, le juge Ti, je sais qu'il vous est arrivé un malheur terrible. Mais il m'est impossible d'y porter remède sans connaître l'emplacement de votre tombe. Je vous demande donc de nous en indiquer le chemin.

Une nouvelle rafale de vent poussa la forme entre les sépultures ; le juge Ti et le sergent Hong la suivirent jusqu'à ce qu'elle s'immobilisât devant un tertre isolé, un peu à l'écart des autres. Puis elle s'évanouit brusquement, le vent tomba et tout rentra dans l'ordre.

Le juge Ti et le sergent Hong examinèrent le petit monticule qui leur parut relativement récent.

— L'esprit du mort nous a conduits jusqu'ici, remarqua le juge. Maintenant, tu devrais aller chercher le fossoyeur, ou quelqu'un d'autre dans les environs, pour nous assurer que nous n'avons pas été abusés par un mauvais esprit et que c'est bien Pi Hsun qui est enseveli là. Je t'attendrai ici.

Le sergent Hong, qui était encore loin de se sentir rassuré, s'éloigna avec une relative réticence. Au bout d'une demi-heure environ, il revint, accompagné d'un vieillard à la barbe grise. Celui-ci s'adressa aussitôt au juge Ti :

— Hé, vous, le colporteur de drogues, vous êtes vraiment bête apparemment ! N'ayant trouvé personne à qui refiler vos pilules sur le marché, essayez-vous à présent de vendre votre camelote dans ce cimetière désolé ? Je

Déguisé en simple médecin itinérant, le juge Ti se renseigne sur la tombe de Pi Hsun auprès d'un vieux fossoyeur. Le sergent Hong se tient sur sa gauche.

travaillais tranquillement dans mon champ quand votre homme est venu me chercher en me disant que vous aviez quelque chose à me demander. Alors expliquez-moi un peu de quoi il retourne !

VI

Un vieillard profère des paroles irrespectueuses ; Le juge Ti ouvre l'enquête officielle.

— Restez poli ! Bien que simple médecin itinérant, sans la moindre réputation, je ne suis pas aussi bête que cela. Je suis là pour une raison bien précise. D'après moi, ce cimetière constitue un site très propice à la géomancie. Si un homme est enterré ici, dix ans après sa mort ses enfants et ses petits-enfants connaîtront une magnifique prospérité *. C'est pourquoi je voulais vous

* Selon une très ancienne croyance chinoise, l'univers entier subsiste et fonctionne grâce à la perpétuelle interaction de deux forces primordiales, l'une négative, l'autre positive. Les lieux où ces deux forces sont censées se rencontrer harmonieusement sont propices à l'établissement des hommes, et lorsqu'un mort est enterré en un tel endroit, son âme jouira d'une grande félicité dans l'Au-delà. Dans un pays comme la Chine, où la piété filiale et le culte des ancêtres jouent un rôle si éminent, ce dernier fait est d'une extrême importance. En outre, si les morts sont enterrés dans un endroit propice, ils useront de leur influence dans l'Au-Delà pour venir en aide à leurs descendants. La géomancie est donc une science en tant que telle, à laquelle sont consacrés un nombre stupéfiant d'ouvrages spécialisés. Si une sépulture est violée, cet équilibre harmonieux des deux forces primordiales est rompu et la paix du défunt menacée. C'est pourquoi l'ancien code pénal chinois considère la profanation des sépultures comme un crime odieux, puni de mort. Les magistrats sont en conséquence extrêmement réticents à ordonner une exhumation. Car si elle se révèle inutile, le fonctionnaire qui l'a ordonnée risque d'être démis de ses fonctions ou même de subir un châtiment plus grave. Le lecteur gardera ces faits en mémoire pour la bonne compréhension de la suite de cette affaire. (R.H.V.G.)

demander si vous connaissiez le propriétaire de cette lande et s'il serait disposé à me la vendre.

A ces mots, le vieillard se contenta de ricaner et fit demi-tour pour s'éloigner. Mais le sergent Hong lui courut après, l'attrapa par le collet et lui cria avec colère :

— Ne va pas croire que ton âge vénérable t'autorise à chercher noise à n'importe qui ! Si tu avais vingt ans de moins, je t'aurais rossé sur-le-champ, pour voir si tu oses encore ensuite insulter les gens. Tu n'es pas muet, non ? Alors réponds quand on te pose une question, et vite !

Tenu d'une main ferme par le sergent, le vieillard fut contraint d'obéir.

— Ce n'est pas, dit-il, que je ne veuille pas parler à ton maître, mais il faudrait au moins qu'il s'exprime raisonnablement. Or il prétend que ce cimetière est très propice ; comment expliquez-vous alors que toutes les familles enterrées ici se soient éteintes il y a fort longtemps ? Ne voyez-vous pas l'état d'abandon des sépultures ? Depuis l'enterrement de l'année dernière, ni moi ni les autres fossoyeurs n'avons vu qui que ce soit s'occuper de cette tombe. Et la fille de l'homme qui y est enterré est devenue muette peu après la mort de son père ! Alors comment pouvez-vous dire que ce cimetière est favorable à la géomancie ? N'est-ce pas une bêtise pure et simple ?

— Tu dois faire erreur, répondit le sergent Hong. Nous ne sommes pas d'ici, mais nous y venons très souvent. La petite muette était la fille de Pi Hsun ; donc tu prétends que l'homme enseveli là est ce même Pi ?

— Par bonheur, vous semblez au moins savoir ça, répondit le vieillard avec aigreur. S'il ne s'appelle pas Pi, c'est que vous lui avez donné un autre nom. A présent le vieillard que je suis a encore à travailler son champ ; je n'ai pas le temps de bavarder davantage. Et si vous ne me croyez pas, allez demander aux gens du village.

L'homme se dégagea de l'emprise du sergent et s'éloigna hâtivement.

Après avoir attendu que le vieil homme soit hors de portée de voix, le juge Ti remarqua :

— Il ne fait plus aucun doute que Pi a été lâchement assassiné, comme vient de nous le prouver formellement l'apparition de son esprit. Rentrons à la ville.

Ils s'arrêtèrent au marché pour déjeuner dans une petite auberge puis se remirent en route et arrivèrent à la ville juste avant la tombée de la nuit. Se glissant dans le tribunal par la petite porte de service, le juge Ti gagna discrètement son cabinet particulier.

Pendant ce temps-là, les sbires et autres membres de la suite du juge avaient commencé à s'inquiéter de l'absence de leur maître deux jours d'affilée. Ils étaient précisément en train de se demander fiévreusement s'il était parti mener seul son enquête sur le double meurtre lorsque le juge Ti apparut sur l'estrade et prit place derrière la haute table.

Après avoir fait l'appel, il s'enquit tout d'abord du retour de Ma Jong et de Tsiao Taï. Les sbires l'informèrent qu'ils étaient rentrés la veille mais, apprenant que le juge était absent, étaient repartis poursuivre leurs recherches. Jusqu'à présent, il n'était arrivé aucun rapport sur l'affaire.

Le juge hocha la tête et leur demanda de faire venir le messager de service. Lorsqu'il se fut présenté devant le juge, celui-ci lui dit :

— Voilà une convocation officielle. Demain matin à la première heure, tu partiras à Houang-houa et reviendras avec le surveillant du lieu. Auparavant, tu te rendras dans un petit village voisin, Gao-tsia-oua, et ordonneras au fossoyeur du cimetière de te suivre également. Je les interrogerai tous deux à l'audience du matin.

Le messager courut au poste de garde et annonça aux hommes qui s'y trouvaient :

— Ces deux derniers jours ont été merveilleusement

tranquilles, pas la moindre affaire à l'horizon. Et voilà brusquement que ça recommence. Que peut bien avoir appris notre juge pour m'expédier ainsi à Houang-houa ? A propos, qui est le surveillant de ce village ?

— Aurais-tu par hasard oublié Ho Kaï ? répondit l'un des gardes. L'année dernière, lorsqu'il a été nommé surveillant de Houang-houa, il nous a tous invités à un dîner somptueux. Tu ne te rappelles pas ? Si tu pars demain à Houang-houa, tu es sûr de le trouver ; mais tu ferais bien de te dépêcher. Tu connais le patron !

Le messager rentra chez lui passer une bonne nuit et se mit en route le lendemain matin pour Houang-houa. Il s'arrêta tout d'abord chez le surveillant Ho Kaï et lui demanda d'envoyer un de ses assistants à Gao-tsia-oua pour en ramener le fossoyeur. En attendant il fit un excellent repas aux frais du surveillant. Ils terminaient à peine quand le vieux fossoyeur fut introduit. Après quoi, le messager repartit pour la ville, flanqué du surveillant du village et du fossoyeur.

L'audience de midi était ouverte, et le juge Ti avait pris place derrière la haute table. Il s'adressa tout d'abord à Ho Kaï :

— Que s'est-il passé dans ton village depuis que tu en as la surveillance ? Comment se fait-il que tu aies négligé tes devoirs au point de ne pas me transmettre ton rapport ?

Le surveillant Ho, qui avait compris que le juge Ti venait de découvrir qu'un crime avait été commis dans son village, s'empressa de répondre :

— L'insignifiante personne que je suis a été nommée en mars de l'année dernière et a pris ses fonctions en avril. Dès lors, j'ai toujours consciencieusement fait mon devoir. Mais depuis que Votre Excellence a pris son poste, les fonctionnaires subalternes sont honnêtes et les gens en paix, en conséquence je n'ai rien à signaler dans mon village. Comment oserais-je négliger mon travail alors que j'ai été jugé digne d'être honoré par cette nomination ? J'implore la bienveillance de Votre Excellence.

— Dans la mesure où tu as pris tes fonctions en avril, ainsi que tu l'affirmes, remarqua le juge Ti, comment peux-tu ignorer qu'un crime a été commis dans ton village au cours du mois de mai qui suivit ?

Ces mots firent sur le surveillant Ho Kaï l'effet d'une douche froide.

— Je fais mes rondes régulièrement jour et nuit, répliqua-t-il dans le plus grand embarras, mais je n'ai jamais entendu parler d'une telle affaire. Si un crime s'était effectivement produit, comment aurais-je eu le front de le dissimuler et de n'en point aviser Votre Excellence ?

— Je n'insisterai pas là-dessus pour l'instant, rétorqua le juge Ti. Mais sais-tu comment est mort Pi Hsun ? Tu es le surveillant du village, tu dois être au courant, non ? Dis-moi vite la vérité !

— J'ai toujours pensé, répondit Ho Kaï, que dans mes fonctions, il y avait d'une part des choses dont j'avais à rendre compte et de l'autre des affaires de routine qui ne nécessitaient pas de rapports particuliers. Or plusieurs centaines de familles vivent dans mon village et il ne se passe pas un seul jour sans que je reçoive notification d'un mariage, d'un décès ou d'une naissance. Je n'ai rien constaté d'anormal à la mort de Pi Hsun ; ses parents ne se sont plaints de rien de suspect, non plus que les voisins : ni plainte, ni dénonciation. Je sais seulement qu'il est mort l'an passé, le jour de la Fête des Bateaux-dragons. Voilà toute la vérité.

— Tête de mule ! s'exclama le juge avec colère, sois plus consciencieux dans ton travail ! Je connais la vérité, et toi tu continues à ergoter. Voilà qui me suffit à constater la manière dont tu conçois tes tâches.

Après avoir ainsi tancé le surveillant Ho Kaï, le juge Ti fit appeler le vieux fossoyeur.

Le vieillard, terrorisé au plus haut point, tremblait comme une feuille.

— Je suis le fossoyeur de Gao-tsia-oua, déclara-t-il en tombant à genoux face au juge, et je présente mes respects à Votre Excellence.

Devant une telle humilité, le juge Ti eut le plus grand mal à réprimer un sourire au souvenir de sa grossièreté de la veille.

— Dis-moi ton nom et depuis quand tu es fossoyeur dans ce village, demanda le juge Ti.

— Le vieillard que je suis se nomme Tao... commença le fossoyeur, aussitôt interrompu par les sbires qui lui crièrent :

« Espèce de vieux chien, rustre insolent ! Comment oses-tu dire : " Le vieillard que je suis " en t'adressant à Son Excellence ? Ignores-tu que tu dois dire : " L'insignifiante personne que je suis " lorsque tu te trouves en présence de ton magistrat ? On va te faire tâter du bambou, tout vieux que tu sois ! »

Remis à sa place par les sbires, le vieillard ahuri répéta en hâte :

— L'insignifiante personne que je suis mérite la mort. Je suis fossoyeur depuis trente ans. Qu'y a-t-il pour le service de Votre Excellence ?

— Relève la tête, ordonna le juge, pour voir si tu reconnais ton magistrat.

Le fossoyeur leva timidement les yeux et, en reconnaissant le juge Ti, crut que son âme l'abandonnait. Il frappa plusieurs fois le sol de son front en gémissant :

— L'insignifiante personne que je suis mérite la mort. J'ignorais qu'hier je parlais à Votre Excellence. Mais croyez-moi, dorénavant je ne me montrerai plus jamais grossier envers quiconque se présentera dans ce maudit cimetière !

A ces mots, les sbires et les autres employés du tribunal comprirent que le juge s'était livré à sa petite enquête particulière.

— A présent, expose-moi en détail comment se sont déroulées les funérailles de Pi Hsun ; dis-moi qui a accompagné le cercueil et tout ce que tu sais sur cette affaire.

— Chaque fois qu'une famille se rend au cimetière pour y faire enterrer quelqu'un, déclara le fossoyeur, on me donne deux cents sapèques pour creuser la tombe et élever un tumulus. L'année dernière, trois jours après la Fête des Bateaux-dragons, deux femmes accompagnèrent un cercueil au cimetière. J'appris que le défunt était Pi Hsun, une des femmes sa vieille mère et l'autre sa veuve. J'avais tout d'abord prévu de l'ensevelir au milieu des autres. Mais quand j'eus creusé la fosse et m'apprêtai à y descendre le cercueil, j'entendis du bruit à l'intérieur. Cela m'a flanqué une telle peur que j'ai demandé aux femmes si elles étaient bien sûres qu'il était mort et de quoi. Avant que la mère ait eu le temps d'ouvrir la bouche, la veuve a commencé à me houspiller, glapissant que les choses allaient de mal en pis si les honnêtes citoyens ne pouvaient même plus enterrer tranquillement leurs morts. Et la vieille s'en est mêlée à son tour. Je trouvais plutôt pénible de me disputer avec deux femmes, mais, par ailleurs, je ne tenais pas à m'attirer des ennuis, au cas où l'on viendrait à s'apercevoir que l'homme n'était pas mort de sa belle mort, et où l'on ordonnerait une exhumation. J'ai donc choisi un endroit facilement identifiable, un peu à l'écart des autres tombes, et y ai enterré le cercueil. Mais par la suite, j'ai entendu son esprit appeler toutes les nuits, m'empêchant de dormir en paix. Si je me suis montré si grossier envers Votre Excellence hier, c'est simplement parce que j'avais une peur affreuse de cet endroit précis et ne tenais pas à m'y attarder. Voilà exactement ce que j'ai vu et entendu. Mais en ce qui concerne la façon dont est mort Pi Hsun, j'en ignore tout. Je supplie Votre Excellence de se montrer bienveillante.

— Les choses étant ce qu'elles sont, répondit le juge,

tu peux rentrer chez toi. Mais tâche de te trouver au cimetière le moment venu.

Puis le juge rédigea une sommation à comparaître et demanda au sergent Hong de se rendre le soir même à Houang-houa pour y ordonner à Madame Pi et à sa belle-fille de se présenter le lendemain à l'audience de midi pour interrogatoire. Après quoi le juge se retira dans son cabinet particulier.

— Nous allons à Houang-houa au moins six ou sept fois par mois, remarquèrent les sbires en secouant la tête d'un air perplexe, et nous n'avons jamais entendu parler de cette histoire. Il faut croire que notre juge a de grandes oreilles ! Mais il exagère tout de même ; le double meurtre du Village des Six Milles n'est toujours pas élucidé et il travaille déjà sur une autre affaire. Quelle vie nous fait-il ! Dis-moi, parmi tous ces gens impliqués, n'y aurait-il personne à qui l'on pourrait soutirer quelques sapèques ?

Conversant entre eux de la sorte, les sbires se préparèrent à escorter le sergent Hong jusqu'à Houang-houa.

VII

Madame Pi nie que son fils ait été assassiné ; Le juge Ti interroge la veuve de Pi Hsun.

Le lendemain matin à la première heure, après avoir passé la nuit à Houang-houa, le sergent Hong et deux sbires se présentèrent à la maison de Madame Pi et frappèrent énergiquement à la porte.

— Qui frappe de si bon matin ? cria Madame Pi de l'intérieur.

Elle alla ouvrir et, découvrant trois grands gaillards, se posta aussitôt dans l'encadrement pour les empêcher d'entrer.

— Vous n'êtes pas sans savoir qu'il n'y a pas d'homme dans cette maison, dit-elle, mais seulement deux pauvres veuves. Qui êtes-vous donc pour venir nous déranger de si bonne heure ?

— Nous sommes ici sur ordre, expliqua l'un des sbires, et sûrement pas par fantaisie personnelle ! Vous rendez-vous compte qu'à cette heure nous pourrions être tranquillement en train de dormir chez nous ? Pour quelle raison nous sommes-nous précipités dans ce village sinistre, à votre avis ? Pour prendre de l'exercice ? Nous sommes porteurs d'un mandat de Son Excellence le juge, chargeant le sergent ici présent de vous emmener sur-le-champ, vous et votre belle-fille, au tribunal de Tchang-ping, pour y être interrogées à l'audience de midi. Alors ôtez-vous de notre passage !

Sur ces mots, il repoussa Madame Pi, et les trois hommes firent irruption dans la cour. Voyant que la porte de la chambre du milieu était ouverte, ils y entrèrent. Quant à la porte de la chambre de droite, elle resta obstinément fermée.

Après avoir présenté le mandat du tribunal, le sergent Hong déclara :

— Nous sommes en mission officielle et ne tolérerons aucun retard. Où se trouve votre belle-fille ? Allez lui dire de venir et de nous suivre au tribunal. Inutile de tergiverser !

En apprenant qu'ils pénétraient chez elle sur ordre du magistrat de district, Madame Pi se mit à trembler de tous ses membres et gémit :

— Nous n'avons jamais rien fait de mal et vous voulez nous emmener chez le juge ! Peut-être que l'un de nos créanciers a porté plainte parce que nous ne l'avons pas encore remboursé ? Je vous en prie, messieurs, ayez pitié de cette malheureuse famille. Depuis la mort de mon fils, c'est au prix d'énormes sacrifices que nous arrivons à joindre les deux bouts. Comment rembourser les dettes que nous avons faites pour pouvoir payer les funérailles ? Nous ne sommes que de petites gens, mais nous n'avons jamais encore subi l'affront d'être emmenées par des officiers du tribunal. Je vous en supplie, messieurs, montrez-vous humains et retournez sans nous au tribunal. Vous direz au juge que nous allons nous dépêcher de vendre nos meubles et nos vêtements pour régler nos dettes. Soyez compréhensifs et ne nous traînez pas de force au tribunal !

Ayant ainsi parlé, Madame Pi se mit à pleurer à chaudes larmes. Constatant que la femme était honnête, le sergent Hong lui répondit non sans gentillesse :

— Ne vous inquiétez pas, vos créanciers n'ont pas porté plainte contre vous. Notre juge désire simplement voir votre belle-fille pour lui poser quelques questions.

Vous nous la présentez et nous vous laisserons tranquille, nous n'emmènerons qu'elle au tribunal.

Mais avant même que le sergent eût terminé, Madame Pi s'écria :

— Je ne crois pas que vos compagnons soient de vrais sbires ! Vous commencez par me dire que nous devons toutes les deux vous suivre et ensuite que vous n'avez besoin que de ma belle-fille. Vous voulez enlever ma fille, sachant qu'il n'y a pas d'homme ici pour nous protéger. Je vois le genre d'individus que vous êtes, vous allez la violer et ensuite la vendre à un bordel. Mais pour l'avoir, il faudra me passer sur le corps !

Et elle se dirigea droit sur le sergent. A bout de patience, les sbires la repoussèrent sans ménagement et la firent brutalement asseoir en disant :

— Ecoutez, la vieille, ne comprenez-vous pas que c'est par pure bonté d'âme que le sergent a dit que vous n'aviez pas besoin de venir, vous ? Et n'avez-vous pas vu ces mandats, écrits de la main même de Son Excellence ? Allez-vous prétendre qu'ils sont faux eux aussi ? Vous êtes si bête qu'il n'y a pas à chercher longtemps pour s'apercevoir que votre belle-fille vous roule d'un bout à l'autre. Si dans sa clairvoyance Son Excellence ne s'en était pas rendu compte, vos jours n'auraient certainement pas tardé à être en danger !

Dans l'excitation générale, personne ne s'était aperçu que pendant l'altercation la porte de droite s'était ouverte et que la jeune Madame Pi, debout sur le seuil, n'avait rien perdu de la discussion.

— Mère, intervint-elle alors, ne vous occupez plus d'eux et laissez-moi leur poser quelques questions. Tout d'abord, est-il exact que vous n'ayez qu'une convocation et aucun mandat d'arrêt ? Et ensuite, est-il vrai que personne n'a porté plainte contre nous ? Ni moi ni ma mère n'avons jamais enfreint la loi. Les anciens n'ont-ils pas dit avec justice : « Tout tranchant que soit l'acier de l'épée, il ne coupera jamais la tête d'un innocent » ?

Eh bien, tout magistrat de district que soit le juge, il ne devrait pas se permettre de donner des ordres déraisonnables. Lorsque la cour impériale apprend qu'une veuve est morte fidèle à la mémoire de son époux, le gouverneur érige parfois un temple en son honneur, où les hauts fonctionnaires viennent offrir des sacrifices au printemps et à l'automne. Il n'y a pas la moindre raison pour que des sbires viennent arrêter deux veuves éplorées. Si le juge désire nous demander quelque chose, il n'a qu'à le dire. Nous n'avons commis aucun crime et ne craignons pas de comparaître publiquement au tribunal. Mais nous n'allons pas nous laisser emmener de la sorte. Et si vous nous forcez à vous suivre, nous refuserons de quitter le tribunal avant que toute cette affaire n'ait été entièrement tirée au clair ; ainsi le juge ne pourra pas dire que nous n'avons pas obéi à ses ordres.

Entendant ce discours éloquent, dont chaque mot frappait juste, les sbires déconcertés se tournèrent vers le sergent Hong pour qu'il prît en charge la suite des opérations.

— Eh bien, ma jeune dame, vous êtes d'une éloquence rare pour quelqu'un de votre âge. Je commence à comprendre comment vous avez pu commettre des crimes aussi étonnants. Pour ce qui est de ce dont vous êtes accusée, je ne suis pas le magistrat de Tchang-ping. La seule chose que je sache c'est la façon dont on exécute un mandat d'amener. Si vous désirez en savoir davantage, vous vous adresserez directement au tribunal. Vos belles paroles ne nous impressionnent nullement, quant à nous.

Ce que disant, il fit un signe aux sbires qui saisirent Madame Veuve Pi par les bras et l'entraînèrent hors de la chambre sans lui laisser le temps d'intervenir davantage. La vieille Madame Pi, incapable de résister aux sbires, se jeta sur le sol en proie à une crise de désespoir. Mais sans lui accorder plus qu'un dernier regard, le sergent et les sbires s'éloignèrent avec sa belle-fille.

Une foule de villageois s'étaient rassemblés dans la rue, curieux de savoir ce qui se passait.

— Nous emmenons cette femme au tribunal pour l'interroger, sur ordre de Son Excellence, le magistrat de Tchang-ping. Si quiconque nous empêche d'exécuter nos ordres, il se verra incriminé dans cette affaire. Et sachez qu'il ne s'agit pas d'une affaire de peu de gravité !

Admonestés de la sorte, les badauds s'empressèrent de se disperser, personne ne voulant avoir affaire à la justice.

Le sergent et sa petite troupe se hâtèrent vers Tchang-ping et arrivèrent au tribunal à midi.

Lorsque le juge Ti eut été informé de leur présence, il leur ordonna d'attendre dans la salle d'audience. Puis il revêtit sa robe de cérémonie et sa coiffe de magistrat ; le rideau de l'estrade s'ouvrit et le juge apparut, assis derrière la haute table. Tournant les yeux vers les scribes et les sbires en rang face à lui, il ordonna d'une voix forte :

— Faites avancer l'accusée !

Les sbires s'écrièrent : « A vos ordres ! » et après avoir fait approcher la jeune Madame Pi, ils la firent s'agenouiller devant l'estrade.

Mais l'impressionnant cérémonial du tribunal ne troubla aucunement Madame Pi. Avant même que le juge ne se fût adressé à elle, elle prit la parole :

— L'insignifiante personne que je suis, Madame Pi née Tchou, présente ses respects à Votre Excellence en frappant le sol de son front. On m'a conduite ici sur ordre de Votre Excellence ; je désire apprendre quel est mon crime. Je suis une jeune veuve affligée et ne peux rester longtemps agenouillée sur ces dalles.

Courroucé par une telle impudence, le juge Ti s'exclama :

— Comment osez-vous vous qualifier de « veuve affligée » ? Vous pouvez peut-être abuser votre stupide vieille mère, mais pas moi, le juge. Relevez la tête et regardez-moi !

Madame Tchou — ainsi que nous l'appellerons désormais — obéit et sursauta aussitôt.

« C'est le médecin qui est venu chez nous l'autre jour, pensa-t-elle. Je comprends à présent pourquoi je m'en suis tout de suite méfiée et n'ai cessé depuis de me demander ce qui m'avait paru étrange en lui. »

Si au fond d'elle-même elle était extrêmement inquiète, rien de son trouble ne transpira sur son visage, et elle déclara d'une voix ferme :

— J'ignorais que le médecin de l'autre jour n'était autre que Votre Excellence et je me suis montrée impolie à son égard. Je vous ai offensé sans le vouloir et vous ne pouvez retenir cela contre moi. Votre Excellence a la réputation d'être un magistrat juste. Comment une telle vétille peut-elle vous courroucer ?

— Vous ne me connaissez pas encore, femme débauchée ! Lorsque votre mari était encore jeune, vous auriez pu vivre heureux et vieillir ensemble. Pourquoi avez-vous préféré l'adultère et assassiné ensuite votre époux ? Sachez que votre mari, ne pouvant trouver le repos dans sa tombe, vous a accusée en ma présence. Ignorez-vous que tuer son mari est pour une femme le crime le plus grave aux yeux de la loi ? Avouez la façon dont vous l'avez assassiné et le nom de votre amant.

S'entendre accuser d'avoir tué son époux, Pi Hsun, fut un terrible coup au cœur pour Madame Tchou. Elle parvint néanmoins à cacher son émoi et répondit d'un ton calme :

— Votre Excellence est notre père à tous, nous les petites gens. Je vous ai offensé sans le vouloir l'autre fois. Comment pouvez-vous me calomnier pour un motif aussi bénin et me croire coupable d'un tel crime ? Et ce crime dont vous m'accusez à tort, Votre Excellence, est puni de mort. Vous ne devriez pas traiter à la légère des questions aussi graves.

Le juge Ti voyait à présent que Madame Tchou, misant sur sa beauté, cherchait à le mettre dans une situation embarrassante en insinuant qu'il lui avait rendu visite avec une arrière-pensée et, rabroué, essayait de se venger d'elle.

— Je sais que vous êtes intelligente, dit-il, mais votre langue acérée ne vous sera d'aucun secours. Je vais vous en donner la preuve et l'on verra si ensuite vous n'avouez pas. Votre défunt époux m'a clairement fait savoir que vous l'aviez assassiné et en outre que, de peur que votre fillette ne vînt à révéler votre adultère, vous lui aviez administré une drogue pour la rendre muette. Je l'ai vue personnellement l'autre jour. Osez-vous encore nier votre crime ? Si vous n'avouez pas tout de suite, je vous interrogerai sous la torture.

Madame Tchou, cependant, ne se laissa pas intimider.

— Comment pourrais-je avouer lorsque je n'ai rien à avouer ? rétorqua-t-elle. Vous pouvez me torturer jusqu'à ce que mort s'ensuive, mais vous ne pourrez jamais me faire avouer un crime que je n'ai pas commis !

— Vous osez me défier en plein tribunal ? Eh bien, je vais hasarder cette coiffe noire officielle et risquer de passer pour un magistrat cruel. Nous verrons bien si vous avouez sous la torture. Commencez par lui donner quarante coups de fouet !

Les sbires déchirèrent sa robe pour lui dégager le dos et lui administrèrent les quarante coups de fouet ordonnés.

VIII

Accusée de meurtre, Madame Tchou prononce un discours habile ; la bêtise de sa mère suscite la pitié de tout le monde.

Loin de faire avouer Madame Tchou, la torture la poussa à déclarer :

— Votre Excellence est notre père à tous dans ce district. Comment pouvez-vous faire du mal aux braves gens sans la moindre preuve ? Est-ce là votre conception de ce que doit être un magistrat ? Mais si vous croyez que la torture me fera avouer, vous rêvez ! Vous affirmez que j'ai assassiné mon mari, sans autre preuve que le témoignage d'un esprit. Comment allez-vous le prouver ? Pouvez-vous me produire une accusation écrite, émanant de cet esprit ? Sachez que tout magistrat de district que vous soyez, vous n'êtes pas tout-puissant. Si, à cause d'une rancune personnelle, vous persistez à me calomnier et à me torturer, eh bien, l'on dit que les portes des autorités supérieures sont toujours ouvertes aux persécutés et aux opprimés. Et quand bien même vos supérieurs refuseraient d'intenter une action contre vous, je soumettrai mon cas aux juges des Enfers, lorsque vous m'aurez torturée à mort. Et n'oubliez pas, quand il a été prouvé qu'un magistrat a accusé à tort un innocent, la loi réserve à l'accusateur le châtiment prévu pour l'accusé. Je ne suis peut-être qu'une jeune veuve sans défense, mais je ferai tout mon possible pour que cette coiffe noire de juge vous soit retirée.

Le juge Ti ordonna ensuite aux sbires de lui appliquer les poucettes. Ils obéirent et serrèrent la vis de plus en plus fort. Mais Madame Tchou ne fit qu'en crier de plus en plus fort qu'elle était accusée à tort.

— Je sais que vous êtes une femme endurcie, dit alors le juge, mais votre peau et votre chair ne sont pas de bronze. S'il le faut, je poursuivrai l'expérience toute la journée.

Et il ordonna aux sbires de serrer encore l'écrou.

Devant les incessantes protestations d'innocence de Madame Tchou soumise à la torture, les sbires commencèrent à douter de sa culpabilité. Sur un signe discret les uns aux autres, ils firent mine de serrer les poucettes, ne cessant de crier à Madame Tchou qu'elle devait avouer, alors qu'en réalité à chaque tour de vis, ils desserraient un peu la pression. Quant à leur chef, voyant que le sergent se tenait sur le côté de l'estrade, il lui fit signe de reculer, jusqu'à ce qu'il sorte du champ de vision du juge. Puis il s'approcha de lui et chuchota :

— Sergent, lorsque vous êtes parti enquêter l'autre jour avec votre maître, quelle preuve avez-vous découverte exactement ? Le juge s'est contenté de nous ordonner de serrer les vis, mais si elle venait à mourir et que son innocence était par la suite prouvée, cela coûterait à Son Excellence son nom et sa situation, et à nous, la vie. Cette histoire du fantôme de son mari qui l'aurait accusée n'était qu'un subterfuge pour la faire avouer, mais il a échoué. A mon avis, sergent, notre juge, qui est si perspicace d'habitude, ne doit pas être dans son meilleur jour. S'il possède effectivement la preuve qu'elle a assassiné son époux, pourquoi n'a-t-il pas commencé par faire exhumer le corps pour ensuite, si elle persiste à nier, malgré la preuve exhibée au vu de tout un chacun, la torturer ? Sergent, je vous supplie d'user de votre influence auprès du juge pour qu'il interrompe la torture, au moins pour aujourd'hui. Nous verrons bien demain.

Le sergent pensa que les propos du chef des sbires

Le juge Ti interroge Madame Tchou sous la torture. Le sergent Hong conseille au juge d'interrompre la séance. Le panneau de gauche veut dire : « Respect et silence ».

n'étaient pas dénués de sens. Les faits remontaient effectivement à près d'un an, aucune plainte n'avait été déposée et il n'existait pas l'ombre d'une preuve formelle. Il était hautement inconcevable de faire témoigner au tribunal un esprit désincarné. Le sergent monta donc sur l'estrade et, debout derrière le siège du juge Ti, lui demanda tout bas s'il ne vaudrait pas mieux cesser la torture pour ce jour.

— Ce que j'ai découvert suffit à me convaincre du bien-fondé de mon accusation, répondit le juge Ti avec colère. Comment pourrais-je jamais me justifier à mes propres yeux de laisser ce meurtre impuni ? Si les hommes ont peur de poursuivre la torture, j'ordonnerai une exhumation demain. Et si le corps ne nous fournit pas la preuve tangible d'un assassinat, je recevrai avec joie le châtiment destiné à cette femme. Je n'ai pas l'intention d'abandonner cette affaire en cours de route.

— Vous persistez à clamer votre innocence, dit-il ensuite à Madame Tchou, mais sachez qu'au prochain interrogatoire, je vous mettrai en présence d'une preuve que vous ne pourrez réfuter.

Après quoi il ordonna aux sbires de lui ôter les poucettes et de la conduire en prison. Puis il donna l'ordre au sbire de service de se rendre à Houang-houa et de ramener Madame Pi au tribunal. Enfin il demanda à d'autres sbires d'aller au cimetière de Gao-tsia-oua prendre toutes les dispositions pour procéder le lendemain à une exhumation.

Lorsque l'audience fut levée, tous les sbires et les gardes du tribunal discutèrent entre eux de l'affaire. Ils étaient gagnés par le doute et craignaient que le juge se soit pour une fois fourvoyé.

« Il ne s'agit pas d'une bagatelle, se disaient-ils, car bien qu'il y ait matière à soupçons, notre juge court un très gros risque. Si l'autopsie ne révèle aucune trace de meurtre, il est perdu. »

Le sbire parti chercher Madame Pi se présenta chez

elle à la nuit tombée. Les dernières nouvelles en provenance du tribunal étaient déjà parvenues au village et au coin de la rue un groupe de voisins et de badauds discutaient avec animation de la culpabilité de Madame Tchou. Comme la foule obstruait la rue, le sbire cria :

— Circulez, je suis en mission officielle. Circulez, il n'y a rien à voir. Si vous voulez voir quelque chose, vous n'avez qu'à venir demain à Gao-tsia-oua !

Là-dessus il frappa à la porte et Madame Pi le fit entrer, le visage baigné de larmes.

— N'est-ce pas un malheur aussi grand que si le ciel nous était tombé sur la tête ? gémit-elle. L'autre jour, il a dit qu'il était médecin, il en avait d'ailleurs tout l'air, et ma fille a eu quelques paroles malheureuses. Mais cela n'a rien d'un crime, n'est-ce pas, alors pourquoi en fait-il une telle histoire à présent ? Je me rendrai moi-même au tribunal demain, malgré mon âge, et je lui dirai en face ce que j'en pense !

— Stupide femme ! répondit le sbire, ne comprenez-vous pas que Son Excellence ne cherche qu'à venger pour vous la mort de votre fils ? Mais pour ce qui est de vous rendre au tribunal, c'est une très bonne idée. J'allais justement vous y emmener, pour que votre fille ne se sente pas trop seule en prison.

Après quoi le sbire entraîna vers la porte la vieille femme qui hurlait de rage et de chagrin.

— Chien de sbire, tout ce que vous savez, c'est accuser les braves gens à tort. De toute façon, je n'en veux plus de cette maison ; je n'en veux plus de ces meubles !

Et, échappant au sbire, elle se mit à jeter dans la rue tout ce qui lui tombait sous la main.

— Tiens, te voilà ! s'exclama avec indignation le sbire à l'adresse du surveillant Ho Kaï qui venait d'arriver. J'ai fait tout le trajet jusqu'ici pour son bien et regarde ce qu'elle fabrique ! Que c'est difficile de savoir s'y prendre avec les gens du peuple ! Ces meubles ne valent pas grand-chose, mais fais-les quand même surveiller par deux de tes assistants. Car si en plus on lui vole quoi que ce soit, c'est nous qui aurons des ennuis.

Ho Kaï acquiesça et le sbire s'éloigna avec Madame Pi, dans la lueur du clair de lune. Il était tard dans la nuit lorsqu'ils frappèrent aux portes de la ville. Par bonheur, les gardes en faction reconnurent le sbire et lui ouvrirent les lourdes portes.

Une fois au tribunal, le sbire prépara une chambre pour Madame Pi dans le corps de garde.

Le lendemain, le juge Ti fit comparaître Madame Pi à l'audience du matin.

— Madame, lui dit-il avec gentillesse, le nom de votre époux était Pi, mais quel est votre nom de jeune fille ? Je tiens par ailleurs à préciser que si je suis venu chez vous l'autre fois, c'était uniquement à cause de la mort de votre fils. Il est mort dans de très étranges circonstances et, à mon avis, il a été assassiné par sa femme. Puisque, en tant que magistrat, il est de mon devoir de venger les offenses infligées aux habitants de mon district, l'esprit de votre fils défunt m'a demandé de punir son meurtrier. Je vous ai fait venir aujourd'hui simplement parce que votre belle-fille refuse obstinément d'avouer son crime et qu'elle m'accuse en outre de la calomnier gratuitement. Si le cadavre n'est pas exhumé et une autopsie opérée, cette affaire ne sera jamais éclaircie. J'ai donc pensé qu'il était de mon devoir de porter tous ces faits à votre connaissance dans la mesure où vous êtes la mère du défunt.

Madame Pi ne se laissa pas pour autant attendrir par une déclaration aussi bienveillante.

— Cela fait près d'un an que mon fils est mort, rétorqua-t-elle. A quoi bon aujourd'hui examiner son cadavre ? L'après-midi de sa mort, maintes personnes ont eu l'occasion de le voir. Votre Excellence a déclaré vouloir redresser le tort que mon fils a subi, mais il n'en a subi aucun. Pourquoi avez-vous soumis ma fille à la torture sans la moindre preuve contre elle ? Vous êtes comme notre père, à nous gens du peuple, comment pouvez-vous nous faire souffrir sous d'aussi futiles prétextes ? A part cela, mon nom de jeune fille est Tang. Ma famille réside dans la région depuis des générations. Nous sommes d'honnêtes gens, ainsi que pourra en témoigner tout le monde dans les environs. Je vous déclare sans ambages que je ne quitterai pas ce tribunal avant que vous n'ayez libéré ma belle-fille, dussé-je en mourir ! Je n'écouterai pas davantage de discours de votre bouche, vous qui, non content d'avoir persécuté les vivants, vous proposez à présent de troubler le repos des morts !

Sur ces mots, elle éclata en sanglots.

Constatant qu'elle était aussi bête qu'honnête et croyait les yeux fermés tout ce que sa belle-fille avait choisi de lui dire, le juge Ti répondit avec impatience :

— Femme stupide, la mort de votre fils n'a pas réussi à éveiller en vous le moindre doute ! Et lorsque je vous en révèle les causes, vous refusez de comprendre. Mais laissez-moi vous dire que s'il s'avère que votre fille est innocente, c'est moi votre magistrat qui subirai le châtiment qui lui était destiné. Je suis absolument prêt à cette éventualité, pour le salut de votre fils défunt. Mais vous, sa mère, refusez que je fasse exhumer son cadavre, de sorte que le tort qu'il a subi ne pourra jamais être redressé. Or, en tant que magistrat, je ne peux tolérer que ce meurtre reste impuni. Je vais risquer ma coiffe noire pour découvrir la vérité. En conséquence, j'ordonne que l'on procède à l'exhumation, que vous le vouliez ou non !

Après avoir fait emmener la femme, il fixa l'exhumation au lendemain. Il quitterait le tribunal à huit heures, et l'exhumation aurait lieu à deux heures. Puis regagnant son cabinet particulier, il rédigea un rapport détaillé à l'adresse des autorités supérieures.

Les sbires voyaient à présent leurs craintes confirmées. S'ils critiquèrent entre eux le juge, personne n'osa lui demander de différer l'exhumation, et c'est à contrecœur qu'ils entreprirent de procéder aux préparatifs nécessaires.

Le lendemain matin à la première heure, les sbires se rassemblèrent dans la cour, le gong retentit trois fois et le juge prit place derrière la haute table de la salle d'audience. Il s'adressa tout d'abord au contrôleur des décès :

— Il s'agit d'une affaire très exceptionnelle. Si l'on ne découvre ni blessures ni autres traces de mort violente, je perds ma réputation et ma place. C'est le dernier de mes soucis, mais, en une telle occurrence, vous-même ainsi que les sbires qui participeront à l'opération ne serez pas épargnés. Voilà pourquoi je vous enjoins de procéder à cette autopsie le plus soigneusement possible, afin que nous puissions clore le dossier et venger le mort.

Après avoir fait appeler Madame Pi et Madame Tchou, il dit à cette dernière :

— Vous avez préféré être torturée plutôt que d'avouer votre crime. Peut-être êtes-vous ainsi parvenue à abuser les autres, mais, quant à moi, je ne me laisserai pas tromper par vos artifices. Vous allez, ainsi que votre mère, assister toutes les deux à l'autopsie, et nous verrons ce que vous aurez à déclarer ensuite.

Madame Tchou voyait bien que le juge tenait obstinément à l'exhumation, mais elle ne pouvait croire que l'autopsie lui permette de découvrir qu'un crime avait été commis. C'est pourquoi elle pensa qu'elle pouvait toujours lui montrer qu'on ne se jouait pas d'elle aussi facilement :

— J'ai été torturée et gravement calomniée, ce qui au moins laisse les morts en paix. Mais qu'un an après sa mort, vous osiez troubler le repos de mon époux, voilà qui est scandaleux. Allez-y, et si le corps présente la moindre trace de violence, c'est avec joie que j'avouerai l'avoir tué. En revanche, si une telle preuve n'existe pas, je vous assure que tout haut fonctionnaire que vous soyez, la loi a prévu un sévère châtiment ! Les lois de notre pays ne doivent pas être prises à la légère, elles ne tolèrent pas que l'on accuse à tort les innocents !

Le juge se contenta de sourire froidement.

IX

Le fossoyeur indique l'emplacement de la tombe ; Le juge Ti fait exhumer le cadavre pour l'autopsie.

Les sbires installèrent Madame Pi et Madame Tchou dans deux chaises à porteurs distinctes et se mirent en route pour Gao-tsia-oua.

Puis le juge Ti, qui avait pris place dans son palanquin officiel, quitta à son tour le tribunal, accompagné de toute sa suite, parmi laquelle le contrôleur des décès et ses assistants.

A la nouvelle que le cadavre de Pi Hsun allait être exhumé, les gens du voisinage en conclurent unanimement qu'il s'agissait d'une affaire très grave. Lorsque le juge et sa suite prirent la grand-route, jeunes et vieux se joignirent au cortège.

Ils arrivèrent un peu avant midi à Houang-houa, où le surveillant Ho Kaï et le vieux fossoyeur vinrent accueillir le juge, l'avisant que tout était prêt au cimetière de Gao-tsia-oua.

Toutefois, avant de s'y rendre, le juge Ti fit approcher de son palanquin le sergent Hong auquel il dit à voix basse :

— L'autre jour, le garçon de bains t'a parlé d'un jeune homme qui était le voisin de Pi Hsun au marché. Va le voir et essaie de le faire parler. Par ailleurs, comme la journée promet d'être longue, je ne rentrerai pas en ville ce soir, mais dormirai à l'auberge où nous avons déjà séjourné, ajouta-t-il avant de se remettre en route.

Au cimetière de Gao-tsia-oua, on avait dressé auprès de la tombe de Pi Hsun un grand auvent de jonc sous lequel siégerait le tribunal. Un groupe de sbires avait déjà pris place autour et disposé les instruments nécessaires à l'exhumation.

Le juge Ti descendit du palanquin et se dirigea aussitôt vers la tombe de Pi Hsun. Constatant que rien n'avait été touché depuis son dernier passage, il s'assit derrière la haute table et fit appeler le vieux fossoyeur ainsi que Madame Tchou.

— Tu m'as dit que cette tombe était celle de Pi Hsun, dit-il au fossoyeur. Je dois t'avertir que si l'on s'aperçoit après l'exhumation que l'on a fait erreur, tu seras coupable d'un crime grave. Il sera alors trop tard pour les remords.

— Comment oserais-je mentir là-dessus, répondit le fossoyeur, en la présence de la mère et de la veuve du défunt ?

— Ce n'est pas que je sois incrédule, rétorqua le juge. Mais Madame Tchou a essayé de me tromper par tous les moyens possibles et m'a même menacé du châtiment réservé aux calomniateurs. S'il s'avère qu'il ne s'agit pas de la tombe de Pi Hsun, non seulement l'enquête ne pourra se poursuivre, mais je serai accusé d'avoir profané gratuitement la tombe d'un maheureux innocent. C'est pourquoi je désire que tu appliques ton pouce au bas de ce document attestant que cette tombe est bien celle de Pi Hsun. En cas d'erreur, tu en subiras les conséquences.

Puis, se tournant vers Madame Tchou, il poursuivit :

— Ecoutez-moi bien. Je fais exécuter cette exhumation dans l'intérêt de la justice et non pour prouver que j'ai toujours raison. Cette exhumation, toutefois, est une opération cruelle pour la dépouille de votre mari. Vous êtes son épouse légitime et, que vous l'ayez assassiné ou non, il est de votre devoir à présent, avant que nous commencions, de prier pour le repos de son âme.

Le juge Ti ordonna au fossoyeur de la conduire devant la tombe. La vieille Madame Pi, comprenant soudain que le corps de son fils allait être effectivement exhumé, était éperdue de chagrin et, pleurant à chaudes larmes, elle dit à sa fille en la retenant par la manche :

— Ma fille, notre sort est tragique. Il ne suffisait apparemment pas que mon fils mourût dans la fleur de l'âge. Sa sépulture va être profanée et nous devons affronter ce cruel fonctionnaire.

Madame Tchou, quant à elle, restait très calme.

— Il est inutile de pleurer à présent, lui répondit-elle à voix haute. A la maison, vous ne m'avez jamais laissée en paix. Vous avez amené toutes sortes de gens et cette affaire est l'aboutissement de votre conduite. Pleurer maintenant ne vous sera d'aucun réconfort. Mais attendez la fin de l'exhumation, lorsqu'il aura été prouvé que Pi Hsun n'a pas été assassiné. Je n'aurai pas peur de ce magistrat. Les lois établies par notre Auguste Empereur lui enjoignent de gouverner les gens, non de les faire souffrir. Il devra subir le châtiment qu'il me réservait. Puisqu'il m'ordonne de prier pour mon mari, je vais le faire, pour en finir avec cette histoire !

Elle repoussa sa mère, alla se placer devant la tombe et s'inclina trois fois de suite. Non seulement elle ne manifesta pas le moindre chagrin, mais elle arborait au contraire un air de défi. Elle insulta même le fossoyeur, le traitant de vieille tête de mule, et lui promit de s'occuper de lui après l'exhumation.

— Qu'est-ce que vous attendez ? ajouta-t-elle. La dame a terminé, mettez-vous à l'œuvre !

Le vieux fossoyeur, véritablement indigné de se voir ainsi insulter, ne voulut pas commencer à se quereller avec une femme devant tout le monde. Il se dirigea vers le juge et lui demanda s'il pouvait commencer son travail.

Le juge Ti n'avait rien perdu de la scène. Il n'avait

demandé à Madame Tchou d'aller se recueillir devant la tombe qu'à seule fin d'observer ses réactions. Ayant constaté qu'elle ne manifestait aucun chagrin et parlait même durement au vieillard, il était plus convaincu que jamais de sa culpabilité. Il ordonna au fossoyeur de procéder à l'exhumation.

Le vieil homme et ses assistants prirent leurs outils et se mirent à creuser. Au bout d'une demi-heure, tout le devant du tumulus avait été déblayé, et l'on apercevait le cercueil. Ils le sortirent lentement et le débarrassèrent de la terre et de la boue qui le recouvraient.

Le juge leur ordonna de l'approcher de l'auvent de jonc et le fit installer sur deux tréteaux, près de la haute table.

En découvrant le cercueil de son fils, juste devant elle, Madame Pi tomba aussitôt en syncope. Deux sbires la relevèrent et l'aidèrent à s'asseoir.

Puis le juge Ti ordonna au surveillant Ho Kaï et à ses aides d'ouvrir le cercueil.

Lorsque le lourd couvercle coulissant fut tiré, la foule des curieux qui, ne voulant rien perdre des opérations, n'avait cessé de s'approcher, reflua précipitamment.

Le cadavre fut précautionneusement extrait du cercueil, avec l'épaisse natte sur laquelle il reposait, et placé sur celles qui avaient été étendues à cet effet devant la haute table. Le cercueil hermétiquement scellé et la sécheresse de l'air avaient convenablement conservé le corps, que la décomposition n'avait que peu altéré. C'était malgré tout un spectacle plutôt macabre, d'autant plus que les yeux grands ouverts laissaient apparaître des globes oculaires grisâtres et racornis. Plusieurs villageois commentèrent ce fait, affirmant que c'était là une preuve manifeste que Pi Hsun avait péri de mort violente.

Quittant sa place, derrière la haute table, le juge Ti se dirigea vers le cadavre. Il contempla longuement ses yeux éteints avant de déclarer gravement :

— Pi Hsun, Pi Hsun, ton magistrat est aujourd'hui ici

pour redresser le tort qui t'a été fait. Si tu es mort de mort violente et si ton âme m'entend toujours, je te demande de te manifester en fermant les yeux.

Et, à l'horreur et à la stupéfaction de tous les spectateurs, les paupières parcheminées du mort se mirent à battre légèrement avant de se refermer sur ses yeux.

Lorsque l'émoi provoqué par ce phénomène surnaturel se fut apaisé, le juge Ti ordonna au contrôleur des décès de procéder à l'autopsie.

Après avoir superficiellement considéré le cadavre, le contrôleur des décès déclara :

— Votre Excellence, ce cadavre ayant été enterré depuis fort longtemps, il m'est impossible de l'examiner dans l'état où il se trouve. Permettez-moi, je vous prie, de le faire tout d'abord purifier.

Le juge ayant donné son accord, le contrôleur des décès et ses assistants entreprirent d'enlever le linceul. Le drap se souleva facilement, mais là où la décomposition avait commencé son œuvre, il fut difficile de l'ôter sans abîmer la peau qui y adhérait. Le contrôleur des décès ordonna donc au fossoyeur de faire chauffer de l'eau dans une grande marmite en fer. Quand l'eau fut chaude, il en humecta plusieurs fois le cadavre et le débarrassa entièrement du linceul.

Le contrôleur des décès prit alors deux gallons de vin pur et lava soigneusement le cadavre de la tête aux pieds. Cela fait, il avisa le juge qu'il allait commencer l'autopsie.

Malgré la présence de plusieurs centaines de personnes, un silence complet régnait. Tout le monde tendait la tête pour ne rien perdre des gestes du contrôleur des décès.

Ce dernier examina tout d'abord attentivement le visage et la gorge du mort, puis poursuivit son examen pouce par pouce. La foule observait sa progression dans un silence tendu. Lorsqu'il en eut terminé avec le ventre, sans avoir toujours rien signalé au juge, les gens commencèrent à s'agiter et certains se parlèrent à voix basse.

Quand il fut arrivé aux pieds, il demanda à ses assistants de retourner le cadavre. Puis il inspecta le dos, et plus particulièrement la base du crâne et le cou. Mais il ne signalait toujours rien de suspect.

Alors le juge Ti commença à s'inquiéter. Il se leva et s'approcha du contrôleur des décès dont il suivit l'examen. Celui-ci achevé, le contrôleur des décès se tourna enfin vers le juge.

— Ayant procédé à l'examen externe du corps, je déclare que rien ne permet de croire que cet homme ait été assassiné. En conséquence, je demande à Votre Excellence l'autorisation d'employer les méthodes usuelles pour un examen interne, afin de découvrir si un poison lui a été administré.

Avant que le juge n'ait pu répondre, Madame Tchou s'était mise à protester avec véhémence, criant que si son mari avait été empoisonné, des signes extérieurs en auraient témoigné. Elle ne permettait pas que l'on inflige davantage d'outrages au mort.

X

Madame Tchou s'oppose à l'ensevelissement de son époux ; Le juge Ti va chercher au temple un secours spirituel.

— Dans la mesure où le cadavre ne présente aucune trace d'empoisonnement, nous devons procéder à un examen interne, déclara fermement le juge Ti, ainsi que l'exige une autopsie en bonne et due forme.

Devançant toute opposition de Madame Tchou, il ordonna au contrôleur des décès de se mettre aussitôt à l'œuvre.

Le contrôleur des décès versa de l'eau chaude dans la bouche du défunt et, exerçant une pression des mains sur la poitrine et le ventre, il la fit pénétrer puis ressortir. Il prit alors une fine lamelle d'argent poli, d'environ huit pouces de long, et l'inséra délicatement le plus loin possible dans la gorge. Après quoi, se tournant vers le juge, il lui demanda d'assister à l'extraction de la lamelle.

Le juge Ti vint se placer à côté du cadavre. Le contrôleur des décès ressortit la lamelle : elle n'avait pas subi la moindre altération de couleur.

— Voilà qui est hautement étrange, Votre Excellence, remarqua le contrôleur des décès avec perplexité. Je suis obligé de déclarer que rien ne permet de conclure à la mort violente de cet individu. Toutefois, je vous prierai de demander à un de mes collègues, plus âgés et à la réputation incontestée, de procéder à une seconde autopsie, afin de vérifier s'il confirme mes conclusions.

Le juge Ti était en proie à une extrême consternation. Retournant lentement s'asseoir, il dit à Madame Tchou :

— Puisque l'autopsie n'a pas apporté la preuve qu'un crime a été commis, je vais en référer aux autorités supérieures et je subirai toutes les conséquences de mes actes. En attendant, nous ne pouvons laisser ainsi ce cadavre. Nous allons le replacer dans son cercueil et l'ensevelir à nouveau.

Mais avant même qu'il eût fini de parler, Madame Tchou avait donné un coup de pied dans l'un des tréteaux qui soutenaient le cercueil vide : il tomba avec fracas et se brisa en morceaux.

— J'ai affirmé qu'il était mort de maladie, s'écria-t-elle, mais vous, chien de fonctionnaire, avez tenu à faire une autopsie. Et à présent, n'ayant découvert aucune preuve de meurtre, vous voulez l'enterrer de nouveau comme si de rien n'était ! Quelle sorte de magistrat êtes-vous ? Je ne suis qu'une pauvre femme du peuple, mais vous n'avez pas le droit de battre et de torturer une innocente. Hier, vous avez essayé de m'extorquer de faux aveux, aujourd'hui, vous profanez une sépulture. Puisque vous avez exhumé le corps, il ne sera pas réenterré. Nous sommes peut-être de petites gens, mais nous ne nous laisserons pas traiter de la sorte. Ce cadavre ne sera enseveli que le jour où l'affaire sera close et où vous aurez perdu votre coiffe noire de magistrat !

Madame Tchou continua à invectiver le juge Ti sur le même ton, bientôt imitée par sa belle-mère. Le magistrat ne put rien répondre à ces insultes.

Cependant, les spectateurs, voyant que le juge, qu'ils savaient honnête, se laissait insulter en public, étaient tous d'avis que c'était là une situation scandaleuse. Quelques anciens entourèrent Madame Tchou et sa belle-mère et leur firent d'amers reproches : dans la mesure où le mort avait déjà subi l'outrage de l'autopsie, il était honteux de le laisser exposé au grand jour. D'autres ajoutèrent que le juge était un fonctionnaire intègre qui, malgré son erreur dans ce cas précis, avait agi en toute bonne foi et ce essentiellement pour le salut du mort. D'autres encore déclarèrent qu'ils ne tolèreraient pas qu'une femme de leur village injuriât publiquement un fonctionnaire. Les habitants des hameaux voisins n'allaient-ils pas se moquer de nous autres, de Houang-houa, et prétendre que nous ignorons les règles de la bienséance ? Elle ferait mieux d'obéir aux injonctions du juge et de consentir à l'ensevelissement de son époux.

Devant l'unanimité de la foule, Madame Tchou ne crut pas judicieux d'insister davantage, estimant que par ses menaces et ses récriminations elle avait au moins évité qu'un second contrôleur des décès fût appelé pour procéder à une nouvelle autopsie. L'essentiel était que le corps fût replacé dans un cercueil et soigneusement enseveli.

Constatant que l'ancien cercueil était à présent hors d'usage, le juge Ti envoya des sbires en acheter un neuf au village. Dès leur retour, on vêtit en hâte le cadavre et le cercueil fut bientôt fermé. Il resterait là pour l'instant, posé sur les tréteaux.

Une fois remplis les documents relatifs à l'exhumation, le juge Ti rentra à Houang-houa, suivi par la foule des spectateurs.

Comme le jour déclinait, il décida de passer la nuit dans la même auberge que précédemment. Il ordonna de laisser Madame Pi rentrer chez elle, mais de reconduire Madame Tchou en prison et de l'y maintenir jusqu'à nouvel ordre.

Après quoi, le juge Ti se retira dans sa chambre et y resta, seul avec ses tourments.

Le sergent Hong arriva sur ces entrefaites et, après avoir salué le magistrat, lui fit son rapport :

— Suivant les instructions de Votre Excellence, je me suis renseigné sur le jeune homme qui était le voisin de Pi Hsun. J'ai découvert qu'il était très ami avec ce dernier et que sa mort l'a fortement éprouvé. En ce qui concerne le crime, il n'en sait pas plus que nous. Toutefois, il a déclaré que du vivant de Pi Hsun, sa femme adorait se pavaner dans les rues, plaisanter et rire en public, et qu'en tout cas elle ne se conduisait pas comme il convient à une épouse respectable. Pi Hsun lui en fit plus d'une fois le reproche, mais cela finissait toujours par de violentes disputes. Quand, après sa mort, son épouse s'est recluse chez elle, refusant de voir quiconque à l'exception de sa belle-mère, l'étonnement fut grand dans le voisinage.

« Puisque l'autopsie n'a rien révélé, ajouta le sergent, comment allons-nous poursuivre cette affaire ? Malgré notre ferme conviction que Pi Hsun a été assassiné, tant que nous n'en aurons pas la preuve, nous pouvons difficilement soumettre à nouveau Madame Tchou à la torture. En outre, le double meurtre du Village des Six Milles n'est toujours pas élucidé non plus. Et cela fait plus de deux semaines que Ma Jong et Tsiao Taï recherchent vainement le meurtrier. Il est vrai que Votre Excellence n'a rien à craindre pour sa réputation, mais ces crimes odieux exigent d'être punis par la loi. Votre Excellence ne peut-elle découvrir un moyen de...

Sur ces mots, le sergent fut interrompu par de grands cris en provenance de la cour. Craignant que Madame Pi ne soit revenue importuner le juge Ti, il s'apprêta à sortir pour intervenir. C'est alors qu'il entendit le sbire en faction à la porte :

— Vous voulez donc voir Son Excellence le juge ? Vous êtes peut-être l'épouse de cet homme, mais ce n'est pas une raison pour vous mettre dans un tel état. Son Excellence fait tout ce qui est en son pouvoir. Vous allez vous reposer un moment ici et m'expliquer l'affaire ; j'en ferai ensuite part au juge. Comment savez-vous qu'il s'agit de votre époux ?

Le sergent Hong se précipita au-dehors et comprit que l'épouse de la victime non identifiée du meurtre du Village des Six Milles était venue soumettre son cas au juge. Lorsqu'il eut averti son maître, ce dernier ordonna que l'on fît entrer la femme.

Elle avait une quarantaine d'années ; ses cheveux étaient défaits et son visage était baigné de larmes. S'agenouillant devant le juge, elle se mit à gémir, l'implorant de venger la mort de son époux.

Lorsqu'on la somma de s'expliquer, elle fit le récit suivant :

— Mon pauvre mari s'appelait Wang ; il était charretier. Nous habitons à Liou-chui-ko, à quelque vingt milles du Village des Six Milles. La veille du meurtre, la femme de notre voisin est tombée gravement malade et elle a demandé à mon mari d'aller chercher au plus vite son époux qui se trouvait pour affaires au Village des Six Milles. Or mon mari devait s'y rendre de toute manière avec sa charrette à bras pour en rapporter de la marchandise. Il se mit donc en route le soir même, comptant être de retour au petit matin. Mais je l'ai attendu vainement toute la journée du lendemain. Je ne me suis pas trop inquiétée au début, pensant qu'il avait pu trouver quelque transport à effectuer. Toutefois, lorsque au bout de trois jours notre voisin est revenu et m'a dit qu'il n'avait pas vu mon mari, j'ai commencé à m'inquiéter sérieusement. J'ai patienté encore quelques jours et puis j'ai demandé à des parents d'aller se renseigner le long de la route et au Village des Six Milles. Ils sont tombés par hasard sur un cercueil, près du corps de garde, et ont lu l'avis officiel placardé à côté. D'après la description de la victime non identifiée, ils reconnurent aussitôt mon époux, lâchement assassiné par un inconnu. Je supplie Votre Excellence de venger sa mort !

Emu par le chagrin de la femme, le juge Ti chercha à la réconforter, l'assurant que tout avait été mis en œuvre pour retrouver l'assassin. Puis il lui offrit quelques pièces d'argent afin qu'elle fasse dignement enterrer son époux.

Après le départ de la veuve Wang, le juge Ti resta plongé dans des pensées mélancoliques. Il avait failli à ses devoirs de magistrat et il ne voyait pas comment il pouvait rester à son poste, alors qu'il s'était montré incapable de servir l'Etat et le peuple.

Le domestique lui apporta son dîner, mais le juge n'avait pas le moindre appétit et il dut se forcer à manger un peu. Le repas se termina dans un silence lugubre, en compagnie d'un sergent Hong des plus abattus ; après quoi le juge Ti alla se coucher.

Le lendemain matin, le magistrat quitta l'auberge de bonne heure et, accompagné de son escorte, retourna à la ville. Il fit néanmoins un détour par le Village des Six Milles, où il ordonna personnellement au chef du village de fournir à Madame Wang toute l'aide nécessaire pour faire transporter la dépouille de son mari dans son village.

A peine arrivé dans son cabinet particulier, le juge Ti humecta son pinceau à calligraphier et rédigea un rapport destiné aux autorités supérieures. Il décrivit en détail la façon dont il avait commis le crime de profaner une sépulture et exigea pour lui-même le châtiment approprié. Lorsqu'il eut achevé cette triste tâche, il ordonna à ses domestiques de lui préparer un bain et les informa qu'il était inutile de lui apporter à dîner car il avait l'intention de jeûner.

Lorsqu'il eut pris son bain et se fut changé, il ordonna au sergent Hong de se rendre au temple de la ville pour prévenir le supérieur qu'il désirait y passer la nuit ; la grande salle du temple était fermée au public dès la tombée de la nuit, et tout le monde, hormis les religieux, était tenu de quitter les lieux.

Le juge Ti se rendit au temple au crépuscule. Arrivé devant le portail, il renvoya son escorte et pénétra seul dans la grande salle.

Le sergent Hong y avait déjà préparé dans un coin

une couche à son intention et avait également placé devant l'autel un coussin pour la méditation.

Le conseiller du juge alluma un nouveau bâtonnet d'encens dans le brûle-parfum et se retira. Il étendit sa natte sur l'un des larges degrés qui menaient à la grande salle et s'y allongea.

Puis le juge Ti s'agenouilla sur les dalles devant l'autel et pria avec ferveur. Il implora les Puissances d'En-Haut de lui indiquer le droit chemin, sachant combien il désirait que justice soit faite.

Il s'assit en tailleur sur le coussin, le buste bien droit, ferma les yeux et s'efforça d'atteindre la sérénité d'esprit.

XI

Le juge Ti découvre dans un livre une clé à l'énigme ; Un rêve fournit des explications à des événements anciens.

Cependant, le juge s'aperçut qu'il était incapable de se concentrer. Les difficultés de l'affaire Pi Hsun, le suspense de l'exhumation et de l'autopsie, ainsi que les menaces de Madame Tchou et les lamentations de Madame Wang, tout cela continuait à s'agiter dans son cœur. Il resta assis sur le coussin de prière un long moment, mais bien qu'il gardât les yeux clos, s'efforçant de calmer son agitation intérieure, ses doutes et ses soupçons ne le laissèrent pas en paix.

Lorsque la première veille fut pratiquement écoulée, le juge Ti commença à s'impatienter. Il était venu au temple dans le but exprès de trouver dans le rêve un secours à ses tracas, mais si le sommeil refusait de venir, sa tentative s'avérerait vaine.

Il se leva et descendit les degrés du temple, où il découvrit le sergent Hong déjà profondément endormi. Ne voulant pas le déranger, il retourna dans la grande salle et se mit à l'arpenter de long en large.

Comme il repassait pour la vingtième fois peut-être devant la grande table de l'autel, il remarqua un livre qui était posé là.

« On dit que lire fait venir l'esprit du sommeil. Lisons donc un moment, ce livre m'aidera peut-être à passer le temps ou alors il m'ennuiera à tel point que je m'endormirai. »

Il prit donc le livre et l'ouvrit au hasard.

Il s'agissait en fait d'un recueil de réponses destiné à la consultation des baguettes de bambou *.

« Puisque je suis ici pour recevoir l'avis des Puissances d'En-Haut, pensa le juge, autant interroger le destin en tirant ces bambous divinatoires. Qui sait si les esprits n'ont pas choisi ce moyen précis pour se manifester ? »

Il replaça respectueusement le livre sur l'autel, alluma les chandelles et un autre bâtonnet d'encens dans le brûle-parfum. Puis il s'inclina profondément devant l'autel et pria un moment en silence. Se redressant, il prit le vase à deux mains et l'agita jusqu'à ce qu'un bambou en tombât. Il le ramassa précipitamment : il portait le numéro 24. Il ouvrit de nouveau le livre et le feuilleta jusqu'à ce qu'il eût trouvé le paragraphe numéro 24. Il avait pour titre les deux mots « milieu » et « pair » ; en dessous figurait un nom : « Dame Li. »

Le juge se rappela que cette « Dame Li » était un personnage historique célèbre qui avait vécu plus de mille ans auparavant. Concubine d'un roi, elle le poussa à assassiner le prince héritier ; peu après, le royaume fut

* Il existe en Chine divers procédés de divination. Celui auquel il est fait allusion ici est très populaire et pratiqué dans la plupart des temples. On place dans un vase d'environ un pied de haut une cinquantaine de baguettes de bambou numérotées, d'un pied et demi de long. La personne qui désire consulter l'oracle allume tout d'abord de l'encens, puis énonce sans bouger les lèvres la question à laquelle elle souhaite obtenir une réponse. Puis elle prend le vase contenant les bambous et, l'élevant des deux mains au-dessus de l'autel, l'agite jusqu'à ce que l'un des bambous en tombe. On se reporte alors dans le livre au numéro indiqué par le bambou, et les réponses, généralement rédigées sous forme de vers cryptés, sont analysées pour y découvrir un indice permettant de répondre plus clairement à la question du consultant. Comme dans la plupart des quatrains chinois, le dernier vers des poèmes divinatoires est souvent aussi le plus important. (R. V. G.)

renversé et le roi dut s'enfuir pour échapper à la mort. Le juge Ti pensa que cela pouvait s'appliquer à Madame Tchou qui, en assassinant son époux, avait attiré le malheur sur sa maison.

Suivait un court poème :

Le lever du jour n'est jamais annoncé par la poule au lieu du coq.
Pourquoi le roi a-t-il accordé ses faveurs à Dame Li ?
Le cœur des femmes engendre maints plans diaboliques
Et innombrables sont les intimités de la couche partagée.

Le juge Ti estima que si ces vers pouvaient s'appliquer au meurtre de Pi Hsun, ils ne l'aidaient pas pour autant à en découvrir la solution. Le premier vers pouvait bien faire allusion à la conduite déplacée de Madame Tchou, prenant la place de l'homme dans son foyer et insultant sa belle-mère ainsi que le juge lui-même. Le second signifiait que Pi Hsun, en prenant Madame Tchou pour épouse, avait fait son propre malheur, et le troisième que Madame Tchou était à l'origine du meurtre de son époux. Quant au quatrième, qui aurait dû receler la clé de l'énigme, il ne semblait pas avoir grand sens. Pi Hsun et Madame Tchou étant mariés, quoi de plus naturel qu'ils entretiennent des relations conjugales normales ?

A la lueur incertaine des chandelles, le juge Ti se pencha inlassablement sur ce vers sans parvenir à y découvrir une indication vraisemblable.

Lorsque sonna la deuxième veille, il se sentit un peu plus calme et très las. Resserrant ses vêtements contre lui, il s'allongea pour dormir.

Au moment où il sombrait dans le sommeil, il vit un vieux monsieur à la barbe blanche entrer dans la salle. Le nouveau venu salua le juge en égal et dit :

— Votre Excellence a eu une journée éprouvante, pourquoi rester dans ce lieu désolé ? Accompagnez-moi à la maison de thé et, tout en savourant la boisson parfumée, écoutons un peu ce qu'y disent les gens.

Si le vieux monsieur parut étonnamment familier au juge, il était néanmoins dans l'instant incapable de le remettre. Estimant qu'il serait discourtois de lui montrer qu'il ne savait plus qui il était, il se leva en hâte et le suivit au-dehors.

Les rues grouillaient de monde. Après avoir marché un moment, ils arrivèrent à une maison de thé que le juge ne se souvint pas d'avoir déjà vue. Le vieux monsieur le fit entrer.

Il découvrit une cour spacieuse à l'angle de laquelle s'élevait un pavillon hexagonal où, assis autour de petites tables, de nombreux clients buvaient leur thé en conversant. Ils montèrent les marches du pavillon et s'installèrent à une table inoccupée. Le juge remarqua que le pavillon était aménagé avec un goût certain. Les murs étaient composés de lattis aux motifs complexes, les poutres et les piliers décorés de panneaux de laque noire sur lesquels étaient gravées en caractères dorés des sentences de maîtres du passé ainsi que des vers. Son attention fut plus particulièrement attirée par deux vers qui l'intriguèrent au plus haut point. Il eut l'impression de les connaître, sans toutefois parvenir à se rappeler où il les avait lus.

Cherchant les traces de l'Enfant perdu, on descend de la couche,
Et l'on découvre la réponse à toutes les énigmes du passé.
En demandant à Yao Fou de livrer les secrets de la divination,
Il s'avère difficile de retrouver l'homme dans le Setchouan.

Intrigué par ces vers, le juge demanda au vieux monsieur :

— On s'attendrait plutôt à trouver sur les murs d'une maison de thé les quatrains classiques des célèbres poètes louant les délices de cette boisson. Pourquoi a-t-on choisi ce poème-ci ? Il fait référence à des personnages historiques que doivent ignorer la plupart des habitués de ce lieu, et, en outre, il est mal scandé.

— Vos remarques, répondit le vieux monsieur en souriant, sont parfaitement justes. Et pourtant, qui sait si l'on n'a pas écrit ce poème non pas pour les clients ordinaires, mais précisément pour un personnage aussi cultivé que vous-même ? Un jour peut-être en comprendrez-vous le sens ?

Le juge ne saisit pas très bien la portée de ces paroles et il hésitait à demander de plus amples explications quand il entendit soudain un tonitruant vacarme de gongs et une musique assourdissante. Relevant la tête, il s'aperçut que le pavillon de thé s'était volatilisé et qu'il se trouvait à présent dans un théâtre, au milieu de la foule bruyante des spectateurs.

Sur scène, un numéro acrobatique était en train ; il y avait des danseurs, des avaleurs de sabres, des jongleurs.

Parmi ces acrobates, il remarqua plus particulièrement une femme d'une trentaine d'années, allongée sur le dos, en haut d'un tabouret. Les jambes levées, elle faisait tournoyer une grosse jarre en équilibre sur la plante des pieds. Puis un beau jeune homme s'approcha du tabouret et sourit à la femme. Elle sembla ravie de le voir et, d'une brusque détente de la jambe, elle envoya la jarre en l'air. Après quoi elle se redressa avec une promptitude stupéfiante et la rattrapa dans ses bras. Une fois ce numéro terminé, elle dit en souriant au jeune homme :

— Te voilà donc de retour, mon époux !

Puis une mince fillette sortit de la jarre et se glissa vers le jeune homme à la robe duquel elle s'agrippa.

Comme ils éclataient tous les trois de rire, la foule des spectateurs se dispersa brusquement, la scène se vida et le juge Ti se retrouva seul. Mais avant qu'il ait eu le loisir de s'en étonner, le vieux monsieur à la barbe blanche réapparut à ses côtés et dit :

— Vous avez vu le premier acte, mais pas encore le second ! Suivez-moi vite !

Sans laisser au juge le temps de lui poser la moindre question, il l'entraîna vers une sorte de lande désolée, envahie par les herbes. Le lieu baignait dans une brume épaisse à travers laquelle on distinguait d'étranges oiseaux qui voletaient. Çà et là, des cadavres gisaient parmi les hautes herbes.

Soudain, le juge aperçut un cadavre nu et verdâtre. Une vipère rouge vif lui sortit d'une narine et rampa vers le juge.

Le magistrat sursauta d'effroi et se réveilla en sueur.

Il était sur sa couche, dans la salle du temple. La troisième veille sonnait.

Il se redressa sur son séant et resta un moment assis, essayant de reprendre ses esprits. Comme il avait la gorge sèche, il appela le sergent Hong. Le sergent lui apporta le réchaud à thé et lui servit une tasse de thé chaud. Lorsque son maître eut étanché sa soif, le sergent demanda :

— Votre Excellence est restée en ces lieux une bonne partie de la nuit. Avez-vous dormi tout ce temps ?

— Oui, un moment, répondit le juge Ti, mais je n'ai pas encore les idées très claires. A quoi as-tu rêvé, là en bas, sur ces marches ?

— A vrai dire, Votre Excellence, rétorqua le sergent, j'ai tellement couru par monts et par vaux ces derniers jours et j'étais si préoccupé par les ennuis que vous a attirés l'affaire Pi Hsun, que j'ai dormi comme une souche. Et si j'ai rêvé, je ne me souviens absolument de rien ! Mais peut-être Votre Excellence a-t-elle eu plus de chance que moi...

Alors le juge Ti lui fit un récit complet, depuis l'épisode de la consultation des tiges de bambou jusqu'au rêve étrange. Reprenant le livre de divination, il lut à haute voix le poème qu'il y avait trouvé.

— En général, les explications fournies dans ces ouvrages sont très obscures, remarqua le sergent. Pourtant, sans être moi-même un lettré, le sens de ce quatrain me paraît évident. Je ne cherche pas l'explication dans l'histoire ancienne à laquelle il est fait allusion, mais je prends les mots pour ce qu'ils sont. Ainsi, le premier vers fait clairement référence à la dernière heure de la nuit, juste avant le lever du jour. C'est le moment le plus paisible de la nuit, et celui où les amants quittent furtivement la demeure de leur bien-aimée. Les « intimités » du quatrième vers ne se rapportent pas aux relations conjugales, mais à celles, clandestines, de Madame Tchou et de son amant. Vous avez supposé dès le début qu'un tel individu existait. Or ce poème nous fait comprendre qu'il était présent au moment même du crime et probablement complice. Ceci concorderait avec le déroulement des événements : nous savons que Madame Pi, son fils et sa bru firent un souper fin en rentrant des courses de bateaux-dragons. Puis ils ont bu du vin et bavardé un peu. Lorsque Pi Hsun a commencé à se plaindre de maux d'estomac, il devait déjà être tard dans la nuit. Madame Pi a alors demandé à sa bru de coucher son époux. Ensuite, elle a mis un peu d'ordre, fait un brin de toilette et il était donc fort tard quand elle fut réveillée par les cris de douleur de son fils. N'est-il pas envisageable que l'amant de Madame Tchou soit arrivé pendant la troisième veille, ait été surpris par Pi Hsun, et que Madame Tchou ait assassiné son époux d'une façon que nous ignorons encore ? C'est ainsi à mon avis que les choses ont dû se passer.

— Il y a du vrai dans ce que tu dis, répliqua le

juge Ti en hochant la tête. J'ai supposé qu'une troisième personne était mêlée à l'affaire parce que sans cela Madame Tchou n'aurait rien eu à gagner et tout à perdre en tuant son mari. Mais j'étais certain qu'elle avouerait, et que nous apprendrions ainsi qui était son amant et quel rôle il avait joué dans le meurtre. C'est pourquoi je n'ai rien fait pour retrouver cet homme. Ce fut une grave erreur. Toutefois, il est encore plus important à présent de le retrouver, car c'est lui qui nous révélera la façon dont le crime a été commis. Mais comment faire ?

— Ce ne doit pas être difficile, dit le sergent Hong. Quand vous serez rentré au tribunal, faites libérer Mesdames Tchou et Pi. Nous enverrons alors quelques-uns de nos meilleurs hommes surveiller la maison de Madame Pi, surtout la nuit, aux dernières heures avant l'aube. Cet amant ne doit pas être loin et lorsqu'il saura que Madame Tchou a été relâchée, il essaiera tôt ou tard d'entrer en contact avec elle ; et nous lui mettrons la main dessus.

Enchanté par ce plan, le juge Ti félicita le sergent Hong pour l'intelligence de son raisonnement. Puis il lui demanda ce qu'il pensait de son rêve.

— Lorsque vous vous êtes recueilli ici, tout à l'heure, s'enquit le sergent Hong, ne pensiez-vous qu'au meurtre de Pi Hsun ou bien également au double meurtre du Village des Six Milles ?

— Effectivement, répondit le juge Ti, avant de m'endormir j'ai repassé dans ma tête tous les éléments des deux affaires. Mais je n'ai pas trouvé le rapport que pouvait avoir ce rêve avec l'une ou l'autre d'entre elles.

— Je dois avouer que ce rêve me paraît également tout à fait mystérieux, reconnut le sergent Hong. Votre Excellence aurait-elle l'obligeance de me réciter de nouveau le quatrain qu'elle a lu dans le pavillon de thé ? Il était question d'un enfant et d'une couche ?

XII

UN VERS LU EN RÊVE DIRIGE LES SOUPÇONS SUR UN CERTAIN MONSIEUR HSU ; MA JONG DÉCOUVRE UN INDICE MAJEUR DANS UNE AUBERGE DE VILLAGE.

Constatant que le sergent Hong ne pouvait saisir l'allusion littéraire de ce vers, le juge Ti répondit en souriant :

— Le mot « enfant » est ici un nom. Il y a très longtemps vivait un sage qui s'appelait Hsu et dont le surnom était « L'Enfant ». Dans sa ville, il y avait un homme qui vouait une très grande admiration à ce sage, et chaque fois qu'il avait une décision à prendre, il l'invitait chez lui pour le consulter. Il avait installé une grande couche dans la pièce principale, exclusivement réservée à Monsieur Hsu, et il était interdit à quiconque de s'asseoir dessus. Voilà pourquoi cette anecdote sur Monsieur Hsu et sa couche est souvent citée en exemple de la façon dont les anciens honoraient les sages. Mais je ne vois pas en quoi elle pourrait se rapporter à l'une de nos deux affaires.

— Votre Excellence, repartit vivement le sergent Hong, il me semble que le sens ne fait pas grand doute. Le dernier vers du premier quatrain nous a indiqué que nous devons rechercher l'amant de Madame Tchou. Or il existe un lien direct entre ce vers et le premier de cet autre quatrain : il nous fait clairement comprendre que l'amant en question se nomme Hsu. Votre Excellence pourrait-elle maintenant m'expliquer ce que vient faire Yao Fou, dans le second vers ?

— La seconde partie, répondit le juge, est relativement claire. Yao Fou fait également référence à un personnage historique : c'était le sobriquet de Chao Young, le grand maître de la divination. Cela concorde donc parfaitement avec notre hypothèse selon laquelle le meurtrier du Village des Six Milles est Chao, ce marchand qui a disparu et qui, soit se cache chez des parents natifs du Se-tchouan, soit s'est enfui dans cette province. Quoi qu'il en soit, il serait bon que toi et tes hommes soyez sur vos gardes dès que vous rencontrerez au cours de vos recherches un individu parlant le dialecte du Setchouan.

— C'est certainement la bonne explication, dit le sergent Hong. Il ne nous reste plus que la femme acrobate qui jongle avec la jarre, et la lande aux cadavres. On peut expliquer ces deux éléments de tant de manières différentes que je ne sais par où commencer. Peut-être en comprendrons-nous la signification quand nous aurons avancé dans notre enquête.

Comme le juge Ti et le sergent étaient plongés dans ces spéculations, les lueurs de l'aurore commencèrent à teinter de rose le papier des fenêtres et bientôt la lumière du jour envahit la salle du temple. Le juge Ti n'avait plus la moindre envie de dormir. Il se leva et arrangea ses vêtements.

Quand le supérieur, qui attendait depuis quelque temps dans le couloir, entendit que le juge était levé, il pénétra en hâte dans la salle et souhaita le bonjour au magistrat. Après avoir prié devant l'autel, il ordonna à un jeune prêtre de faire chauffer de l'eau pour la toilette du juge et d'apporter une tasse de thé bouillant. Lorsque le jeune prêtre fut de retour, le juge se lava le visage, se rinça la bouche et se peigna. Pendant ce temps, le sergent avait rangé leurs affaires et remis le ballot au supérieur du temple qui le garderait jusqu'à ce que le juge envoie quelqu'un le chercher. Par ailleurs, il lui donna l'ordre impératif de ne souffler mot à quiconque de la nuit qu'ils avaient passée au temple. Après quoi, il s'en fut avec son maître.

En arrivant au tribunal, le juge Ti découvrit Tao Gan qui l'attendait dans son cabinet particulier. Le lieutenant du magistrat s'empressa de demander au sergent Hong si leur séjour au temple avait été fructueux ; à quoi le sergent répondit en lui faisant un récit succinct des événements. Puis il pria Tao Gan de se rendre aux cuisines pour y commander le petit déjeuner du juge Ti.

La matinée étant belle, le juge prit son petit déjeuner dans la courette sur laquelle donnait son cabinet particulier. Le sergent Hong et Tao Gan attendirent patiemment qu'il ait terminé.

Cela fait, le juge ordonna au sergent Hong de se rendre avec le messager de service à Houang-houa et d'en ramener le surveillant Ho Kaï. Puis il se fit apporter par les scribes le travail du jour.

Le sergent revint dans l'après-midi accompagné du surveillant Ho Kaï. Le magistrat préféra cette fois le recevoir sans cérémonie dans son cabinet particulier et non dans la salle d'audience.

Après avoir respectueusement salué le juge, le surveillant du village attendit debout devant le bureau.

— Si, commença le juge, nous ne parvenons pas à découvrir la façon dont Pi Hsun a été assassiné, cette affaire se soldera par un déshonneur, non seulement pour moi, mais aussi pour toi, en tant que surveillant du village. Je suppose donc que tu as tout mis en œuvre ces derniers jours pour découvrir de nouveaux éléments. Qu'as-tu fait et pourquoi a-t-il fallu que je te convoque ? Parle ! Pourquoi n'es-tu pas venu de ton propre chef me faire ton rapport ?

Devant cette semonce, le surveillant Ho Kaï se jeta à genoux et frappa plusieurs fois le sol de son front en gémissant :

— La misérable personne que je suis a consacré ses jours et ses nuits aux recherches, sans s'accorder le moindre repos. Mais jusqu'à présent je n'ai rien découvert de nouveau et ne vois toujours pas comment élucider cette affaire.

— Nous ne discuterons pas pour le moment de la façon dont on doit résoudre cette affaire, répliqua le juge, et je ne m'étendrai pas davantage sur ta négligence. En revanche, je désire en savoir davantage sur ton village : combien de familles y vivent-elles et combien sont-elles à porter le nom de Hsu ?

— Il y a environ trois cents familles dans mon village, dont une dizaine s'appellent Hsu. Sur quelle famille Hsu Votre Excellence désire-t-elle des renseignements ? Je partirai immédiatement m'informer.

— Bougre d'âne, repartit le juge, si je le savais, il y a longtemps que j'aurais convoqué cet homme pour l'interroger ! Le fait est que je sais seulement qu'un nommé Hsu est impliqué dans cette affaire et a même probablement été le complice de Madame Tchou. Si nous parvenons à retrouver cet homme, l'affaire sera résolue. Je te demande maintenant de me dire si un des Hsu de ton village a eu quelque chose à voir avec Pi Hsun ou sa famille.

Le surveillant Ho Kaï réfléchit intensément pendant un long moment avant de répondre :

— Je dois avouer que j'ignore tout des amis et des relations de Pi Hsun. Mais par bonheur, ils ne sont pas nombreux dans mon village à s'appeler Hsu. Si Votre Excellence m'autorise à repartir, je ferai les recherches nécessaires.

— Tu t'imagines sans doute, répliqua le juge, avoir eu là une excellente idée ! Alors sache que ton plan est le meilleur moyen d'éveiller les soupçons et de pousser notre homme à disparaître. Donc, ne va surtout pas te renseigner ouvertement. Commence par poser des questions détournées à ceux qui habitent près de chez Pi Hsun.

Dès que tu auras découvert quelque chose, viens aussitôt m'en faire part. Je me chargerai de la suite des opérations.

Après quoi il congédia le surveillant de village, puis il ordonna au sergent Hong et à Tao Gan de se rendre à Houang-houa, à la nuit tombée, pour y suivre discrètement Ho Kaï et surveiller la façon dont il menait ses recherches. Ensuite, ils trouveraient un endroit tranquille aux abords de la maison de Madame Pi, d'où ils feraient le guet toute la nuit.

Le juge Ti avait une piètre opinion des capacités intellectuelles du surveillant Ho Kaï et était rien moins que ravi d'être dans l'obligation d'avoir recours à lui pour une enquête discrète. Mais, depuis le début de l'affaire, les villageois connaissaient de vue le sergent Hong et Tao Gan. Le juge craignait donc que le suspect, apprenant que les assistants du magistrat étaient sur les traces d'un certain Hsu, ne prît la poudre d'escampette. En outre, ce genre d'enquêtes entrait dans les attributions habituelles d'un surveillant de village, et quand bien même Ho Kaï s'y serait-il mal pris, il restait encore un faible espoir que le suspect ne fît pas le rapprochement entre ses questions et l'enquête criminelle proprement dite. Le juge Ti trouvait néanmoins indispensable de faire surveiller les faits et gestes du surveillant, afin d'intervenir en cas d'urgence. Il voulait également vérifier si Ho Kaï était négligent ou simplement idiot.

Lorsque le juge eut expédié les affaires courantes, la nuit tombait. Il se fit apporter des chandelles et, dans la solitude de son cabinet particulier, se mit à régler certaines affaires en suspens depuis plusieurs jours. Puis il se fit servir à dîner ; au moment même où il se laissait aller à une petite sieste digestive, il fut tiré de sa torpeur par des éclats de voix au-dehors. Avant qu'il n'ait vraiment ouvert les yeux, Ma Jong et Tsiao Taï avaient fait irruption dans la pièce.

Ils saluèrent tous deux le juge et ce fut Ma Jong qui prit la parole :

— Nous avons découvert quelque chose, mais il est difficile pour l'instant d'en estimer la valeur réelle. Nous ne pouvons en vérifier l'importance sans risquer de nous attirer des ennuis, c'est pourquoi nous avons décidé de revenir vous en faire part et d'attendre vos instructions.

— Dites-moi ce que vous avez découvert, mes braves, répondit le juge Ti, pour que nous puissions étudier ensemble le problème.

— Après avoir reçu vos ordres, expliqua Ma Jong, j'ai parcouru toute la région est du district en me renseignant partout discrètement. Il y a quelques jours, au crépuscule, j'arrivai à un petit pont et décidai de passer la nuit dans une des auberges qui pullulent dans le coin. Comme je bavardais à bâtons rompus avec les clients, l'un d'eux fit allusion au meurtre du Village des Six Milles et ses deux compagnons sourirent et hochèrent la tête d'un air entendu. J'ai immédiatement essayé de les faire parler davantage, mais ils restèrent muets comme des carpes. Or je tenais du serveur que ces hommes étaient des marchands de cuir ; je leur ai donc offert une tournée de vin et leur ai dit que j'exerçais la même activité qu'eux, ajoutant que j'étais naturellement curieux de ce meurtre, puisqu'un membre de notre guilde avait séjourné à l'auberge de ce village. Là-dessus, leurs langues se délièrent : puisque j'étais des leurs, ils n'avaient pas à craindre que l'histoire ne s'ébruite. Puis, après quelques coupes de vin, ils me firent le récit suivant :

« Le lendemain du meurtre, ils se rendaient par la grand-route au Village des Six Milles, avec une grosse charrette. Ils rencontrèrent en chemin un grand gaillard, d'une trentaine d'années, qui en poussait une plus petite, chargée de ballots, et qui se dirigeait en sens inverse. Le type avait l'air très pressé et voulait les dépasser sans échanger les quelques paroles de courtoisie d'usage sur la route. Mais en passant, leur charrette accrocha la sienne ; la roue gauche sortit de son axe et tous les ballots roulèrent dans la boue. Ils s'attendaient à recevoir quelques coups de poing ou tout du moins une bordée d'injures. Mais il n'en fut rien : le gars ne pipa mot. Il replaça la roue en hâte et ramassa ses deux ballots. L'un d'eux s'étant ouvert, ils virent qu'il contenait de la soie. Il la rempaqueta tant bien que mal en marmonnant quelques mots d'excuses, grâce auxquels ils constatèrent qu'il parlait le dialecte du Kiang-sou. Après quoi il se remit en route. Aussi lorsqu'ils apprirent qu'un double meurtre avait été commis au Village des Six Milles, ils furent certains d'avoir croisé le meurtrier.

« Je leur ai demandé pourquoi ils n'avaient pas rapporté ces faits aux autorités compétentes ; ils auraient certainement été remerciés par quelques pièces d'argent. Mais les marchands éclatèrent de rire et me demandèrent si je les prenais pour des imbéciles. Le meurtrier devait déjà être loin et est-ce que je croyais qu'ils voulaient se voir mêlés à une affaire de meurtre ? Ils étaient très occupés et laissaient le soin d'arrêter les criminels à ceux qui étaient payés pour ce faire.

« Après avoir retrouvé Tsiao Taï, nous sommes restés encore un jour à l'auberge sans toutefois en apprendre davantage. Alors nous avons pris la route suivie par ce grand gaillard, coupant par des raccourcis dans les montagnes, où un homme et sa charrette ne pouvaient passer.

« Quand nous eûmes franchi la frontière du district, nous avons trouvé la grand-route bloquée par un certain nombre de paysans des environs, agglutinés autour d'une charrette sortie de la route, et qui criaient et juraient à qui mieux mieux. Nous nous sommes mêlés à un groupe de badauds un peu à l'écart et avons assisté à la scène suivante : un jeune et grand gaillard juché sur la charrette, pas impressionné le moins du monde par la foule menaçante, insultait vigoureusement les paysans, les traitant de vermine. Il hurlait qu'il avait traversé l'Empire du Nord au Sud, avait eu de multiples aventures et ne redoutait personne. “ Si j'ai endommagé votre champ, conclut-il, votre misérable terre ne vaut pas plus d'une poignée de sapèques. Si vous m'aviez laissé passer, en discutant gentiment, je vous aurais donné de la soie en contrepartie. Mais puisque vous cherchez la bagarre, eh bien, vous allez l'avoir ! ” Là-dessus, il sauta de sa charrette et se rua dans la foule, les poings en avant, frappant comme un beau diable. Un groupe de paysans, armés de houes et de faucilles, se lancèrent à la rescousse. Mais le grand gaillard se précipita à leur rencontre, arracha une houe des mains d'un des assaillants, et leur en fit tâter.

« Quand il les eut dispersés, il remit d'une violente poussée des épaules sa charrette sur la route et repartit. Nous l'avons suivi de loin jusqu'à un gros bourg commerçant, du nom de Village Divin. Là il loua une chambre dans une des auberges. Nous avons appris du domestique qu'il avait l'intention d'y rester au moins une semaine, pour écouler sa marchandise. Comme nous n'étions pas dans notre district, nous nous sommes dit que si nous essayions de l'arrêter sur place, nous aurions peut-être des ennuis avec les autorités locales, d'autant plus que nous n'avions pas de preuve tangible que le gaillard était bien le meurtrier que nous recherchions. Comme il comptait rester là une semaine, on s'est dépêchés de revenir vous faire notre rapport et prendre les ordres de Votre Excellence. »

XIII

LE JUGE TI SE REND LUI-MÊME AU VILLAGE DIVIN ;
LE MARCHAND DE SOIE ENTAME LES PREMIÈRES NÉGOCIATIONS.

Le juge Ti se réjouit d'entendre ce rapport. Après avoir réfléchi quelques instants, il déclara :

— A mon avis, il y a de grandes chances que l'individu que vous avez suivi soit notre mystérieux ami Chao, ce jeune marchand de soie qui a passé la nuit à l'auberge de Kong. Tout porte à le croire : son étrange comportement lorsqu'il a rencontré les marchands de cuir, non loin du lieu du crime, le fait qu'il transporte des balles de soie et qu'il soit originaire du Kiang-sou. Sa réaction violente contre les paysans prouve en outre qu'il s'agit d'un dangereux ruffian, capable d'avoir assassiné son compagnon de voyage ainsi que Wang, le malheureux villageois qui assista par hasard au meurtre.

Cependant, Ma Jong n'était pas réellement convaincu d'avoir découvert le meurtrier. Il remarqua que la plupart des marchands de soie étaient originaires du Kiang-sou et que plusieurs d'entre eux passaient leur vie sur les routes du district. Il pouvait tout simplement s'agir d'une coïncidence et l'homme ne tarderait pas à se révéler un honnête marchand, quelque peu coléreux toutefois.

Mais le juge Ti secoua la tête et répondit :

— J'ai la preuve qu'il ne s'agit pas d'une simple coïncidence.

Et il raconta à Ma Jong et à Tsiao Taï le rêve qu'il

avait fait au temple. Il leur cita le vers qu'il avait lu dans le pavillon de thé et leur fit remarquer que le nom de « Village Divin » outre sa signification la plus évidente de « Village du Dieu » pouvait également évoquer la divination. « Ceci, ajouta-t-il, indique clairement que nous découvrirons notre meurtrier dans ce village. »

Ma Jong et Tsiao Taï, enchantés de ces révélations, demandèrent au juge comment ils devaient agir pour la suite des opérations.

— Tout le problème, remarqua le juge, est de savoir comment faire pour arrêter cet homme en dehors de mon district. Je peux évidemment solliciter le concours de mon collègue voisin, mais je crains fort qu'avant que toutes les formalités ne soient accomplies, l'homme ait quitté le village de son propre chef, ou que l'affaire se soit ébruitée, l'obligeant à se réfugier dans un district reculé où nous ne le retrouverons jamais.

Les sourcils froncés, le juge Ti resta un long moment plongé dans ses pensées.

— La seule solution que j'envisage est la suivante, dit-il enfin. Demain matin, nous partirons pour le Village Divin. Nous y prendrons une chambre dans la plus grande auberge et tâcherons de savoir qui est le plus gros marchand de soie du village. Vous irez le voir et lui direz que je suis le représentant d'une importante soierie de Pékin, en route pour le Kiang-sou où je dois acheter une considérable quantité de soie sauvage, destinée à être transformée en brocart à Pékin.

« Vous lui direz aussi que je suis malencontreusement tombé malade en chemin et que j'ai dû interrompre quinze jours mon voyage. Vous ajouterez que je crains fort à présent de ne pouvoir arriver au Kiang-sou avant la fin de la saison de la soie, et que je préférerais interrompre ici mon voyage à condition de trouver le moyen d'acheter sur place de la soie à un prix raisonnable. Cela constituera à ses yeux une proposition alléchante et je gage qu'il s'empressera d'acquérir toute la soie qu'il pourra trouver ici. Je me charge du reste. »

Après avoir dressé ce plan d'opérations, le juge Ti retourna à ses travaux administratifs. Sachant qu'il serait probablement absent un certain nombre de jours, il régla toutes les affaires en suspens et rédigea même un rapport détaillé aux autorités supérieures. Puis il fit appeler le geôlier et lui remit les sceaux de sa charge, le priant de s'occuper en son nom de toutes les affaires courantes pendant son absence et l'informant succinctement de son voyage au Village Divin. Il ajouta qu'il espérait être de retour d'ici deux semaines au plus tard et lui enjoignit pour finir de n'en souffler mot à quiconque.

Une fois tous ces problèmes réglés, il commençait à se faire tard ; le juge Ti alla donc se coucher sur le canapé de son cabinet particulier.

Le lendemain matin, il se réveilla avant le lever du jour, et se vêtit le plus simplement possible. Il rédigea à son bureau un document adressé au magistrat du district voisin, qu'il cacha sur lui ainsi qu'une certaine somme en pièces d'argent. Il faisait encore sombre lorsqu'il quitta le tribunal en compagnie de Ma Jong et de Tsiao Taï ; personne ne les vit partir.

Il est inutile de décrire ici leur voyage, qui ne fut marqué par aucun incident notable. Ils atteignirent au bout de trois jours le Village Divin en chaises à porteurs de louage et s'arrêtèrent à l'entrée du bourg.

Lors de son précédent passage, Ma Jong avait appris que la plus grande auberge appartenait à un certain Monsieur Tsang. Le juge envoya donc ses deux lieutenants s'enquérir de la possibilité d'y louer une chambre.

— Y a-t-il quelqu'un ? s'écria Ma Jong en arrivant devant l'auberge de Tsang. Nous venons de Pékin où mon maître est un important marchand de soie. Avez-vous une chambre pour nous ?

Le domestique, constatant qu'il avait affaire à des clients intéressants, s'empressa d'aller leur ouvrir et les pria d'entrer. Il les assura qu'ils pouvaient choisir eux-mêmes leur chambre. Comme il s'enquérait de leurs bagages, Ma Jong lui répondit que leurs chaises à porteurs et leurs bagages étaient restés à l'entrée du village. Il demanda à Tsiao Taï de partir à la rencontre du juge Ti avec le domestique et de le conduire à l'auberge. Le patron sortit dans la cour pour accueillir Ma Jong et lui fit visiter personnellement les chambres. Ma Jong en choisit deux bien propres et surveilla les domestiques qui les leur préparèrent. Puis il retourna à l'entrée où le juge Ti venait juste d'arriver en chaise à porteurs. Tandis que Tsiao Taï et le domestique déchargeaient les bagages, Ma Jong régla leur course aux porteurs, conduisit le juge à sa chambre et lui fit apporter une théière de thé chaud. Quand ils se furent désaltérés, le patron se présenta pour une visite de courtoisie.

— Je suis venu demander son nom à l'honorable client, déclara-t-il. J'ai entendu dire que ce monsieur venait de Pékin et désirait faire ici des affaires. Je sers d'intermédiaire pour les transactions les plus diverses et les marchands de passage me font toujours l'honneur de leur présence dans mon auberge. En outre, nos cuisines peuvent vous préparer tous les mets que vous puissiez désirer !

— Je m'appelle Liang, répondit le juge Ti, et mon nom personnel est Ti-gong. Je représente une importante maison de soie de Pékin. Nous avons quitté la capitale il y a un mois environ, pour nous rendre, en passant par ici, dans la province du Kiang-sou, où nous devions acheter de grandes quantités de soie pour notre maison. Malheureusement, je suis tombé malade en chemin et nous arrivons seulement aujourd'hui. Je crains donc que nous ne puissions gagner le Kiang-sou avant la fin de la saison de la soie. Dans la mesure où les grandes routes de la soie, du Nord et du Sud, se croisent ici, j'ai pensé que je pourrais peut-être m'approvisionner en tissu sur place. Quel est l'état du marché actuellement ?

— Ce village, répondit l'aubergiste, est assez éloigné du Kiang-sou, mais nous sommes toutefois régulièrement informés de l'état du marché de cette province. Il paraît que le printemps a été exceptionnellement doux ; en conséquence, la soie est très abondante. Les cinq kilos se vendent à trente-cinq pièces d'argent seulement. Le marché local est à trente-neuf pièces d'argent. Considérant qu'il faut plusieurs semaines pour venir du Kiang-sou, et en comptant donc les frais de transport, eh bien, à mon avis, la soie est bien meilleur marché ici qu'au Kiang-sou.

Le juge Ti fit mine d'hésiter, et entreprit de poser toutes sortes de questions sur la qualité de la soie vendue au bourg. Lorsque l'aubergiste Tsang eut répondu, le juge Ti précisa que c'était la première fois que sa maison l'envoyait faire ses achats. « Le vieux représentant, dit-il, vient de mourir et le patron m'a choisi pour le remplacer. Il est vraiment regrettable que je sois tombé malade. Mais j'ai bien l'intention de faire réaliser de bonnes affaires à mes employeurs. Puisque les prix locaux ne me semblent pas trop excessifs, je pourrais tout aussi bien vous prier de me présenter à un éventuel vendeur, et nous verrons si nous parvenons à nous entendre. Si j'arrive à acheter ici tout ce qu'il me faut, cela m'évitera le déplacement jusqu'au Kiang-sou. »

L'aubergiste Tsang fut enchanté de cette perspective, car non seulement il pourrait y gagner une coquette commission en tant qu'intermédiaire, mais aussi la clientèle du riche marchand et de ses deux commis, qui resteraient deux jours dans son auberge, et dont les chambres et les repas lui rapporteraient un substantiel bénéfice. Il promit volontiers de faire tout son possible pour présenter « Monsieur Liang » à un respectable marchand de soie.

Leur repas terminé, le juge Ti dit à Tsiao Taï de rester dans la chambre pour garder les bagages. Il se rendit avec Ma Jong dans le bureau de l'aubergiste et lui demanda s'il lui était possible de les accompagner au-dehors.

L'aubergiste Tsang s'empressa de contourner son comptoir, affirmant qu'il serait ravi de leur servir de guide. Après leur avoir fait prendre plusieurs ruelles sinueuses, il les conduisit dans un quartier très commerçant. De grandes boutiques bordaient la rue des deux côtés. L'endroit avait l'air très prospère.

Comme l'aubergiste s'était arrêté devant une maison de commerce de fort belle allure, l'employé sortit pour l'accueillir.

— Entrez donc avec vos amis, Monsieur Tsang. Mon maître n'est pas là, mais il ne saurait tarder.

Le juge Ti se dit que l'absence du directeur pouvait être une occasion d'apprendre quelque chose de l'employé. C'est pourquoi il dit à l'aubergiste :

— Nous n'avons rien de plus urgent à faire, asseyons-nous donc un moment en attendant le retour du directeur.

Le juge Ti entra dans une pièce spacieuse, dépourvue de comptoir, comme de tout autre équipement habituel à un magasin. Toutes sortes de marchandises étaient empilées contre un mur. De l'autre côté, il y avait une belle table à thé en bois sculpté et quelques chaises. Les murs blancs portaient le nom de la firme en gros caractères rouges. Il était ajouté en dessous que la maison se chargeait des expéditions du nord au sud du pays.

Les trois hommes s'assirent, tandis que le commis leur servait le thé. Il apparut, en échangeant les civilités d'usage, que le directeur s'appelait Lo Tchang-po et que sa famille était installée ici depuis des générations. L'employé posa au juge des questions plus précises sur son métier, lui demandant pour quelle maison de Pékin il travaillait. Par bonheur, le juge se rappela que lorsqu'il faisait ses études à Pékin, il lui arrivait de passer fréquemment par la rue Yao-tsia, où se trouvait une grande firme de soie qui s'appelait Way-yi, ou quelque chose d'approchant. Il répondit donc que la sienne s'appelait Way-yi.

Le visage de l'employé s'éclaira aussitôt d'un large sourire.

— C'est une célèbre maison ! s'exclama-t-il. Pardonnez-moi de ne pas vous avoir traité avec plus d'égards ! Du vivant de notre précédent directeur, notre maison commerçait beaucoup avec la vôtre. Puis, quand le commerce devint de plus en plus florissant à Pékin, votre maison envoya ses propres représentants au Kiang-sou et se passa de nos services. Comment se fait-il que vous veniez de nouveau acheter de la soie sauvage par ici ?

Le juge Ti lui débita la même fable qu'à l'aubergiste Tsang. Il n'avait pas encore terminé son récit quand un homme d'une quarantaine d'années entra dans la pièce. L'aubergiste Tsang bondit de sa chaise et dit :

— Le directeur, Monsieur Lo, est de retour.

Une fois les présentations faites, et Monsieur Lo mis au courant des intentions du juge Ti, il déclara :

— Vous avez bien choisi votre moment pour nous rendre visite. Un marchand de soie, un certain Tsao, est arrivé du Kiang-sou il y a quelques jours. C'est un vieux client de la maison, et il m'a confié ses balles de soie pour que je les lui vende. Vous pouvez y jeter un coup d'œil si vous le désirez.

Conduisant le juge Ti à l'autre bout de la pièce, il lui montra un gros tas de balles de soie empilées.

Le juge les examina un instant : la plupart portaient la marque d'une célèbre maison du Kiang-sou, imprimée en gros caractères. Mais deux des balles étaient recouvertes de boue, au point que le nom de cette maison était illisible. Ceci suffit au juge Ti qui dit à Ma Jong :

— Toi qui as une grande expérience dans l'estimation de la qualité d'une soie, viens voir ici. Il me semble que le lustre n'est pas parfait.

Ma Jong comprit que le juge avait découvert quelque chose. Il se dirigea vers les ballots, mais commença par en ouvrir quelques-uns non souillés avant de s'intéresser aux deux autres.

— La soie, déclara-t-il, est de bonne qualité. Mais elle a été exposée à l'humidité, sur la route, c'est pourquoi elle a perdu son lustre. Bien que sale, la soie de ces deux balles possède la qualité de lustre requise. Si le propriétaire est encore ici, nous pourrions essayer de faire affaire avec lui.

Le juge Ti approuva sa proposition et ajouta que si le prix était raisonnable, il achèterait peut-être le lot entier. Puis il demanda si le marchand de soie était encore en ville. Brûlant de conclure l'affaire, Monsieur Lo dit à son employé :

— Monsieur Tsao est en train de jouer chez le surveillant du village. Cours chez lui et préviens-le que quelqu'un désire lui acheter son lot de soie. Qu'il vienne immédiatement !

L'employé sortit, suivi peu après par l'aubergiste Tsang qui, la nuit tombant, devait retourner à son auberge pour y accueillir de nouveaux clients.

Ils burent encore quelques tasses de thé, après quoi l'employé réapparut accompagné d'un grand gaillard. Ma Jong reconnut instantanément le ruffian qu'il avait suivi peu de temps auparavant.

XIV

Ma Jong et Tsao en viennent aux mains ; Rencontre de deux chevaliers des Vertes forêts.

Ma Jong fit discrètement comprendre au juge Ti qu'il s'agissait bien de leur homme.

Le juge l'observa attentivement. Il mesurait plus de six pieds de haut et avait un visage tanné, aux petits yeux pétillants sous d'épais sourcils. Il portait une veste courte aux manches étroites et avait noué sa robe entre les jambes, laissant apparaître son pantalon. Ses sandales aux semelles fines parachevaient son costume, qui ressemblait beaucoup plus à celui des Chevaliers des Vertes forêts qu'à celui d'un honnête marchand.

Dès que le nouveau venu apparut, Monsieur Lo se leva pour l'accueillir et dit en souriant :

— Le proverbe dit que lorsqu'on désire vendre un œuf, il est difficile de trouver un acheteur. Mais vous avez de la chance. Vous m'avez chargé il y a quelques jours à peine de vendre votre soie, et je vous ai déjà trouvé un acheteur.

Puis il lui raconta l'histoire du juge Ti.

Le marchand Tsao en profita pour s'asseoir et, tout en écoutant le récit de Monsieur Lo, examina attentivement le magistrat, avant de déclarer avec un sourire en coin :

— Il est parfaitement exact que je désire vendre ma

Première rencontre du juge Ti avec Tsao Wan-tchouan. Monsieur Lo souhaite la bienvenue à Tsao. Le juge Ti déguisé en marchand de soie se tient à droite derrière M. Lo.

L'enseigne verticale qui pend de l'avant-toit porte le nom de la boutique de Monsieur Lo.

marchandise. Mais je crains que ce monsieur ici présent n'ait pas réellement l'intention de me l'acheter.

Interloqué par une telle remarque, Monsieur Lo s'empressa d'intervenir :

— Vous plaisantez, Monsieur Tsao ! Vous devriez savoir que je n'ai pas le moindre désir de vous gruger. Ce monsieur représente la maison Way-yi de Pékin, des plus honorables, comme chacun sait dans notre profession.

Cependant, la réflexion du grand gaillard avait encore plus éveillé la curiosité du juge Ti. Cet individu qui, au premier coup d'œil, avait percé à jour son stratagème, devait être un observateur d'une perspicacité hors du commun. Tout ce qui lui restait à faire, c'était de le persuader qu'il faisait erreur. Il se leva donc et dit avec un profond salut :

— Je vous présente mes respects, Monsieur Tsao.

Saluant plus bas encore, le grand gaillard répondit immédiatement avec déférence :

— Que Votre Excellence reste assise ! L'insignifiante personne que je suis a beaucoup trop tardé à venir vous présenter ses respects et vous prie de bien vouloir lui pardonner sa négligence.

Ce discours stupéfia encore davantage le juge Ti, car apparemment l'homme savait précisément à qui il s'adressait.

— Frère-né-avant-moi, répondit le juge, en quel honneur vous adressez-vous à moi de la sorte ? Ne sommes-nous pas tous deux des commerçants, habitués à nous parler d'égal à égal ? Comment vous appelez-vous ?

— Je m'appelle Tsao, dit l'homme, et mon nom personnel est Wan-tchouan. J'ai beaucoup voyagé ; j'ai traversé l'Empire fleuri du nord au sud et suis en outre versé dans l'art de la physiognomonie. Qu'a donc attiré Votre Excellence en ce lieu ? Puis-je me permettre de vous demander votre nom et le poste officiel que vous occupez aujourd'hui ? Me trompé-je en supposant que vous êtes à présent magistrat de district ?

A ces mots, le juge Ti ne se tint plus de honte, car visiblement il avait fort maladroitement joué son rôle de marchand. Comme il était trop tard pour poursuivre ce petit jeu, il répondit sèchement :

— Si vous savez si bien qui je suis, vous ne pouvez ignorer les raisons de ma présence ici !

Et il fit un signe discret à Ma Jong qui bondit en avant en s'écriant :

— Chien de voleur, tu pensais peut-être t'en tirer en te réfugiant ici ? Mais notre magistrat s'est déplacé en personne pour t'arrêter. Nous allons te traîner enchaîné au tribunal !

Puis il se plaça devant la porte pour empêcher Tsao de fuir et s'accroupit en position de lutte pour se ruer sur le grand gaillard.

Monsieur Lo, devant la tournure inattendue prise par les événements, n'en croyait pas ses yeux.

— Messieurs, voyons, messieurs ! s'écria-t-il. C'est un magasin honorable. On ne se bat pas ici !

Il avait à peine terminé sa phrase que Tsao Wan-tchouan avait retroussé ses manches et, traitant le juge Ti et Ma Jong respectivement de fonctionnaire corrompu et de chien courant, se jetait sur Ma Jong, vif comme l'éclair, et lui donnait un coup de poing en pleine poitrine en adoptant la position du « tigre agrippant le mouton ». Mais Ma Jong esquiva le coup en se reculant d'un pas vers la gauche, ruse appelée « attirer le tigre hors de la forêt » ; il frappa simultanément de deux doigts le bras tendu de Tsao, en plein sur la veine de la saignée du coude. Le bras droit de son assaillant fut un instant immobilisé, son attaque freinée, et il essayait de reprendre sa position quand Ma Jong poursuivit son avantage en lui envoyant un violent coup dans les côtes. Tsao comprit alors qu'il avait affaire à forte partie. Il s'en tint donc strictement aux règles de la lutte. Se protégeant de son bras endolori, il saisit prestement du gauche le poignet droit de Ma Jong. Avant que Tsao ait pu lui tordre le bras, le lieutenant du juge Ti para la botte par une autre appelée « le Phénix déployant ses ailes » ; projetant ses deux pieds en l'air, se dégageant ainsi de l'emprise de Tsao, il lui assena simultanément son pied gauche en plein visage. Tsao cependant avait prévu le mouvement ; il plongea d'un bond entre les deux jambes de Ma Jong avant qu'il n'ait retouché terre et le jeta brutalement au sol *.

Voyant son lieutenant à terre, le juge Ti crut que tout était perdu et que Tsao allait prendre la fuite. Il était précisément en train de se demander que faire quand surgit dans la pièce un homme d'une trentaine d'années, à la carrure d'ours et à la taille aussi fine que celle d'un tigre. Il jeta un coup d'œil sur Ma Jong et Tsao et s'écria :

— Ça suffit, frère Tsao ! C'est un de mes amis ! Et, s'adressant à Ma Jong : « Frère Ma, que fais-tu ici ? Et pourquoi te bats-tu avec un de nos frères ? »

Ce que disant, il aida Ma Jong à se relever. Ce dernier sourit chaleureusement au nouveau venu et dit :

---

* *N.d.T.* La boxe chinoise est un art très ancien, remontant au début de notre ère. Au IVe siècle, lorsque le bouddhisme du Nord fit son apparition en Chine, les boxeurs chinois s'inspirèrent largement de la discipline physique et mentale du Yoga indien, ainsi que du mysticisme taoïste. Il en résulta un art de l'attaque et de l'autodéfense à mains nues d'une étonnante efficacité, qui atteignit sa perfection suprême vers la fin de la période Ming, au XVIIe siècle. Au moment de la conquête mandchoue, la plupart des arts martiaux dépérirent. Toutefois, quelques réfugiés Ming, installés au Japon, enseignèrent cet art aux Japonais qui sur cette base élaborèrent ce que nous connaissons aujourd'hui sous le nom de *judo* ou *jiujitsu* : la lutte japonaise. Afin d'empêcher cet art d'être pratiqué par le premier venu, ses techniques les plus élaborées étaient tenues secrètes et transmises oralement par le maître à ses disciples favoris. Pour la même raison, les rares ouvrages publiés sur ce sujet étaient rédigés en un langage technique particulier, incompréhensible pour tout étranger ; les noms des ruses et des positions citées ici sont des exemples de ce jargon. Ces dernières années, cet art a connu un renouveau en Chine, et il trouve aujourd'hui de nombreux adeptes dans la jeunesse.

— Frère-né-avant-moi, nous nous retrouvons enfin ! Mais avant tout, assurons-nous que ce ruffian ne nous échappe pas. On le recherche pour meurtre !

Le nouveau venu dit à Tsao de ne pas bouger. Il ordonna à la foule des badauds attroupés devant la porte de se disperser, puis dit à Ma Jong :

— Tsao Wan-tchouan est un de mes amis. Pourquoi vous battez-vous ? Et qu'est-ce que c'est que cette histoire de meurtre ?

— C'est une longue histoire, rétorqua Ma Jong. Mais je dois avant tout te présenter le magistrat de Tchang-ping, Son Excellence le juge Ti.

L'homme se jeta à genoux devant le juge en disant :

— Votre Excellence est le fameux magistrat du district voisin ! Veuillez, je vous prie, me pardonner de ne pas vous avoir reconnu plus tôt.

Le juge Ti le fit se relever.

— Vous ne dépendez pas de mon autorité, mon brave, déclara-t-il, et n'avez aucun besoin d'être aussi cérémonieux. Asseyez-vous donc, dites-moi un peu qui vous êtes et quel rapport vous avez avec le lieutenant Ma Jong et ce Tsao.

— Je m'appelle Tsiang, répondit l'homme, et mon nom personnel est Tsung. Je suis un ancien Chevalier des Vertes forêts et j'ai appris avec Ma Jong sous la direction du même maître les arts de la boxe et de l'escrime. Mais je ne tardai pas à m'apercevoir que cette vie rude n'était pas à mon goût. J'ai pensé mettre ma force au service d'une plus noble cause. Je me suis donc installé dans ce village dont je fus bientôt élu surveillant.

« En ce qui concerne Tsao Wan-tchouan, il est originaire du Kiang-sou. Il a appris sous la férule de mon père la médecine, la boxe et l'art de la physiognomonie. Il mena une vie errante un moment, hérita un peu d'argent d'une tante et se lança dans le commerce de la soie. Il y réussit fort bien, parcourant l'Empire pour une importante maison. Il s'arrête souvent ici pour affaires et descend toujours chez moi. Aujourd'hui, nous étions justement en train de jouer quand l'employé, ici présent, est venu le chercher. Comme il tardait à revenir, je suis venu voir ce qui se passait.

« Je me porte personnellement garant de l'honnêteté de Tsao, bien qu'il puisse se montrer irascible. S'il avait tué quelqu'un dans une rixe, il se serait livré. En aucun cas il ne se serait réfugié chez moi sans rien dire. »

XV

Tsao fait une description précise du véritable meurtrier ; Le juge Ti autorise Madame Tchou à rentrer chez elle.

Si le discours de Tsiang fit impression sur le juge Ti, il ne le convainquit pas pour autant. A ses yeux, Tsao avait tout du criminel endurci. Après tout, Tsiang Tsung était un ancien voleur de grands chemins, capable d'inventer toute cette histoire afin de protéger son ami Tsao.

Devinant les pensées de son maître, Ma Jong prit la parole :

— Chassez tout doute de votre esprit, Votre Excellence. Puisque frère Tsiang nous a assuré que Tsao est un honnête marchand, il est absolument certain qu'il n'a rien à voir avec cette affaire. Peut-être pourrait-il nous expliquer la manière dont il est entré en possession des balles de soie de la victime.

— Frère Tsao, dit le surveillant Tsiang, raconte à Son Excellence ce qui s'est passé exactement. Dans notre confrérie, tout doit être clair et honnête. En outre, tant que je suis surveillant de ce village, limitrophe du district de Tchang-ping, je me dois également de veiller à ce que le véritable meurtrier soit traduit en justice.

— C'est une histoire très embarrassante, commença Tsao. Le meurtre a été commis par un certain Chao qui, non content d'avoir accompli son odieux forfait, a réussi en plus à m'y mêler. Il s'appelle Chao Li-huaï et est originaire du Kiang-sou. Il est comme moi un marchand de soie ambulant qui achète le tissu bon marché dans le Kiang-sou en pleine saison, et le revend sur les routes du Chan-tong. Je l'ai souvent croisé en chemin.

« Le mois dernier, alors que j'achetais de la soie dans le Kiang-sou, il s'est mis en route plus tôt avec un de nos jeunes collègues, un nommé Liou. Or l'autre jour, j'ai rencontré Chao non loin de Tchang-ping, en train de pousser une charrette chargée de balles de soie. Je lui demandai où était passé Liou et pourquoi il voyageait seul. Ce n'est pas très prudent quand on transporte de la marchandise de valeur. Il soupira et me raconta ses malheurs. Liou avait succombé en chemin à une maladie aussi brutale que fatale ; après maints tracas, il avait réussi à lui acheter un cercueil, qu'il fit momentanément exposer dans un temple, consacrant ses dernières sapèques à rétribuer les religieux. Après ce contretemps, il s'avéra qu'il avait dépassé le moment où il aurait pu vendre sa soie au meilleur prix. S'il ne s'était pas démené pour trouver un cercueil décent à son collègue défunt, il serait déjà rentré chez lui avec un substantiel bénéfice en manche. J'ai cru à son histoire et lui ai demandé où il allait. Il m'a répondu que pour l'instant il n'avait pas l'intention de retourner dans le Sud, car il craignait que la famille de Liou ne le tînt pour responsable de sa mort. Il m'emprunta trois cents pièces d'argent et me donna en contrepartie la charrette et son chargement de soie. Je pouvais vendre la moitié de la marchandise et en remettre le montant à la famille de Liou ; quant à l'autre moitié, elle correspondait plus ou moins aux trois cents pièces d'argent que je lui avais prêtées. Voilà comment cet escroc a réussi à me mêler à cette affaire. Quant à lui, il est parti avec mon bon argent.

— Savez-vous où est allé ce Chao après vous avoir remis la charrette et la soie ? demanda précipitamment le juge Ti.

— Il ne me l'a pas dit, répondit Tsao, mais ce n'est pas difficile à deviner. J'ai connu, il y a longtemps de cela, le maître de ce Chao. Pensant que le jeune Chao représentait un beau parti, il lui offrit sa fille en mariage. Mais le Chao, au lieu de lui manifester sa gratitude pour cette preuve d'affection, maltraita son épouse. Elle mourut d'une crise cardiaque. Par la suite, j'ai appris qu'il avait une liaison avec une femme qui habitait quelque part dans cette province, dans un endroit du nom de Col des Navrés, ou quelque chose d'approchant. Je crois qu'il y a de fortes chances que Chao s'y soit rendu, pour y dépenser avec sa maîtresse l'argent volé à Liou. Je suis prêt à aller l'y chercher moi-même, rien que pour lui régler son compte.

Le juge Ti était désormais convaincu de la bonne foi de Tsao. Il s'émerveilla encore de la véracité du rêve qu'il avait fait dans le temple ; le poème avait suggéré que le criminel s'appelait Chao, seule l'allusion au Setchouan restait inexpliquée. Comme il ne se rappelait pas avoir jamais entend parler d'un endroit nommé le Col des Navrés, il se renseigna auprès de Monsieur Lo. Ce dernier, qui avait commencé à comprendre de quoi il retournait, se lança dans des excuses interminables, déclarant qu'il ignorait qu'un fonctionnaire aussi important et célèbre lui aurait fait l'honneur de sa visite, et ainsi de suite. Mais le juge Ti l'interrompit en lui faisant remarquer qu'il s'était présenté en tant que marchand et que Monsieur Lo l'avait traité avec les égards appropriés en ce cas. Après quoi, Monsieur Lo se mit à réfléchir intensément, mais ne parvint pas à se rappeler avoir jamais entendu parler du Col des Navrés.

Pendant ce temps-là, on avait allumé les lanternes en papier. Le juge décida alors de rentrer à l'auberge. Il se leva et s'excusa auprès de Monsieur Lo pour le dérangement. Puis il invita le surveillant Tsiang et Tsao à se joindre à eux pour le dîner. Ils acceptèrent de bon cœur, et les quatre hommes revinrent ensemble à l'auberge.

Tsiao Taï commençait à s'inquiéter de leur absence

et était très impatient d'apprendre les nouvelles. Ma Jong lui présenta le surveillant Tsiang et Tsao Wan-tchouan, et lui relata les derniers rebondissements tandis que le juge Ti se retirait pour se reposer. L'aubergiste Tsang arriva peu après. Ma Jong lui révéla en quelques mots la véritable identité du juge Ti et la raison de leur séjour au Village Divin. Enchanté d'accueillir dans son auberge un tel hôte de marque, l'aubergiste se précipita aux cuisines pour y commander un somptueux festin.

Lorsqu'on eut apporté les plats fumants et un pichet de vin, le juge Ti invita ses hôtes à s'asseoir pour dîner sans cérémonie en bavardant amicalement, sans tenir compte de l'âge ni du rang de chacun.

Tsao Wan-tchouan se révéla un individu sympathique, intarissable conteur de ses aventures de marchand ambulant. Le surveillant Tsiang évoqua quelques-uns de ses exploits avec Ma Jong, du temps où ils étaient tous deux Chevaliers des Vertes forêts.

Enfin, Tsao Wan-tchouan dit au juge :

— Dans notre corporation de marchands de soie ambulants, les nouvelles circulent vite. Je crains que si je ne me dépêche pas de mettre la main sur ce Chao, au Col des Navrés, il ne vienne à apprendre qu'il a été repéré et ne s'enfuie dans quelque province reculée.

Trouvant cette remarque avisée, Ma Jong ajouta :

— A Tchang-ping, Votre Excellence, l'affaire Pi Hsun piétine. Je propose donc que vous nous confiiez l'arrestation de Chao Li-huaï, à Tsao et à moi-même, et que nous rentrions demain à Tchang-ping. Car si nous avons de sérieuses raisons de croire que Chao Li-huaï se cache au Col des Navrés, il nous reste encore à localiser l'endroit. Une fois en ville, nous pourrons consulter les archives du tribunal et nous renseigner auprès des vieux habitants.

Le juge Ti donna son accord et, après quelques tournées de vin supplémentaires, le surveillant Tsiang et

Tsao Wan-tchouan prirent congé, puis tout le monde partit se coucher.

Le lendemain matin, le juge Ti commanda des voitures à cheval légères afin de retourner à Tchang-ping dans les meilleurs délais.

Ma Jong régla leur note à l'aubergiste Tsiang. Les palefreniers crièrent leurs ordres, les fouets claquèrent et le juge Ti quitta l'auberge, emmenant avec lui Tsao Wan-tchouan. Le surveillant Tsiang et l'aubergiste Tsang leur firent leurs adieux devant la porte de l'auberge avec force saluts.

Ils arrivèrent à Tchang-ping avant midi. Le juge Ti se rendit tout d'abord au tribunal où il se fit remettre les sceaux de sa charge. Puis il appela dans son cabinet l'archiviste en chef et lui demanda de trouver dans les dossiers une localité du nom de Col des Navrés. Après quoi, il se fit apporter le courrier administratif et répondit aux dépêches les plus urgentes.

Ce ne fut qu'une fois ces affaires réglées qu'il se rendit dans ses appartements privés où il prit un bain et un déjeuner tardif. De retour dans son cabinet particulier, il demanda au commis s'il y avait eu des nouvelles du sergent Hong et de Tao Gan. Le commis lui apprit qu'ils étaient revenus deux fois en l'absence de leur maître. La première fois, le sergent Hong avait dit que le surveillant Ho Kaï exécutait son travail avec un zèle louable, mais que tous les nommés Hsu retrouvés jusqu'alors étaient d'honnêtes citoyens qui avaient en outre à peine connu Pi Hsun. La seconde fois, Tao Gan était seul et avait laissé une note recommandant la libération de Madame Tchou dans les plus brefs délais. Il surveillait sans répit la maison de Madame Pi en compagnie du sergent Hong, mais il n'y avait rien à signaler à part le fait que Madame Pi, chaque fois qu'elle sortait de chez elle, se plaignait aux voisins de la façon infâme dont le juge Ti les avait traitées, elle et sa bru. A son avis, il ne se passerait rien tant que Madame Tchou n'aurait pas été relâchée pour servir d'appât.

Le juge Ti acquiesça et donna l'ordre de préparer la salle du tribunal pour l'ouverture de l'audience.

Lorsqu'on vint le prévenir que les scribes et les sbires étaient rassemblés dans la salle, le juge Ti revêtit sa robe de cérémonie et son bonnet de magistrat, puis quitta son cabinet particulier. On tira les rideaux de l'estrade. Le juge apparut, assis derrière la haute table.

Il se fit tout d'abord apporter quelques documents concernant des affaires courantes. Après avoir déroulé le premier, il le parcourut rapidement et, tout en déroulant le second, donna aux scribes les ordres nécessaires. En une demi-heure, tout le travail administratif accumulé pendant son absence fut rondement expédié.

Puis il rédigea une note destinée au geôlier et la remit à un sbire, avec l'ordre d'amener Madame Tchou.

A peine le sbire eut-il fait mettre Madame Tchou à genoux qu'elle commença à insulter le magistrat. Mais il mit aussitôt fin à ses invectives :

— Tenez votre langue, insolente. Le coupable sera découvert en temps voulu : en attendant, je ne pense pas qu'il soit juste que votre vieille mère s'occupe toute seule de sa maison. En conséquence, je vais vous libérer sous caution, pour que vous puissiez prendre soin de votre mère, ainsi que vous en avez le devoir.

Mais Madame Tchou s'écria :

— Espèce de chien de fonctionnaire, vous m'avez emmenée de force au tribunal et torturée, moi, femme innocente, et maintenant vous venez me parler de ma pauvre mère, seule à la maison ! C'est vous le responsable de ses malheurs, vous qui avez cruellement enfermé sa belle-fille en prison et maltraitez à présent le cadavre de son malheureux fils ! Vous imaginez que je vais rentrer bien tranquillement chez moi, pour que vous puissiez étouffer cette affaire scandaleuse ? Je vous répète une bonne fois pour toutes que je ferai ce que je vous ai dit : je ne quitterai ce tribunal que le jour où les autorités vous auront châtié et enlevé votre bonnet de juge. C'est vengée que je sortirai d'ici et pas un seul jour avant.

C'est alors que Ma Jong l'interrompit en disant :

— Femme, réfléchissez un peu ! Nous vous permettons de remplir vos devoirs envers votre belle-mère, il s'agit là d'une faveur exceptionnelle. Mais si vous refusez, eh bien, tout le monde saura à quoi s'en tenir.

En réalité, Madame Tchou était ravie de rentrer chez elle, mais elle ne voulait surtout pas risquer d'éveiller les soupçons en acceptant trop rapidement. La remarque de Ma Jong lui fournit le moyen de sauver la face en acceptant la proposition du juge.

— Je sacrifie volontiers mes griefs personnels aux devoirs filiaux. Je vais rentrer chez moi, et en ce qui concerne la caution, vous pouvez demander à l'un de vos hommes de m'accompagner, il fera signer à ma mère l'engagement que je ne chercherai pas à m'enfuir.

Le juge ordonna aux sbires de lui ôter ses chaînes et chargea Ma Jong de la raccompagner à Houang-houa dans une petite chaise à porteurs.

INTERMEDE

La scène se passe au bord d'un fleuve. Le printemps est déjà très avancé, mais les pruniers sont encore en fleur.

Il y a trois acteurs : le premier joue le rôle de la « jeune fille », le second celui de l' « amoureux » et le troisième celui du « vieillard ».

LA JEUNE FILLE

Je suis maintes fois venue en ce lieu, mais jamais les fleurs ne m'ont paru aussi belles qu'aujourd'hui.

(Elle chante :)

Chante la beauté, chante l'amour
Oublie le devoir quand tu penses à l'amour !

LE VIEILLARD

Comment se fait-il qu'une aussi jolie jeune fille se promène toute seule ici ? Il doit y avoir chez vous quelqu'un qui vous aime tendrement.

LA JEUNE FILLE

Cela se peut. Mais un jour comme aujourd'hui, qui pense à ceux qui sont à la maison ?

L'AMOUREUX

En passant par ici l'autre jour, j'ai admiré le même paysage.

LA JEUNE FILLE, *avec intérêt*

Avez-vous vu les saules verts en vous promenant au bord de l'eau ?

L'AMOUREUX *chante gaiement*

Il y avait des fleurs partout, des fleurs tout le long du chemin,
J'ai humé la douce fragrance des buissons fleuris.

(Il dit :)

Il est tard, il faut que je rentre à présent.

LA JEUNE FILLE

Je ne veux pas rentrer à la maison. Il y a un homme cruel, très cruel, qui me pose, me pose toujours des questions. Il insiste tellement que parfois il me vient l'envie de me jeter dans un puits !

LE VIEILLARD

Allons admirer ensemble les arbres en fleurs. Je voudrais vous venir en aide.

LA JEUNE FILLE *chante en riant*

L'année dernière, le mois dernier, hier,
J'ignorais l'amour, j'ignorais la peine ;

Cette année, ce mois-ci, et aujourd'hui,
Je découvre à la fois l'amour et la peine.

LE VIEILLARD

Allons-y donc tous les trois. Ce serait dommage de renoncer à cette joie.

L'AMOUREUX

La saison est presque passée, qui pense cette année à la floraison de l'année dernière ?

LE VIEILLARD, *avec tristesse*

Un rameau fleuri, bien soigné, dure longtemps.

LA JEUNE FILLE

Je rêve de chandelles, de chandelles rouges,
Qui pense au lendemain pendant sa nuit de noces ?

L'AMOUREUX

Il paraît qu'à la Fête des fleurs il n'y aura plus de différence de rang ni de position. Partons tous les trois, sans nous demander nos noms. Car après ce jour, nous ne nous reverrons jamais plus.

LA JEUNE FILLE

Oui, qu'il est triste que rien ne soit si bref qu'un rêve à la fin du printemps !

L'AMOUREUX *chante gaiement*

Quand tu cherches la beauté, quand tu cherches l'amour,
Oublie ton devoir, ne pense qu'à l'amour !

(Ils sortent.)

XVI

Un sbire sourd s'y entend en énigmes ; Le juge Ti envoie ses hommes arrêter Chao.

Le juge Ti quitta la salle du tribunal et, une fois dans son cabinet particulier, fit appeler l'archiviste en chef.

L'employé lui annonça qu'il n'avait rien découvert dans les vieilles archives de l'administration du district ; il n'y était nulle part fait mention d'une localité appelée Col des Navrés dans la province du Chantong. Il proposa respectueusement au juge Ti d'envoyer une circulaire à ses collègues des autres districts.

Le juge Ti lui fit une réponse évasive et le congédia. Il savait qu'il n'avait plus le temps d'écrire à ses collègues ; lorsque leurs réponses lui parviendront, Chao Li-huaï aura eu vent des recherches et se sera mis hors d'atteinte. Après avoir réfléchi un moment, le magistrat ordonna au commis de convoquer les plus âgés des sbires.

Trois vieillards apparurent peu après et saluèrent respectueusement le juge. Celui-ci leur demanda si au cours de leur longue carrière ils étaient jamais passés par un lieu nommé le Col des Navrés. Deux d'entre eux répondirent aussitôt qu'ils n'avaient jamais entendu parler d'un tel endroit.

Le troisième sbire était un homme de soixante-dix ans environ, à moitié sourd. Il avait vaguement compris ce que le juge Ti leur avait demandé et se tiraillait la barbe en marmonnant. Quand ses collègues eurent répondu au magistrat, il dit d'une voix caquetante :

— Des navets ? C'est donc là ce que désire Votre Excellence... Ce n'est pas vraiment la saison, mais si votre Excellence y tient, j'en ai transplanté dans mon jardin qui viennent d'une localité de la région. Ils sont précoces et savoureux. Si Votre Excellence en désire, je serais ravi de...

Craignant que le juge Ti ne se mette en colère, les autres sbires s'empressèrent de préciser que le vieillard était sourd, mais qu'il connaissait toutes les astuces du commerce et était de bon conseil ; en outre, il était encore très utile pour le service de routine. Le juge Ti sourit et dit au vieillard qu'il n'avait pas besoin de navets pour le moment, mais qu'il les goûterait volontiers à l'occasion.

Croyant que le juge se méfiait de ses navets précoces, le vieux sbire insista :

— Permettez-moi d'aller vous en chercher, Votre Excellence. J'en ai plus qu'il ne m'en faut et, venant directement du Col du Setchouan, ils sont un véritable régal.

A ces mots, le juge Ti fut très intrigué. Il se rappela combien la première partie du vers lu en rêve s'était révélée exacte en ce qui concernait Chao et le Village Divin ; était-il possible que la deuxième partie ne fît pas référence à la province éloignée mais à un lieu-dit portant ce nom, situé dans la province du Chantong ? Ce vieillard ne venait-il pas de lui fournir la clé du mystère du double meurtre ?

Se tournant vers les deux autres sbires et les commis, il déclara :

— J'ai quelques questions à poser en particulier à cet homme. Vous pouvez disposer.

Tous pensèrent que la conversation allait être plutôt curieuse, avec un sourd, mais ils s'empressèrent néanmoins d'obéir à leur maître.

Lorsque les deux hommes furent seuls, le magistrat

commença par poser au vieillard quelques questions anodines, sur son nom, son village natal et le temps depuis lequel il travaillait pour le tribunal. Quand le vieillard lui parut tout à fait détendu, et habitué à sa voix, le juge Ti lui demanda :

— Parlez-moi un peu de ces navets du Setchouan ; j'aimerais en savoir davantage, car c'est un légume dont je raffole. Où poussent-ils donc ? Est-ce loin d'ici ?

— Pas un de ces jeunes paltoquets n'a entendu parler de cet endroit, répondit le vieux sbire. Je suis peut-être vieux et sourd, mais je sais encore une ou deux choses qu'ignorent ces jeunes sbires. Maintenant, je ne dis pas qu'ils ne me traitent pas avec les égards dus à mon grand âge, et par chance Son Excellence est un bon maître qui...

— Je vous demandais, se hâta de répéter le juge Ti avant que le vieillard ne s'éloigne de nouveau du sujet, à combien d'ici poussent ces navets ?

— Oui, oui, j'y viens, j'y viens. Le Col du Setchouan est un village situé dans les montagnes, non loin de la ville de Lai-tcho, dans cette même province. Sous la précédente dynastie, un habitant du Setchouan y venait régulièrement vendre ses produits, avec un considérable bénéfice. Il finit donc par s'y installer définitivement, ouvrit une boutique et devint au bout du compte fort riche. Après sa mort, ses enfants et ses petits-enfants prirent sa succession et leurs descendants devinrent les principaux notables du district. On a donc appelé ce lieu le Col du Setchouan parce que cette famille était originaire de cette province. Cependant, par la suite, leur fortune déclina, leurs biens furent dispersés et ils partirent d'ici. Les gens ont tout oublié d'eux et ont appelé l'endroit le Col des Navets, car ces légumes y sont gros et savoureux. Il y a quelques années, un des prédécesseurs de Votre Excellence m'a envoyé là-bas dans le cadre d'une enquête, et c'est en discutant avec des vieilles gens que j'ai appris l'histoire de cette famille du Setchouan.

Je suis rentré à la maison avec un panier de navets que j'ai plantés dans mon jardin. Ils ont bien pris et j'ose même dire qu'ils n'ont pas leurs pareils dans tout le district. A présent, si Son Excellence m'autorise à aller lui en chercher quelques-uns...

Mais le juge Ti n'écoutait déjà plus. Il était ravi, comprenant que Tsao Wan-tchouan avait confondu Col des Navets et Col des Navrés en entendant parler du nid d'amour de Chao Li-huaï et que cette erreur avait été corrigée par la mauvaise ouïe du vieux sbire. Et il s'émerveillait de la subtilité avec laquelle le quatrain de son rêve lui avait laissé entendre que le coupable se cachait en ce lieu.

— Vous êtes déjà allé dans cette région, n'est-ce pas ? remarqua le juge Ti. Eh bien, c'est parfait, car je dois y envoyer mes hommes pour une affaire. J'aimerais que vous les y accompagniez pour leur indiquer le chemin. Etes-vous encore capable d'entreprendre un aussi long voyage ?

— Votre Excellence, répondit le sbire, je suis peut-être vieux et sourd, mais je peux encore exécuter vos ordres. En outre, ce n'est pas trop loin ; nous pourrons y être en neuf ou dix jours. Votre Excellence n'a qu'à me dire quand je dois me mettre en route.

Le juge Ti congédia le vieillard avec quelques paroles amicales et lui recommanda de ne parler à personne de leur conversation.

Le lendemain, après l'audience du matin, le juge Ti appela Tsao Wan-tchouan et lui apprit que le Col des Navets était enfin localisé. Tsao fut stupéfié par cette bonne nouvelle.

— Les voies de la justice céleste sont décidément impénétrables ! remarqua-t-il finement. Eh bien, allons-y chercher le meurtrier, puisque c'est là qu'il se trouve !

Le juge Ti le pria d'attendre le retour de Ma Jong de Houang-houa. Pendant ce temps, il rédigea un document destiné aux magistrats des districts qu'ils auraient à traverser, document faisant état de leur mission et enjoignant selon l'usage les fonctionnaires à leur prêter secours, si besoin était.

Ma Jong, arrivé le soir même, fut à son tour enchanté d'apprendre ces bonnes nouvelles. Le juge Ti lui ordonna de préparer sur-le-champ ses bagages pour partir le lendemain matin avec Tsao Wan-tchouan, Tsiao Taï et le vieux sbire. Puis il lui remit leurs lettres de recommandation ainsi que de l'argent pour le voyage.

Après un voyage sans incident, les quatre hommes arrivèrent dans l'après-midi du septième jour à Lai-tcho, dernière ville avant les cols.

Ils envoyèrent en avant le vieux sbire pour retenir une chambre dans une auberge. Les trois autres se rendirent chez le magistrat du district afin de faire viser leurs pouvoirs. Le commis venait de leur rendre leurs documents quand le vieux sbire passa la porte du tribunal et les informa qu'il avait trouvé une chambre convenable dans une auberge bon marché. Ils s'y rendirent tous les quatre et dirent au patron qu'ils étaient des marchands de soie ambulants.

Lorsque le garçon leur apporta leur dîner dans la chambre, Ma Jong l'interrogea sur l'état du marché dans la région des cols. Il n'était pas trop mauvais, à ce qu'il lui fut répondu. Les gens de cette région avaient beaucoup d'argent. Mais il ajouta qu'il espérait qu'ils n'avaient pas l'intention d'aller vendre leur marchandise là-bas, mieux valait rester en ville. Outre une commission modique, il s'engageait à les présenter à des acheteurs intéressés. Tsao Wan-tchouan l'interrompit en l'informant qu'ils partaient le lendemain au Col des Navets et que les conditions du marché en ville ne les intéressaient guère.

Le domestique les regarda avec suspicion, arguant que le lieu était désert et les routes mauvaises. Il y avait environ six cents soldats en garnison pour garder les cols. Mais ces messieurs le savaient certainement, n'est-ce pas ?

Ma Jong lui répondit qu'ils ne connaissaient pas la région, mais visiblement l'homme n'en crut rien. Quand ils lui demandèrent à nouveau s'ils pourraient y trouver un gros marchand de soie, il finit par dire avec réticence qu'il avait entendu parler d'un certain Li Da. Là-dessus, il disparut aussitôt, sans attendre de pourboire.

— Qu'a donc ce fils de chien ? s'exclama Ma Jong.

Tsao Wan-tchouan répondit d'un air accablé :

— Mes amis, je me souviens maintenant être déjà allé là-bas, quoique à l'époque j'ignorais que la région de ces villages disséminés autour des cols s'appelait le Col des Navets. Laissez-moi vous dire que ce ne va pas être de tout repos. Les gens du coin ne sont pas commodes. En été, lorsque le blé est haut, ils se cachent en embuscade le long des routes, assassinant et détroussant tous les marchands et les voyageurs. Cette région a si mauvaise réputation que les voyageurs avisés préfèrent faire un long détour pour éviter de traverser le secteur en cette saison. La garnison est présente pour empêcher les habitants de provoquer de gros désordres plutôt que pour garder les cols. Tous ces voleurs sont organisés en bandes et il se peut très bien que Chao Li-huaï en fasse partie. Si nous essayons de l'arrêter là-bas, nous risquons fort d'avoir toute la bande sur le dos !

— Que voilà un discours bien étrange dans ta bouche, frère Tsao ! Tu ne vas pas me faire croire que tu as peur, non ?

— Là tu te trompes, répondit Tsao. Mais je sais de quoi je parle et il y a une différence entre le courage et l'imprudence.

Tsiao Taï, entièrement d'accord avec Tsao, ajouta :

— N'oublions pas que nous sommes loin de notre district et que les autorités locales n'apprécieront pas que nous fomentions des troubles. Vous pouvez être sûrs que le magistrat de ce district se contente de laisser tranquilles ces bandes de voleurs dans les cols, tant qu'ils ne se révoltent pas et ne refusent pas de payer leurs impôts.

— Et les soldats ? intervint Tsao Wan-tchouan. Nous avons nos lettres de recommandation et pouvons avoir recours au commandant de la garnison par l'intermédiaire du magistrat.

Le vieux sbire éclata de rire et dit :

— Mes garçons, vous êtes peut-être costauds et savez vous battre, mais vous n'êtes que des gamins dans une affaire comme celle-là. Ecoutez donc un vieillard qui a blanchi dans l'administration : ou bien le commandant de la garnison prélève une part du butin, ou bien il est tout à fait satisfait de la vie tranquille qu'il mène là-bas. Essayez d'obtenir son aide contre les bandes, et que se passera-t-il ? S'il vous fait fouetter comme fauteurs de troubles et vous renvoie enchaînés à Tchang-ping, vous pourrez vous estimer heureux !

Ma Jong était de l'avis du vieux sbire. Tout le monde se tut et réfléchit à la façon dont il fallait résoudre ce problème. Au bout d'un long moment, Tsao Wan-tchouan frappa du poing sur la table et s'écria :

— Mes amis, j'ai trouvé ! J'ai promis au juge que j'aurais ce Chao Li-huaï et c'est ce que je vais faire. Quand demain nous arriverons au col, nous nous séparerons dès que nous aurons trouvé une auberge. Puis j'irai seul à la boutique de Li Da et tâcherai de localiser notre homme par son intermédiaire. Quand je l'aurai retrouvé, je lui raconterai un bobard, lui disant que Monsieur Lo m'a grugé sur la soie et qu'il doit rentrer avec moi pour que nous récupérions notre argent et touchions un petit supplément pour le dérangement. Je l'inviterai à l'auberge où nous lui offrirons un bon dîner et le persuaderons de repartir avec nous dès le lendemain. Ensuite, à peine arrivés aux portes de la ville, nous lui apprendrons qu'il est en état d'arrestation.

Ils convinrent tous qu'il s'agissait d'un plan magistral, et Ma Jong loua l'astuce de Tsao. Ils burent encore une tournée de vin et allèrent se coucher pour une bonne nuit de repos.

XVII

Tsao découvre les mœurs des habitants des cols ; Après avoir retrouvé Chao, il est séduit par un habile stratagème.

Les quatre hommes quittèrent l'auberge de bonne heure le lendemain matin, et il était près de midi lorsqu'ils aperçurent des étendards qui flottaient au loin dans le vent. Ils ne tardèrent pas à arriver au camp militaire, défendu de tous côtés par de hauts murs de terre sèche.

Une fois le fort dépassé, ils se retrouvèrent dans un paysage de montagnes désolées. Çà et là apparaissaient des petits lopins de terre arable, mais les rochers dominaient. A la fin de l'après-midi, ils franchirent le premier col et débouchèrent sur un village à l'air prospère. La route était bordée de boutiques et les passants étaient bien habillés. Ils aperçurent bientôt l'enseigne d'une auberge. Le patron ne se montra pas trop désireux d'accueillir des étrangers, mais après quelques tractations sur les tarifs, il finit par accepter de leur donner une chambre.

Ma Jong, Tsiao Taï et le vieux sbire entrèrent s'installer tandis que Tsao Wan-tchouan chargeait ses ballots sur ses épaules et partait en quête de la boutique de Li Da. Après avoir demandé son chemin à deux gamins, il arriva devant une boutique, sur la porte de laquelle était inscrit le nom du propriétaire.

Tsao Wan-tchouan entra et s'informa auprès d'un jeune

malfrat derrière le comptoir s'il s'agissait bien de la boutique de Li Da.

Le type répondit aussitôt par une bordée de jurons et s'exclama :

— Tu sais pas lire, crétin ? L'enseigne n'est peut-être pas assez grande ?

Tsao s'était promis de faire tout son possible pour éviter les ennuis, mais là, c'était vraiment plus qu'il n'en pouvait supporter.

— Réponds, quand on te parle poliment, fils de chien ! rétorqua-t-il.

— Tu cherches des ennuis ? surenchérit le petit malfrat en surgissant de derrière le comptoir avec une rapidité stupéfiante et en envoyant dans le même mouvement son poing dans l'estomac de Tsao.

Portant toujours ses ballots, Tsao se trouvait dans l'incapacité d'utiliser ses mains pour se défendre, et un individu d'un autre gabarit que lui se serait trouvé en fort mauvaise posture. Mais Tsao, boxeur émérite, se contenta de lever le pied droit et de l'envoyer droit dans l'aine de son adversaire. Il ne put porter ce coup qu'avec peu de force, mais il savait que cela serait largement compensé par l'élan de l'autre. Effectivement, le malfrat, le souffle coupé, s'effondra par terre en se tordant de douleur.

— Tu vois qu'il te reste encore tout à apprendre de ce petit jeu ! grinça Tsao. Je ne vais pas te réduire en bouillie de gruau cette fois-ci, mais la prochaine fois qu'un étranger te questionnera poliment, souviens-toi de lui répondre avec civilité !

Tandis que le malfrat essayait de se relever, quatre individus surgirent du fond de la boutique et demandèrent à Tsao ce que signifiaient ces brutalités.

— Je suis venu simplement, répliqua Tsao, pour essayer de savoir où trouver un de mes vieux frères jurés du nom de Chao Li-huaï.

Les autres se firent aussitôt tout miel.

— Allez, suis-nous dans l'arrière-boutique, étranger, dit l'un d'eux, et viens prendre une tasse de thé. T'occupe plus de lui, il est de mauvais poil aujourd'hui ; la correction que tu lui as infligée ne peut que lui faire du bien.

A ce moment, une voix cria du fond du magasin :

— Qui me demande ?

Tsao entra dans l'arrière-boutique et se retrouva nez à nez avec Chao Li-huaï. Il le salua cordialement et se laissa conduire dans un salon où ils prirent place. Puis Chao demanda :

— Comment as-tu réussi à me dénicher et qu'est-ce qui t'amène dans le coin ?

— C'est une longue histoire, répondit Tsao après avoir bu quelques gorgées de thé. Pour te résumer la situation, j'ai été gravement trompé et cette affaire te concerne directement. Sache qu'il va nous falloir régler ça tout aussi directement. Ce ne sera pas facile, bien qu'il y ait un joli magot à la clé. Mais je ne peux rien faire sans l'aide de deux durs. Par bonheur, je me suis rappelé que tu m'avais dit un jour que tu venais assez souvent ici, alors je me suis dépêché de venir te demander de l'aide.

Chao, très intéressé par ce récit, désira en savoir davantage sur ce qui s'était passé.

Tsao Wan-tchouan lui inventa donc une horrible histoire : en arrivant au Village Divin, il avait remis les balles de soie de Chao et de feu Liou à Monsieur Lo pour qu'il les lui vende. Lo lui avait promis de s'en occuper de son mieux et qu'il ne prendrait qu'une commission modique. Le lendemain, il avait effectivement réussi à vendre tout le lot à bon prix à un marchand de soie de Pékin. Mais lorsque Tsao était allé se faire payer, Lo l'avait insulté, prétendant qu'il n'avait jamais vu la couleur de sa soie. Par-dessus le marché, il avait loué les services d'une bande de ruffians qui avaient rossé Tsao comme il s'insurgeait. Le surveillant Tsiang était parti voir un de ses parents, et comme il n'y avait aucun témoin, Tsao ne put rien faire pour se défendre.

Chao Li-huaï commençait à s'échauffer sérieusement. Il jura à Tsao qu'il pouvait compter sur lui pour régler son compte à ce voleur de Lo. Après tout, c'était son argent à lui qui était en jeu et il désirait apprendre à ce filou comment on devait traiter les honnêtes marchands. L'argent que Lo avait touché pour la soie leur revenait intégralement, et si quelque menue monnaie venait à traîner dans le coin, Tsao pouvait bien se dédommager de la correction qu'il avait reçue, et quant à lui, Chao, il en profiterait pour se faire rembourser ses frais de voyage.

— Je savais bien que je pouvais compter sur toi, frère Chao, répondit Tsao. J'ai déjà trouvé trois vieux camarades, deux solides gaillards, anciens Chevaliers des Vertes forêts et un vieux roublard de voleur. Ils attendent à l'auberge de la grand-rue. Si tu m'y accompagnais ? On mangerait un morceau et boirait un coup ; ensuite on se mettrait d'accord sur la façon de régler son compte à ce voleur de Lo.

— Je suis à ta disposition, dit Chao Li-huaï, et je serais ravi de faire la connaissance de tes amis. Nous devons soigneusement préparer notre coup, car Monsieur Lo appartient à une très vieille famille du Village Divin et les habitants sont tous de son côté. Mais à tous les cinq, on devrait pouvoir se débrouiller.

Ils se rendirent donc à l'auberge, où Tsao présenta Chao à Ma Jong, à Tsiao Taï et au vieux sbire.

Chao appela le patron et lui dit que ces messieurs étaient des amis à lui. Le revêche aubergiste se détendit visiblement et promit d'apporter un bon dîner avec force vin. L'assemblée ne tarda pas à s'égayer, les tournées se succédant à vive allure. La soirée était déjà fort avancée quand Tsao proposa à Chao Li-huaï de partir le lendemain matin ; ils mettraient au point leur plan en chemin vers le Village Divin.

Mais Chao Li-huaï ne voulut rien savoir. Il dit qu'après tout ils avaient fait toute cette route pour le voir et qu'il était quelqu'un d'important au village, tenu de remplir ses devoirs d'hôte. Il leur proposa donc de rester encore deux jours afin qu'il puisse les recevoir dignement et les présenter à certains de ses vieux amis.

Tsao essaya de refuser poliment, arguant qu'ils ne voulaient surtout pas le déranger. Mais Chao répondit qu'il avait encore quelques affaires à régler avant de partir, dont une dette de jeu à récupérer. Ils finirent par décider de reporter leur départ au surlendemain. Là-dessus Chao prit congé en promettant de revenir le lendemain.

A peine eut-il disparu que Ma Jong félicita à voix basse Tsao Wan-tchouan pour le succès de son stratagème. Apparemment, la ruse consistant à « attirer le tigre hors de ses montagnes » avait réussi à merveille, la seule ombre au tableau étant qu'ils ne puissent partir dès le lendemain matin. A tout moment, il pouvait arriver au village un marchand ambulant au courant du fait que le juge Ti s'était rendu au Village Divin pour enquêter sur le meurtre des environs de Tchang-ping. Les nouvelles circulaient vite sur les routes de la soie, et la bagarre entre Ma Jong et Tsao Wan-tchouan, ainsi que leur réconciliation, seraient certainement le grand sujet de conversation des gens du coin. Si par hasard Chao Li-huaï découvrait la supercherie, et que les quatre hommes étaient envoyés par le juge Ti, ils ne quitteraient jamais le village vivants.

Tandis que Ma Jong, Tsao Wan-tchouan et Tsiao Taï pesaient les risques de l'opération, le vieux sbire intervint dans la discussion :

— Là encore, vous avez besoin des conseils d'un vieux sbire à l'expérience aussi longue que la barbe. Sachez que le danger est bien plus menaçant encore que vous ne l'imaginez. Des voleurs aussi bien organisés que ces bandits du Col des Navets ont certainement des espions au tribunal de Lai-tcho. C'est là que vous avez fait viser vos lettres de recommandation, et je gage gros que dès demain un espion se précipitera ici pour prévenir tout le monde que quatre fonctionnaires du tribunal de Tchang-ping s'apprêtent à arrêter le meurtrier du Village des Six Milles. Si nous sommes hachés en morceaux ici, le magistrat de Lai-tcho se contentera d'informer Tchang-ping que nous avons gâché toute l'affaire et le juge Ti ne l'éclaircira jamais. Maintenant, que pensez-vous de ce plan ? L'un de nous va partir avant l'aube et courir le plus vite possible jusqu'à Lai-tcho. Il dira au magistrat que nous avons découvert le meurtrier et que nous rentrerons dans l'après-midi à Lai-tcho ; il lui demandera d'envoyer à notre rencontre un détachement de soldats pour nous aider à arrêter le meurtrier.

— En quoi est-ce mieux ? s'enquit Ma Jong.

Le vieux sbire se tirailla la barbe et répondit en souriant :

— Tout d'abord, le magistrat sera personnellement intéressé dans cette affaire. Si deux fonctionnaires du tribunal de Tchang-ping arrêtent un dangereux criminel de Lai-tcho, le magistrat local n'en tire aucun profit. En revanche, s'il peut annoncer à ses supérieurs que, toujours soucieux d'épurer son district des mauvais éléments, il a fait arrêter par ses sbires un meurtrier recherché depuis longtemps, et qu'il a été remis au magistrat dans le district duquel le meurtre a été commis, cela fera grande impression sur les autorités supérieures et accélérera peut-être sa promotion. Vous pouvez compter là-dessus, il nous enverra ses hommes sans traîner. Ensuite, une fois le magistrat local impliqué officiellement dans cette affaire, les bandits hésiteront à nous assassiner sur-le-champ, au cas où Chao Li-huaï découvrirait notre ruse avant notre départ ; et ils ne se lanceront pas à nos trousses s'ils l'apprennent par leurs espions après notre départ. Car s'ils n'hésitent pas à tuer des sbires d'un district lointain, ils ne tiennent pas à avoir d'ennuis avec les autorités locales. Après tout, Chao Li-huaï a beau être leur frère juré, il n'est pas pour autant originaire d'ici.

Ma Jong et Tsiao Taï hochèrent la tête avec admiration et reconnurent qu'il fallait plus dans cette affaire que du courage et une bonne connaissance de la boxe. Tsao Wan-tchouan fut lui aussi enthousiasmé par ce plan et leur assura qu'il parviendrait à convaincre Chao Li-huaï de partir le lendemain même.

Ils décidèrent que Ma Jong partirait en avant dès l'aube pour Lai-tcho. Si ses compagnons quittaient le village avant midi, avec Chao Li-huaï, ils tomberaient sur le détachement de soldats à mi-chemin entre le fort et la ville.

Une fois toutes ces décisions prises, ils allèrent se reposer quelques heures.

XVIII

Un criminel est arrêté dans la région des cols ; Un procès s'ouvre au tribunal de Tchang-ping.

Après le petit déjeuner, Tsao Wan-tchouan, Tsiao Taï et le vieux sbire se rendirent à la boutique de Li Da pour y voir Chao Li-huaï. Ma Jong était déjà parti depuis une heure.

Chao Li-huaï les reçut cordialement et les présenta au gérant du magasin. Lorsque tout le monde se fut installé dans le salon pour y déguster du thé et des gâteaux, Chao Li-huaï s'étonna de l'absence de Ma Jong. Tsao Wan-tchouan lui expliqua qu'il était parti voir un parent éloigné qui vivait, paraît-il, dans la région ; il avait dit qu'il lui faudrait sûrement un certain temps pour le retrouver et demandé qu'on excusât son absence.

Chao Li-huaï rétorqua qu'un ami n'avait pas besoin de s'excuser. On apporta à nouveau du thé. Leur hôte semblait vouloir épater ses nouveaux amis et tenait table ouverte dans la boutique de Li Da. Quelques personnes s'y arrêtèrent, qui furent toutes présentées à Tsao et à ses compagnons.

Ce moment aurait pu être fort agréable n'eût été leur inquiétude irrépressible chaque fois qu'un nouveau venu faisait son apparition : serait-ce lui qui allait annoncer les nouvelles qui pouvaient les perdre ? Par ailleurs, le vieux sbire était en proie à un de ses accès de distraction, et tous redoutaient qu'il ne prononçât une parole malheureuse. Par bonheur, il était dans ces cas-là plus sourd que jamais, et Chao Li-huaï et ses amis renoncèrent bientôt à discuter avec lui.

Vers midi, Chao les emmena faire un tour, afin de laisser le gérant de la boutique préparer la table pour le déjeuner. Ils venaient à peine de déboucher dans la grand-rue, quand Tsao Wan-tchouan aperçut au loin un colosse qui tournait le coin, et qui ressemblait fort à Ma Jong.

Il découvrit en s'approchant qu'il ne s'était pas trompé. A la grande stupéfaction de Tsao et de Tsiao Taï, c'était bien Ma Jong qui s'avançait, l'air contrarié. Parvenant à dissimuler son inquiétude, Tsao lui demanda chaleureusement :

— Eh bien, frère Ma, tu as déniché ton parent ?

— Non, répondit Ma Jong, je me suis renseigné à droite et à gauche, mais apparemment, il a déménagé.

Puis, se tournant vers Chao Li-huaï, il ajouta :

— Frère Chao, je suis navré de n'avoir pu te rendre visite ce matin. Mais mon petit tour s'est révélé fort utile pour nous deux. J'ai rencontré près du col un vieil ami à moi, marchand de soie, qui venait de Tchang-ping avec sa petite charrette et se dirigeait vers le nord. Il était très pressé, mais il s'arrêta néanmoins assez longtemps pour m'avertir que Monsieur Lo avait retrouvé ma trace jusqu'ici et avait porté plainte contre toi et Tsao devant le magistrat de Tchang-ping pour escroquerie. Or il se trouve que je sais que ce magistrat, le fameux juge Ti, est un fonctionnaire équitable, qui nous déclarera innocents et punira ce fils de chien de Lo pour ses accusations calomnieuses. Mais comme dit le proverbe : « Si un seul mot est prononcé contre toi au tribunal, neuf bœufs ne suffiront pas à t'en faire sortir. » Sans parler des tracas et du temps perdu ! C'est pourquoi je suis vite revenu vous prévenir.

En entendant le nom de Tchang-ping, Chao Li-huaï blêmit aussitôt.

— Peu importe l'honnêteté de ce juge, déclara-t-il, je n'ai aucune envie d'être mêlé à un procès. Après tout, le mieux serait de suivre votre plan. Partons le plus vite possible pour Lai-tcho. J'y ai des amis chez lesquels on pourra se cacher quelques jours en attendant de mettre au point un moyen de régler son compte à ce fils de chien de Lo. A ce qu'il me semble pour l'instant, le mieux serait de commencer par lui faire peur, pour qu'il retire officiellement sa plainte ; ensuite nous le tuerons avant qu'il ne nous mijote d'autre mauvais coup.

Ma Jong fit mine d'hésiter, mais Chao Li-huaï, qui semblait soudain très pressé, ajouta :

— Vous allez tout de suite rentrer préparer vos affaires à l'auberge. Moi, je file à la boutique prévenir le gérant. Plus tôt nous partirons, mieux cela vaudra.

Dès que Chao eut disparu, Tsao Wan-tchouan s'empressa de demander à Ma Jong ce que signifiait sa présence au village.

— La chance est avec nous, répondit-il en souriant. Après avoir dépassé le fort, j'ai rencontré un messager à cheval qui se rendait au tribunal de Lai-tcho pour affaire pressante. Il se trouve que cet homme est un ancien sbire du tribunal de Tchang-ping, un gars très débrouillard et sûr, qui, il y a deux ans, m'accompagnait souvent lorsque le juge m'envoyait en mission. Le fait de tomber sur lui à ce moment m'est apparu comme un heureux présage. Je lui ai exposé notre situation et il m'a promis d'en aviser le magistrat. Comme il est à cheval, il doit être déjà arrivé au tribunal à l'heure actuelle, et si tout se passe bien, les soldats nous attendront à mi-chemin vers le milieu de l'après-midi. Alors j'ai décidé de revenir ici, et j'ai inventé ma petite histoire en cours de route. J'étais certain que Chao Li-huaï s'inquiéterait fort et proposerait lui-même de partir d'ici le plus tôt possible.

Ils firent leurs bagages en deux temps trois mouvements et ils venaient à peine de régler leur note quand

Chao Li-huaï arriva, prêt à prendre la route Ils quittèrent le village à vive allure et ne tardèrent pas à laisser le fort loin derrière.

Au bout de deux heures de marche environ, Tsao Wan-tchouan s'arrêta brusquement et dit à Chao Li-huaï :

— Je crois que l'heure de discuter franchement est venue.

— Que se passe-t-il, frère Tsao ?

— Tu as quitté le Kiang-sou avec un jeune marchand du nom de Liou, déclara Ma Jong en le serrant de près. Maintenant parle, ne l'aurais-tu pas assassiné par hasard, ainsi qu'un autre homme du Village des Six Milles ?

Cette question fit l'effet d'une douche glacée sur Chao. Cependant il parvint à se maîtriser et, se retournant vers Tsao Wan-tchouan, il s'écria :

— Espèce de fils de chien, tu m'as bien eu, hein ? Oui, j'ai tué Liou, et alors, tu es bien avancé maintenant !

Repoussant brutalement Ma Jong en arrière, il sauta d'un bond sur le talus et courut à travers les buissons en direction de la forêt.

Ma Jong se maudit d'avoir sous-estimé la présence d'esprit de Chao. Connaissant parfaitement la région, une fois dans les bois, il parviendrait certainement à leur échapper.

Quand soudain des cris fusèrent de toutes parts. Des piques et des hallebardes brillèrent parmi les arbres. Les soldats, cachés en embuscade, fondirent sur Chao comme un essaim d'abeilles. Il essaya bien de se défendre, mais quelques secondes plus tard, il se retrouva enchaîné. Après avoir juré comme un beau diable, il s'enferma bientôt dans un morne silence.

Les soldats se mirent en route, entourant Chao de tous côtés, tandis que Ma Jong et ses amis fermaient la marche.

La nuit tombait lorsqu'ils arrivèrent en vue de Lai-tcho. Un groupe de sbires du tribunal vinrent à leur rencontre pour les éclairer de leurs lanternes. Comme une foule de curieux s'était jointe au cortège, obstruant les rues, les sbires s'écrièrent :

— Circulez ! Circulez ! C'est un dangereux criminel, arrêté sur ordre de Son Excellence, le magistrat de Lai-tcho !

Pleins d'admiration, les habitants répondirent par des acclamations : « Longue vie à notre magistrat ! »

Au tribunal, Ma Jong remplit et scella les documents relatifs à l'arrestation de Chao Li-huaï, après quoi le magistrat donna l'ordre de remettre le meurtrier au gardien de la prison, où il passerait la nuit. Une fois ces formalités réglées, Ma Jong et ses compagnons prirent une chambre dans une grande auberge, en face du tribunal, s'offrirent un bon repas et conversèrent joyeusement jusqu'à une heure avancée de la nuit.

Le lendemain matin, Chao Li-huaï leur fut remis, comme prévu. La seule chose qui contraria Ma Jong fut le généreux pourboire que lui réclama le chef des sbires pour sa collaboration à l'arrestation de Chao Li-huaï. Indigné, Ma Jong voulut refuser, car après tout, c'étaient les soldats qui leur avaient prêté main-forte. Mais le vieux sbire le prit à part et lui dit : « Il se peut que dans deux ans, le magistrat d'ici soit muté à un autre poste ; en revanche, le chef des sbires est encore là pour de nombreuses années. Il serait sage de lui donner quelque chose. Un jour, tu pourrais avoir besoin de lui, pour une autre affaire. » Ma Jong remit donc à l'homme quelques piécettes d'argent prélevées sur les fonds du voyage et ils se quittèrent en excellents termes.

Rien de notable ne se produisit en chemin. Tsao Wantchouan et Ma Jong s'efforcèrent à maintes reprises de persuader Chao Li-huaï qu'il devait tout avouer au juge Ti, afin d'adoucir sa peine ou de la suspendre. Mais Chao se bornait à les insulter tous et poursuivait sa route la tête baissée, les mains attachées derrière le dos par une chaîne que tenait Tsao.

Au matin du septième jour, ils arrivèrent à Tchang-ping et se rendirent directement au tribunal. Après avoir confié leur prisonnier au geôlier, ils allèrent faire leur rapport au juge Ti. Le soleil pointait à peine, mais le magistrat était déjà en train de boire son thé dans son cabinet particulier. Il fut enchanté d'apprendre que l'expédition avait été couronnée de succès, et quelques instants plus tard, il ordonna l'ouverture de l'audience du matin.

Lorsque Chao Li-huaï eut été amené devant le juge et que les sbires lui eurent ôté ses chaînes, le magistrat lui demanda :

— Quel est ton nom, et de quoi es-tu coupable ?

— Votre Excellence, je me nomme Chao et mon nom personnel est Li-huaï. Je suis originaire du Kiang-sou. Je travaille dans le commerce de la soie depuis mon plus jeune âge. Récemment, lorsque j'ai appris qu'il y avait une grande demande de soie sauvage dans le Chantong, je suis venu y faire des affaires. Puis j'ai été brusquement arrêté par les sbires de ce tribunal et j'ignore ce qui m'est reproché.

— N'essaie pas de tromper ton magistrat avec de beaux discours, rétorqua le juge Ti avec un sourire glacial. Ne connais-tu pas la vieille coutume qui veut que les marchands ambulants se prêtent aide et assistance sur les routes ? Pourquoi as-tu assassiné ton jeune collègue Liou, au Village des Six Milles, et après lui avoir volé sa charrette de soie, as-tu récidivé sur la personne d'un innocent qui venait à passer ? Dis la vérité, et dépêche-toi !

Chao Li-huaï, espérant encore qu'il n'existait aucune preuve contre lui, décida de tenter l'impossible pour sauver sa peau.

— Je prie Votre Excellence de se montrer indulgente. Toute cette histoire de meurtre dont on m'accuse n'est qu'un vil stratagème imaginé par Tsao Wan-tchouan qui, en raison d'une ancienne querelle, essaie de m'impliquer dans une sale affaire. Comment aurais-je songé à assassiner un compagnon de voyage ? Tout le monde sait que dans notre métier il est extrêmement utile de pouvoir faire la route avec un ami. Je suis accusé à tort et je supplie Votre Excellence de veiller à ce que justice soit faite !

— Insolent vaurien ! s'exclama le juge Ti. Sache que Tsao Wan-tchouan est ici ; je vais vous confronter.

Le magistrat fit alors appeler Tsao, qui répéta la façon dont il avait rencontré Chao Li-huaï sur la route, qu'il lui avait dit que Liou était mort d'une maladie foudroyante, et ainsi de suite.

Cependant, Chao Li-huaï quant à lui ne cessait de crier que ce n'était qu'un chapelet d'infâmes mensonges et qu'on l'accusait à tort. Le juge Ti fit un signe aux sbires. Ils renversèrent Chao sur le dos, lui placèrent les poucettes aux mains et aux chevilles et les serrèrent. La chair et les os furent bientôt broyés et des gouttes de sang maculèrent les dalles. Pourtant Chao continuait de clamer son innocence entre deux gémissements de douleur.

Le juge Ti ordonna alors à deux sbires de prendre la canne de jonc et d'en frapper à toute volée Chao des pieds à la tête, sans lui ôter les poucettes.

Si Chao avait réussi à s'endurcir grâce à sa longue pratique du combat au bâton, il ne put toutefois résister à cette torture. Le jonc s'enfonçait profondément dans les chairs ; il cessa bientôt de crier. Il avait perdu connaissance.

Le juge Ti ordonna aux sbires de desserrer les poucettes et de l'asperger d'eau froide. Lorsqu'il eut repris ses sens, le juge Ti déclara :

— Fils de chien, pour une poignée de pièces d'argent tu as tué deux innocents et attiré des ennuis à deux autres innocents. La mort est un châtiment encore trop doux pour ces crimes. Et voilà qu'à présent tu aggraves ton cas en refusant d'avouer. Je t'ai confronté au témoin

Tsao Wan-tchouan. Demain tu seras confronté à un autre témoin, et nous verrons si tu persistes à nier !

Le juge Ti se leva et quitta l'estrade en agitant furieusement ses longues manches.

XIX

Le juge Ti met un terme à l'affaire du Village des Six Milles ; Monsieur Houa vient déclarer un meurtre au tribunal.

Dans la même journée, le juge Ti envoya Ma Jong au Village des Six Milles prévenir l'aubergiste Kong Wan-té et le surveillant Pang qu'il avait encore des questions à leur poser ; il devait également s'arrêter dans le village de Madame Wang et lui demander de se présenter à l'audience du lendemain matin. Mais Ma Jong ne devait en aucun cas leur dire que l'on avait arrêté le meurtrier.

Le lendemain, dès l'ouverture de l'audience, le juge Ti fit tout d'abord appeler Kong Wan-té.

— Après que vous avez déposé votre plainte, commença le juge, j'ai eu le plus grand mal à démêler cette affaire, mais j'ai réussi à retrouver et à arrêter le meurtrier. C'est le marchand Chao, celui qui avait disparu après le meurtre. Lorsque cet homme s'est présenté à votre auberge avec son collègue Liou, vous avez eu l'occasion de le voir de près. Faites-m'en une description très précise.

— Votre Excellence, répondit Kong Wan-té d'une voix tremblante, il y a plusieurs semaines que tout cela s'est passé et je n'ai pas très bonne mémoire. Mais je suis sûr qu'il était de taille moyenne et âgé d'une trentaine d'années. Il avait un visage long et bistré. Ah ! Il y a un détail précis dont je me souviens : alors qu'il était encore en train de boire et de bavarder avec Liou à une heure tardive, il m'a fait appeler dans leur chambre et m'a demandé s'il était encore possible d'envoyer un domestique chercher une autre jarre de vin. Il a éclaté de rire en me posant la question, et comme il se trouvait juste devant la chandelle, j'ai remarqué que l'une de ses dents de devant était entièrement noire.

— Est-il vrai, demanda le juge, qu'avant que je ne vous l'apprenne moi-même, il y a quelques instants, vous ignoriez tout de l'arrestation de ce Chao et que vous ne l'avez pas revu depuis cette fameuse nuit passée dans votre auberge ?

Comme Kong Wan-té acquiesçait vivement, le juge Ti veilla à ce que sa déclaration fût dûment enregistrée par le greffier. Il savait que si Chao avait effectivement une dent noire, tous les doutes seraient alors levés. Il écrivit hâtivement une note au geôlier et ordonna à deux sbires d'aller chercher Chao Li-huaï.

Comme Chao était à genoux devant le magistrat, ce dernier s'exclama :

— Espèce de coquin ! Hier tu as obstinément protesté de ton innocence. Eh bien, lève la tête et regarde qui tu as devant toi ?

Chao reconnut immédiatement l'aubergiste du Village des Six Milles. Comprenant qu'il était perdu, il se mit à jurer furieusement. Et c'est alors que sa dent noire apparut aux yeux de tous.

Chao continuait inlassablement à insulter Tsao Wan-tchouan et Kong Wan-té, en hurlant de rage.

— Vous croyez m'avoir, mais plutôt mourir que d'avouer !

Le juge Ti assena son poing sur la table et ordonna d'une voix tonitruante aux sbires de le soumettre à la « Grande torture ».

Les sbires apportèrent un large poêlon rempli de braises rougeoyantes sur lesquelles ils placèrent une fine chaîne de plusieurs pieds de long. Lorsque les maillons furent chauffés au rouge, ils les saisirent avec des pincettes et les jetèrent par terre. Puis, après avoir ôté à Chao son pantalon, ils le forcèrent à s'agenouiller sur la chaîne, en le maintenant par les bras.

Chao poussa quelques cris de douleur déchirants. L'odeur de la chair brûlée envahit toute la salle du tribunal. Puis ses cris se changèrent en gémissements et il s'évanouit.

Les sbires le tirèrent sur le côté. Il s'effondra comme une masse. Le chef des sbires apporta alors un bol de vinaigre qu'il versa sur les braises, dissipant aussitôt l'odeur désagréable de la chair grillée. Chao reprit peu à peu connaissance. Son visage était blême et tordu de douleur. Deux sbires durent le soutenir lorsqu'on l'obligea à s'agenouiller à nouveau face au magistrat.

— Si tu n'avoues pas ton crime, dit le juge Ti, je t'infligerai d'autres tortures. Tout dépend à présent de toi.

Toute volonté était brisée en Chao, et la vérité fut alors révélée.

— Je traversais tous les ans cette province pour vendre ma soie, déclara-t-il à voix basse. Je ne me débrouillais pas trop mal, jusqu'au jour où j'ai rencontré une femme qui m'a fait dépenser presque tout mon pécule. Au bout d'un an, j'ai été obligé d'emprunter, et ce printemps j'avais de lourdes dettes. Or Liou, ce jeune marchand, était du même village que moi. Il s'appelait Liou Gouangtchi ; nous avions décidé de faire route ensemble cette année. Lorsque j'ai découvert qu'il partait avec trois cents pièces d'argent et un chargement de soie en valant près de sept cents, j'ai forgé le projet de le tuer pour lui voler sa fortune et sa marchandise. Cela m'aurait largement suffi, non seulement à rembourser mes dettes mais à fonder une petite affaire en quelque lieu reculé et à vivre dans l'aisance avec cette femme. Dès que nous nous fûmes mis en route, je guettai l'occasion propice pour le tuer, mais d'autres marchands se joignirent à nous. Je dus attendre que nous nous retrouvions seuls au Village des Six Milles. Voyant que l'auberge de Kong se trouvait un peu à l'écart, je persuadai Liou d'y passer la nuit. Ce soir-là, je l'ai fait boire et parler le plus longtemps possible, et il était ivre mort lorsque je le mis au lit. Quelques heures seulement après, la dernière veille sonna. Je l'ai levé et fait sortir de l'auberge, en le soutenant. Dehors, l'air frais le dégrisa quelque peu. Je lui ai fait pousser un moment la charrette et quand nous sommes arrivés à la porte du marché, l'aube pointait à peine et il n'y avait encore personne dans les rues. Je suis passé derrière lui et lui ai planté mon couteau sous l'omoplate droite. Liou s'est écroulé et a essayé de se retourner vers moi. Je l'ai terrassé d'un coup de pied. Lorsqu'il a ouvert la bouche pour crier, je lui ai tranché la gorge. Puis je me suis penché sur lui et j'ai commencé à lui défaire sa ceinture pour lui prendre son argent. Mais au moment même où je découvrais les pièces, j'ai entendu grincer les roues d'une charrette. Relevant la tête, j'ai aperçu un paysan qui poussait une charrette vide. Arrivé à ma hauteur, il a découvert le cadavre de Liou. Il s'apprêtait à dire quelque chose lorsque je me suis jeté sur lui et, lui bloquant le bras droit avec mon gauche, je lui ai enfoncé mon couteau dans les côtes. Comme il se mettait à hurler, je l'ai renversé à plat ventre et l'ai achevé d'un autre coup de couteau dans le dos. Sa charrette n'était pas bien grande, alors j'y ai transféré une partie des balles de Liou et me suis dépêché de repartir, avec la charrette de Liou et celle du paysan, poussant l'une et tirant l'autre. Une fois assez loin, j'ai envoyé rouler la petite charrette dans un fossé. Mais si j'étais débarrassé de l'unique témoin du meurtre, je ne me sentais pas encore vraiment hors de danger. Donc, lorsque deux heures plus tard j'ai rencontré Tsao Wan-tchouan sur la route, je lui ai raconté que Liou était mort et lui ai remis son chargement de soie. Il me donna trois cents pièces d'argent comme avance sur le prix qu'il en escomptait. Après quoi, j'ai filé vers Lai-tcho et de là vers les cols, où m'attendait la femme. Voilà toute la vérité. J'implore Votre Excellence de se montrer indulgente, car ma vieille mère a encore besoin de moi *.

— Liou Gouang-tchi et Wang le charretier avaient eux aussi des parents à charge, répondit le juge Ti en secouant la tête. Dans ce cas particulier, cette circonstance ne sera pas prise en considération.

Lorsque le greffier eut transcrit toute la confession de Chao, le scribe la lut à haute voix. Chao Li-huaï en approuva la conformité avec ses déclarations et apposa son pouce sur le document. Il fut reconduit en prison, en attendant la confirmation de sa peine par les autorités supérieures.

Puis le juge fit appeler devant lui le surveillant Pang qu'il conjura sévèrement de ne jamais plus essayer de soutirer de l'argent aux innocents en les calomniant. Estimant que les deux volées de bambou qui lui avaient été administrées suffisaient à punir sa faute, le juge l'autorisa à repartir.

Le surveillant Pang frappa plusieurs fois le sol de son front en signe de gratitude envers la clémence du magistrat, car il savait fort bien que le juge aurait pu lui infliger un châtiment beaucoup plus rigoureux **.

Puis le juge fit appeler la veuve Wang.

— L'autre jour, lui dit-il, vous êtes venue me faire part de l'assassinat de votre époux, le charretier Wang, et m'avez demandé de le venger. J'ai découvert aujourd'hui le meurtrier. Il a avoué son crime. Dès que les autorités supérieures auront confirmé la sentence, il sera exécuté, de sorte que l'âme de votre époux pourra reposer en paix.

Il ajouta quelques paroles de réconfort et l'informa qu'après l'exécution il lui serait remis une somme d'argent non négligeable.

* (N.d.T.) : Pour les points de droit, voir les notes concernant ce chapitre dans la postface du traducteur.
** (N.d.T.) : *Idem.*

Après quoi, le juge quitta la salle d'audience et gagna son cabinet particulier où il se changea pour revêtir une tenue plus simple. Il fit alors appeler Ma Jong, Tsiao Taï, Tsao Wan-tchouan ainsi que le vieux sbire, les félicita pour l'excellent travail qu'ils avaient accompli dans cette affaire et remit à Tsao Wan-tchouan cent pièces d'argent en remerciement de sa collaboration spontanée.

Tsao Wan-tchouan se prosterna devant le magistrat, frappant le sol de son front à plusieurs reprises, en signe de gratitude. Il déclara qu'il désirait rentrer le plus vite possible au Village Divin, afin d'y régler diverses affaires. Le juge Ti lui offrit encore un peu d'argent pour ses frais de voyage et Tsao prit congé.

Lorsque Ma Jong eut raccompagné Tsao à l'entrée du tribunal, il demanda au juge s'il y avait du nouveau dans l'affaire Pi Hsun. Son maître lui répondit que Madame Tchou n'avait encore rien tenté de suspect, mais que le sergent Hong et Tao Gan continuaient néanmoins à surveiller attentivement les abords de la maison. Il allait ajouter quelque chose lorsque le gong de l'entrée principale retentit. Le juge Ti passa de nouveau en soupirant sa robe officielle et reprit place sur l'estrade, suivi de ses lieutenants.

Entre-temps, une foule imposante s'était rassemblée devant le tribunal. La nouvelle de l'arrestation du meurtrier du Village des Six Milles et de ses aveux s'était répandue comme une traînée de poudre dans toute la ville. Les habitants proclamaient haut et fort leur admiration pour la façon dont le juge Ti avait réussi à résoudre cette affaire compliquée, rendant ainsi la paix aux âmes des deux victimes.

Un petit groupe d'hommes et de femmes s'était frayé un chemin dans la foule et était parvenu jusqu'à la porte de la salle d'audience. Certains pleuraient, d'autres criaient qu'un crime odieux venait d'être commis, d'autres encore protestaient que quelqu'un était accusé à tort.

Le juge Ti ordonna à Ma Jong de les prier de se calmer

sur-le-champ et de ne faire entrer que le plaignant. Les autres attendraient dehors.

Il y avait en réalité deux plaignants : une femme d'âge moyen et un vieux monsieur distingué aux cheveux gris. Lorsqu'ils se furent tous deux agenouillés devant la haute table, le juge leur dit :

— Déclinez-moi l'un après l'autre votre identité, puis exposez-moi clairement vos doléances.

La dame parla la première.

— L'insignifiante personne qui se trouve devant vous se nomme Li. Je suis la veuve de feu Li Tsai-gong, licencié en Littérature, enseignant les Classiques au temple de Confucius de cette même ville. A sa mort, il me laissa seule avec une fille unique, Li-go, qui fêta son dix-huitième anniversaire l'année dernière. Par l'intermédiaire de l'un de ces messieurs de la ville, elle a été fiancée à Houa Wen-tsun, le fils de Son Excellence, le préfet à la retraite, Houa Kouo-hsiang. Le jour du mariage avait été fixé à hier. Le cortège nuptial est parti de chez moi pour la demeure de Monsieur Houa. Qui aurait pu prévoir que ma malheureuse fille allait mourir brusquement lors de la première nuit passée chez son époux ? Dès que la terrible nouvelle me fut parvenue, ce matin, je me suis précipitée chez Monsieur Houa pour y découvrir ma fille qui gisait morte sur la couche nuptiale, le corps entièrement couvert de taches bleuâtres et de traces de sang aux « sept orifices ». Tout cela prouvait indubitablement qu'elle avait été empoisonnée ; je suis venue vous avertir et prier Votre Excellence de venger la mort de cette innocente, ainsi que sa mère, à présent seule au monde, privée de son unique espoir et soutien de ses vieux jours.

Après quoi la femme éclata en sanglots. Le juge Ti lui adressa quelques mots de réconfort avant de demander au vieux monsieur :

— Je suppose que vous êtes Monsieur Houa Kouo-hsiang ?

— Je suis en effet Houa Kouo-hsiang, répondit le respectable vieillard.

— Comment est-il possible, s'étonna le juge, qu'un drame ait pu se produire dans votre demeure ? Un homme de votre expérience et de votre savoir devrait pourtant veiller à ce que sa maison soit bien tenue. Faites-vous preuve d'un tel laxisme qu'un criminel puisse s'y introduire en toute impunité ?

— Mon foyer, rétorqua Monsieur Houa avec dignité, fait partie de ceux où les vertus ancestrales sont honorées. Mon fils, Wen-tsun, bien que fort jeune, se prépare déjà aux examens littéraires. J'ai été élevé dans le respect des rites sacrés et de la morale.

« Hier soir, un grand nombre d'invités s'étaient réunis pour la cérémonie dans la salle de réception de ma modeste demeure. Une fois le mariage prononcé, un groupe de jeunes gens a accompagné le couple dans la chambre nuptiale, pour les " taquineries aux jeunes mariés * ". Je me suis joint à la liesse générale et une atmosphère de franche gaieté et de bonheur s'installa. Se trouvait toutefois parmi les jeunes gens le candidat Ho Tso-pin, condisciple de mon fils et l'un de ses meilleurs amis. En découvrant combien la femme de mon fils était belle, il se peut qu'il en ait ressenti quelque jalousie, car il s'est comporté d'une manière très inconvenante. Il a taquiné mon fils et son épouse avec une grande agressivité, faisant des remarques déplacées et ne les laissant jamais seuls une seconde. Comme il commençait à se faire tard, pensant qu'il était temps de quitter la chambre nuptiale, j'ai invité tous ces jeunes

---

* (N.d.T) Cette coutume chinoise très ancienne est encore en vigueur de nos jours. Un certain nombre de jeunes gens — et aujourd'hui des jeunes filles également —, amis des deux fiancés, les accompagnent dans la chambre nuptiale où ils se livrent à toutes sortes de jeux, deux heures durant, essayant de faire rougir la mariée et obligeant son époux à porter un nombre illimité de toasts.

gens à venir dans ma bibliothèque vider encore quelques coupes. Tous se montrèrent fort civils et acceptèrent mon invitation à condition que le jeune marié commençât par vider trois coupes en leur honneur. Seul le candidat Ho refusa obstinément de laisser seul le jeune couple, disant que l'on commençait seulement à s'amuser. Je me suis mis en colère et lui ai reproché sa conduite inconvenante. Il est alors entré dans une rage folle, me traitant de vieille barbe, et m'affirmant d'un ton menaçant que je le regretterai avant la fin de la nuit. Les autres prirent cela pour une plaisanterie, et après quelques jeux, tout le monde me suivit dans ma bibliothèque, entraînant le candidat Ho. Qui aurait pu penser que ce Ho était terriblement sérieux et qu'avant de quitter la chambre nuptiale, poussé par je ne sais quelle vieille haine, il verserait du poison dans la théière posée à côté de la couche ? Par bonheur, mon fils ne but pas de ce thé, mais son épouse en prit une tasse avant de se coucher. La troisième veille venait de sonner lorsqu'elle se plaignit d'une violente douleur au ventre. Nous sommes tous accourus dans la chambre et, devant sa souffrance, nous avons fait venir un médecin. Hélas, lorsqu'il arriva, cette jeune fille, aussi belle qu'un jade sculpté et aussi délicate qu'un bouton de fleur, était déjà morte. C'est pourquoi ce matin, Houa Kouo-hsiang se prosterne devant Votre Excellence et déclare que sa belle-fille a été lâchement assassinée par le candidat aux examens littéraires Ho Tsopin. Je supplie Votre Excellence que justice soit faite.

Puis il tendit des deux mains au juge Ti sa déposition écrite. Après l'avoir rapidement parcourue, le magistrat déclara :

— Vous accusez donc tous deux le candidat Ho d'avoir empoisonné votre fille. Où est cet homme ?

— Le candidat Ho s'est présenté lui aussi au tribunal de Votre Excellence, répondit Monsieur Houa, afin de porter plainte pour accusation calomnieuse.

Le juge Ti ordonna aux sbires d'aller le chercher. Ils

revinrent avec un jeune homme à la mine plutôt avenante, vêtu de la robe bleue des candidats aux examens littéraires.

— Vous appelez-vous Ho Tso-pin ? s'enquit le juge Ti.

— La personne qui se tient devant vous est en effet le candidat Ho Tso-pin, répondit le jeune homme.

— Avez-vous encore le front de vous prétendre candidat ? releva le juge Ti avec colère. Vous avez été instruit à l'école des Classiques, comment se fait-il que vous ignoriez les enseignements de nos vénérables et anciens sages ? Ne savez-vous pas que l'accession à l'âge d'homme, le mariage, le deuil et le culte des ancêtres sont les quatre cérémonies les plus importantes de la vie ? Comment avez-vous osé vous conduire aussi mal lors d'une cérémonie nuptiale ? En outre, le marié étant un de vos condisciples, vous auriez dû traiter son épouse avec d'autant plus de respect. Comment avez-vous pu devant sa beauté, concevoir de la jalousie et laisser cette jalousie vous inciter à proférer des menaces ? Vous déshonorez la robe bleue que vous portez. Parlez à présent, et dites-moi exactement ce qui s'est passé !

XX

La plaisanterie du candidat Ho fait son malheur ; Le juge Ti ouvre une enquête dans la demeure de Monsieur Houa.

Prosterné devant la haute table, le candidat Ho déclara :

— Veuillez, Excellence, suspendre un instant les foudres de votre courroux et permettez à cette insignifiante personne de vous expliquer ce qui s'est passé. Mes taquineries envers les jeunes mariés n'avaient rien de méchant ; ce n'était qu'une plaisanterie pour contribuer à la liesse générale. Il y avait alors au moins quarante personnes dans la chambre nuptiale, qui toutes riaient, criaient et se livraient à toutes sortes de jeux. Cependant Houa Kouo-hsiang me prit à part pour me faire de sévères reproches. Je fis mine d'en être très fâché et le menaçai d'avoir à regretter ces paroles avant la fin de la nuit, dans le seul but de m'amuser à ses dépens. Pourquoi ai-je choisi ces termes précis, je ne saurais le dire. Mais quant à avoir empoisonné cette malheureuse jeune femme, Votre Excellence n'ignore pas que je prépare mes examens littéraires. Comment aurais-je osé commettre un crime aussi abominable ? En outre, j'ai encore ma vieille mère, ainsi qu'une femme et des enfants. Mettrais-je en péril la vie de toute ma famille par un acte aussi insensé ? En ce qui concerne les reproches que m'a faits Votre Excellence d'avoir été trop loin dans mes plaisanteries et, en taquinant les jeunes mariés,

Le juge Ti préside la première audience de l'affaire Li-Houa contre Ho. Le juge Ti lit la déposition écrite de Monsieur Houa. A gauche, Ma Jong ; à droite, le sergent Hong. A genoux devant la haute table, à gauche, le candidat Ho ; à droite, Monsieur Houa.

d'avoir dépassé les limites de la bienséance, je les accepte humblement, ils sont justifiés. Mais que l'on m'accuse d'avoir commis un crime, voilà qui est une grave erreur. Je supplie Votre Excellence de se montrer bienveillante.

Pendant qu'il s'exprimait de la sorte, une dame d'un certain âge s'était agenouillée à ses côtés et frappait le sol de son front sans cesser de pleurer.

— Je suppose que vous êtes la mère de Ho Tso-pin, remarqua le juge Ti.

Après avoir acquiescé, la vieille dame déclara :

— Votre Excellence, ce jeune homme n'était qu'un enfant à la mort de son père. J'ai consacré chaque instant de ma vie à son éducation et je regrette profondément d'avoir failli, de par ma trop grande indulgence, à lui faire passer cette funeste habitude de toujours vouloir faire rire la compagnie par ses pitreries. J'implore la clémence de Votre Excellence.

Après avoir entendu ces diverses dépositions, le juge Ti réfléchit un moment. Il se pouvait fort bien que Madame Li et Monsieur Houa, bouleversés de chagrin et de rage en découvrant la jeune fille morte sur sa couche nuptiale, se soient aussitôt rabattus sur le premier suspect vraisemblable. Pourtant le jeune Ho avait tout de l'élégant candidat aux examens littéraires. Ses justifications étaient plausibles et dans le style du personnage. Il était fort peu probable que le jeune Ho fût le coupable.

— Vous accusez Ho Tso-pin, dit-il à Madame Li et à Monsieur Houa, mais la preuve que vous alléguez ne me satisfait guère. Je me rendrai en personne sur le lieu du crime pour faire mon enquête. Vous pouvez rentrer chez vous tous deux ; en revanche, Ho Tso-pin restera en détention à l'Ecole des Classiques.

Le juge Ti les autorisa alors à se retirer. La mère de Ho fondit en larmes en apprenant que son fils n'était pas libéré. Quant à Monsieur Houa, le juge n'estima pas nécessaire de lui demander de ne toucher à rien dans la chambre de la jeune femme.

Monsieur Houa, grâce à sa longue carrière de fonctionnaire, était extrêmement familier avec les exigences de la loi. Avant même de partir pour le tribunal, il avait fait apposer les scellés sur la porte de la chambre nuptiale. Arrivé chez lui, il donna l'ordre d'aménager la salle de réception en tribunal provisoire, et fit étendre des nattes de jonc dans la cour pour l'autopsie. Il donna ses instructions les yeux remplis de larmes, déplorant le sort qui avait laissé le malheur s'abattre sur sa maison, à son âge vénérable. Il espérait seulement que les sbires n'importuneraient pas trop les membres de son foyer et manifesteraient quelque égard pour son rang élevé.

Il s'efforça de consoler son fils, mais Wen-tsun, qui avait vu sa ravissante épouse mourir sous ses yeux quelques heures à peine après l'avoir serrée dans ses bras, était éperdu de chagrin.

Le lendemain matin, à la première heure, le surveillant du quartier et un certain nombre de sbires du tribunal se présentèrent chez Monsieur Houa. Deux sbires furent postés devant la couche nuptiale, tandis que deux autres prenaient position devant l'entrée de la cour. Ils ouvrirent en grand les portes coulissantes de la salle de réception et firent le nécessaire pour que l'enquête puisse commencer.

Monsieur Houa avait chargé l'un de ses parents de disposer un cercueil dans la cour et d'y étendre un linceul, pour que la dépouille de sa belle-fille puisse y être déposée dès la fin de l'autopsie.

A midi, le gong retentit à l'extérieur, annonçant l'arrivée du juge Ti. Monsieur Houa revêtit hâtivement sa robe et son bonnet de cérémonie, puis alla accueillir le juge à l'entrée de sa demeure en compagnie de son fils.

Lorsque le juge Ti fut descendu de palanquin, dans l'avant-cour, Monsieur Houa le conduisit tout d'abord dans sa bibliothèque. Une fois le thé apporté, il demanda à son fils de saluer le magistrat. Wen-tsun se mit à genoux et frappa le sol de son front.

Après avoir observé Wen-tsun, le juge estima qu'il s'agissait là encore d'un jeune homme très correct, dont le maintien était digne d'un candidat aux examens littéraires.

— Avez-vous effectivement vu votre femme boire du thé avant de se coucher ? lui demanda-t-il. Et pourquoi n'en avez-vous pas bu également ?

— Après le départ des invités, répondit Wen-tsun, mon père m'a ordonné d'aller les remercier personnellement l'un après l'autre dans la salle de réception, comme l'usage l'exige, et de les reconduire au fur et à mesure jusqu'à la porte principale. Lorsque j'eus raccompagné le dernier, la seconde veille avait déjà sonné. J'étais véritablement épuisé. C'est au prix d'un effort considérable que je parvins à accomplir le dernier devoir de la journée en m'agenouillant devant mon père pour lui souhaiter une bonne nuit.

« Lorsque je retournai enfin dans la chambre nuptiale, mon épouse était assise sur une chaise, au pied de la couche. Me voyant si fatigué, elle demanda à sa servante de nous servir deux tasses de thé fort. Mais avant de quitter la salle de réception, quelques instants auparavant, j'avais la gorge si sèche d'avoir trop parlé, que j'avais déjà bu plusieurs tasses de thé. Je dis donc à la servante de n'en servir qu'une seule, de la théière placée auprès du lit, et mon épouse la but pendant que je me dévêtissais. Puis nous nous sommes couchés. Comme la troisième veille sonnait et que je m'assoupissais, mon épouse s'est mise à geindre faiblement. Je crus qu'il s'agissait d'une indisposition passagère, mais ses douleurs augmentèrent et finirent par devenir si violentes qu'elle ne put s'empêcher de crier. Je priai la servante de réveiller la maisonnée et de faire venir un médecin. Mais à la quatrième veille, elle avait déjà succombé. Quand je découvris les taches noires apparues sur son corps, je sus qu'elle avait été empoisonnée et j'examinai la théière : le thé n'était plus qu'une épaisse substance noirâtre. C'est ainsi que je compris qu'on y avait versé du poison.

— Ho Tso-pin a-t-il eu la possibilité de s'approcher de la théière lorsqu'il se trouvait dans la chambre nuptiale ? demanda le juge.

Le père et le fils se regardèrent avec perplexité avant de reconnaître qu'ils ignoraient si la théière se trouvait déjà là. Le vieux Monsieur Houa s'impatienta soudain.

— Quelle importance cela a-t-il ? s'exclama-t-il. Le jeune Ho a eu la possibilité d'introduire le poison dans la théière. Ses propres paroles prouvent qu'il avait bien l'intention de nous nuire. Si Votre Excellence lui pose la question sous la torture, il avouera certainement.

— On ne peut prendre une telle décision aussi facilement, rétorqua le juge en secouant la tête. Il s'agit d'un meurtre, et je ne vais pas harceler davantage Ho Tso-pin en l'absence de preuves supplémentaires. Les autres invités avaient également cette possibilité ; et la servante plus que quiconque. Je voudrais d'ailleurs l'interroger.

Le vieux Monsieur Houa ne put s'empêcher de protester. Le juge Ti n'allait tout de même pas croire qu'un personnage aussi éminent que lui, qui avait servi avec zèle l'Etat en tant que préfet de diverses provinces, accuserait à la légère quelqu'un de meurtre. En outre, il se tenait pour responsable de tous les habitants de sa maison et se portait garant de leur innocence.

Estimant qu'il serait maladroit de se montrer tranchant avec un vieux monsieur qui était de loin son aîné, le juge Ti déclara :

— Les petites gens modèlent leur conduite sur celle de nos grandes familles. Les personnages éminents, comme vous, concentrent les regards du public. Dans la mesure où cette affaire va être suivie avec intérêt par la population de tout le district, vous devez comme moi veiller à ce que la loi soit scrupuleusement respectée, pour qu'il ne soit pas dit que les autorités enquêtant sur un meurtre se montrent plus indulgentes envers les gens de notre classe qu'envers ceux du peuple.

Ne trouvant rien à répondre à un tel argument, Monsieur Houa fit appeler la servante, la mort dans l'âme. Lorsque la femme se fut prosternée devant lui, le juge Ti découvrit qu'elle n'était plus très jeune.

— Avez-vous suivi votre maîtresse Mademoiselle Li, ou faites-vous partie de la domesticité de la famille Houa ?

— L'esclave de Votre Excellence se nomme Tchen, répondit la vieille servante. Depuis mon plus jeune âge, j'ai bénéficié de l'insigne faveur de Madame Li qui me garda comme femme de chambre. Lorsque je fus en âge de me marier, Madame Li arrangea mon mariage avec le portier de la maison Li. Mon mari venant de mourir, Madame Li décida de me mettre au service de sa fille dès qu'elle aurait épousé Monsieur Houa.

Le juge Ti avait tout d'abord supposé que la servante avait pu empoisonner la jeune mariée, sachant que dans les grandes familles des relations clandestines entre les jeunes maîtres et des servantes accortes se nouent bien souvent, et il était déjà arrivé qu'une de ces servantes devînt brusquement jalouse lorsque le jeune homme qui l'avait distinguée venait à se marier. Mais cette femme-ci n'appartenait pas à la maison Houa. En outre, elle n'était plus dans la fleur de l'âge. Repoussant instantanément cette hypothèse, il demanda :

— Etiez-vous la seule personne chargée de préparer le thé à la jeune mariée, et où avez-vous fait chauffer l'eau ?

— A midi, répondit la servante, je suis allée chercher un broc d'eau chaude que j'ai versée dans la théière. Plusieurs personnes ont bu de ce thé, et lorsque les invités sont arrivés, il n'y en avait plus. Au début de la soirée, je suis donc retournée à la cuisine pour y remplir mon broc avec l'eau qui chauffait dans la grande casserole. Je l'ai ensuite reversée dans la théière, maintenue au chaud dans un panier molletonné et posée sur la table basse auprès de la couche nuptiale. Personne n'y a bu hormis la jeune mariée avant de se coucher.

— Cela signifie, poursuivit le juge, que la théière contenant l'eau que vous êtes allée chercher la seconde fois est restée là toute la nuit. N'avez-vous pas quitté la chambre un moment pour aller regarder les festivités dans la salle de réception ?

— Je ne me suis absentée qu'une seule fois, répondit la servante, et ce fut pour prendre mon riz du soir que j'ai mangé dans la petite cuisine attenante à la chambre. Puis j'ai aussitôt commencé à arranger la chambre pour le retour des jeunes mariés, après la cérémonie. Ensuite, je n'ai plus bougé de la chambre et personne n'y est entré. Enfin les jeunes mariés sont arrivés avec leurs invités, parmi lesquels le méchant Monsieur Ho, qui a certainement versé le poison dans la théière en profitant de la confusion générale.

XXI

Le juge Ti décide de ne pas procéder à une autopsie sur la jeune mariée ; Il essaie en vain de découvrir l'origine du poison.

Une fois la servante congédiée, le juge Ti se tourna vers Monsieur Houa :

— Vous voyez que votre accusation envers Ho Tso-pin ne repose que sur des soupçons. L'enquête ne fait que commencer. Je vais me rendre à présent sur le lieu du crime.

Monsieur Houa ouvrant la marche, ils traversèrent plusieurs cours avant d'arriver dans la chambre nuptiale. La couche se trouvait contre le mur du fond, les rideaux en avaient été soigneusement fermés et deux sbires montaient la garde dans la pièce. Il y avait à la tête du lit une petite table en ébène sculptée et au pied une chaise du même bois. Une grande théière était posée sur la table, dans un panier d'osier molletonné. Monsieur Houa informa le juge que les deux tasses avaient malheureusement été retirées pendant le moment de confusion qui avait suivi la mort de la jeune fille. La théière elle-même n'avait pas bougé.

Le juge Ti ordonna à un sbire de lui apporter une tasse propre et à deux autres d'aller chercher dans la rue un chien errant. Pendant ce temps, il inspecta minutieusement la chambre, sans pourtant y découvrir quoi que ce soit de particulier. Soulevant le couvercle de la théière, il constata qu'elle contenait un liquide noir et épais qui ressemblait plus à du sirop qu'à du thé. Il dégageait en outre une odeur de moisi très pénétrante. Le juge se dit alors qu'il allait être excessivement difficile d'identifier la nature du poison mêlé au thé. Il aurait pu s'agir d'arsenic, mais ce dernier n'aurait pas provoqué l'apparition de taches bleuâtres sur le corps de la victime. Il versa quelques gouttes du liquide dans la tasse propre et l'odeur de moisi lui parvint de nouveau aux narines. Le breuvage était aussi noir que de l'encre, mais le juge n'y découvrit pas la moindre particule de substance suspecte.

Les deux sbires revinrent avec un chien, une misérable bête à moitié morte de faim. Le juge Ti fit apporter de la cuisine quelques morceaux de viande qu'il trempa dans la tasse de thé avant de les lancer sur les marches qui descendaient dans la courette. Le chien les engloutit avec une rapidité stupéfiante et en chercha d'autres de la truffe avec agitation. Au bout d'un moment, toutefois, ses poils se hérissèrent et il se mit à gronder furieusement. Ses grognements se transformèrent bientôt en un long hurlement plaintif. Il tourna en rond un certain nombre de fois et s'effondra raide mort.

La nature de ce poison intriguait fort le juge Ti. Il ordonna aux sbires de déposer le chien dans un coffre et de sceller celui-ci. Il serait ensuite transporté au tribunal comme pièce à conviction.

De retour dans la chambre, le juge ouvrit les rideaux. L'infortunée jeune mariée gisait sur la couche où elle avait trouvé la mort. Du sang perlait à la commissure de ses lèvres et des taches bleuâtres maculaient son corps gracile.

Refermant les rideaux, il fit appeler Madame Li. Puis il s'adressa en ces termes à cette dernière ainsi qu'à Monsieur Houa :

— Vous représentez les familles de la mariée et du marié. Vos deux maisons sont « imprégnées du parfum des livres » et c'est un grand malheur qu'un événement aussi horrible survienne chez des gens de votre classe. Je n'accroîtrai pas votre affliction en faisant procéder à une autopsie qui exposerait le corps de votre pauvre fille à tous les regards et aux outrages inhérents à ce genre d'opération. Il me suffit d'avoir constaté de mes propres yeux qu'elle a bien été empoisonnée. Le problème dans cette affaire n'est pas de savoir comment elle a été tuée, mais qui a commis cet acte odieux. En conséquence, je vais à présent sceller le certificat de décès établissant qu'elle est morte après avoir absorbé du poison, administré par un individu inconnu. Le corps pourra être immédiatement inhumé.

Si Madame Li remercia en pleurs le juge Ti pour ses égards bienveillants envers leurs sentiments, Monsieur Houa se montra lui très sceptique.

— Il est vrai, admit-il, que la loi prescrit de procéder à l'autopsie du cadavre de la victime. Qui sait si cela ne fera pas apparaître une preuve supplémentaire de la culpabilité de Ho ?

Mais son fils se jeta à ses genoux, en l'implorant d'épargner la dépouille de sa malheureuse épouse.

Monsieur Houa finit par lui céder à contrecœur et donna l'ordre aux domestiques de commencer à préparer le corps pour l'inhumation. Le juge Ti sortit dans la cour et y resta un moment, contemplant d'un air absent les domestiques qui allaient et venaient avec agitation. Il s'était acquitté de sa tâche et il n'avait plus qu'à rentrer au tribunal. Pourtant, pour une raison indéterminée, il ne pouvait se résoudre à quitter la demeure de Monsieur Houa. Il avait le sentiment intime que la clé du mystère était là et pas ailleurs.

Lorsque le corps eut été habillé et sorti dans l'avant-cour pour y être inhumé, le juge retourna seul dans la chambre nuptiale. Les sbires venaient de déposer la théière et la tasse dans un coffre de cuir. Le juge Ti apposa son sceau sur la bande de papier collée sur le couvercle. Après leur départ, il ferma la porte et s'installa sur une chaise au pied de la couche.

Tout était calme à présent. Seuls lui parvenaient quelques vagues bruits lointains en provenance de l'avant-cour. Ceux qui utilisent le poison, pensa-t-il, ont souvent recours à d'étranges procédés pour tuer leur victime ; et le juge se demanda quel mystère recelait cette chambre. L'odeur de moisi était encore présente dans l'atmosphère. Elle semblait de quelque manière faire partie intégrante de la pièce. Décidé à en découvrir l'origine, le juge inspecta sous la couche, derrière les meubles et se rendit dans la petite cuisine. Elle était exiguë, sans foyer, pourvue simplement d'une bassine d'eau froide pour laver les tasses et la vaisselle. Visiblement, elle avait été nettoyée à fond en vue de l'arrivée de la jeune mariée. Les murs avaient été récemment replâtrés et le juge n'y retrouva pas l'odeur de moisi qui flottait dans la chambre elle-même.

Secouant la tête, le juge Ti retourna lentement vers la salle de réception, où il trouva Monsieur Houa.

— Vous accusez Ho Tso pin, dit-il au vieux monsieur, mais j'estime que la servante Tchen a très bien pu elle aussi commettre le crime. Je vais à nouveau interroger Ho, à l'audience, mais je désire également poser quelques questions à cette servante. J'espère que vous me permettez de la placer en détention.

Cela était loin de plaire à Monsieur Houa, mais il savait qu'il ne pouvait s'y opposer. Il donna donc son accord, et après le départ du juge, deux sbires emmenèrent la servante au tribunal.

Cependant, Monsieur Houa ne put se retenir de passer sa colère sur son fils :

— Que Madame Li ait autorisé l'inhumation sans autopsie, cela n'est pas étonnant. Les femmes n'entendent rien à ce genre de choses. Mais toi, fils d'un haut fonctionnaire, tu aurais dû comprendre. Ne vois-tu pas que ce vaniteux magistrat ne cherche qu'à se faciliter la tâche ?

Sache que les fonctionnaires essaient toujours d'éviter les difficultés. Ils ne se consacrent à une affaire que dans la mesure où cela ne trouble pas trop leur tranquillité ! J'ai été fonctionnaire moi-même, alors je sais de quoi je parle...

Comme le lendemain soir Monsieur Houa n'avait toujours pas de nouvelles du tribunal, son ressentiment envers le juge Ti s'accrut considérablement. Il traversait au pas de course les salles et les cours de sa demeure en faisant voler ses manches sur son passage, tançant les domestiques et se rendant fort désagréable à tous. A la nuit tombée, il se promit d'aller le lendemain au tribunal inciter le juge Ti à interroger Ho Tso-pin sous la torture.

Pendant ce temps, le juge Ti avait ordonné à Ma Jong d'aller consulter un vieux contrôleur des décès très réputé, désormais à la retraite, ainsi que divers apothicaires possédant une longue expérience. Mais aucun d'entre eux ne savait quel poison avait pu provoquer de tels effets sur le corps. Puis le juge avait envoyé Ma Jong et Tsiao Taï se renseigner discrètement dans le voisinage des demeures de Monsieur Houa et de Madame Li, et vérifier la liste des invités au mariage. Mais apparemment rien de suspect ne s'était jamais produit dans aucune de ces deux familles. Les invités à la cérémonie étaient tous d'honorables citoyens, et aucun, à ce que l'on savait, n'entretenait de griefs envers Monsieur Houa ou Madame Li.

Le troisième jour après ses investigations chez Monsieur Houa, le juge Ti discutait de l'affaire avec Ma Jong, dans son cabinet particulier.

— On dirait que ce meurtre va se révéler aussi difficile à élucider que celui de Pi Hsun, remarqua le juge Ti. Une vague n'est pas aussitôt retombée qu'une autre se lève !

A ce moment, un commis fit irruption dans la pièce et tendit au juge une carte de visite.

Le magistrat y lut le nom de Monsieur Houa, et dit en soupirant :

— Voici Monsieur Houa. Il vient certainement me presser de réinterroger Ho Tso-pin. Conduisez-le dans la salle de réception.

Lorsque le juge Ti se fut installé dans la grande salle, il aperçut Monsieur Houa qui en gravissait les degrés, vêtu de sa robe de cérémonie, l'air des plus sombres.

Une fois échangées les formules de politesse habituelles, Monsieur Houa demanda :

— Voilà aujourd'hui trois jours que ma belle-fille a trouvé la mort. Votre Excellence daignerait-elle informer l'ignorante personne que je suis des progrès de l'enquête ?

— Vous arrivez on ne peut mieux, répondit le juge. Je m'apprêtais justement à interroger une nouvelle fois l'accusé Ho Tso-pin et la servante de votre honorable demeure. Si vous aviez l'obligeance de vous installer dans mon cabinet particulier, vous pourriez suivre de là ce qui se dit dans la salle d'audience.

Le juge Ti conduisit Monsieur Houa dans son cabinet particulier et lui fit placer un siège juste derrière l'écran séparant la pièce de la salle d'audience. Puis le magistrat prit place sur l'estrade et fit appeler le candidat Ho.

XXII

Le juge Ti découvre un indice dans l'affaire de la jeune mariée empoisonnée ; Le sergent Hong mène une enquête secrète.

— J'ai examiné le lieu du crime et acquis la certitude que Madame Houa était morte empoisonnée, dit avec sévérité le juge Ti au candidat Ho. Or vous avez proféré des menaces envers la famille Houa devant de nombreux témoins. Vous avez eu la possibilité de verser le poison dans la théière. Avouez !

— Je plaide coupable d'avoir tenu des propos déplacés et de m'être conduit de manière peu convenable, répondit le candidat. Mais je nie farouchement avoir empoisonné Madame Houa. Quant à l'opportunité d'introduire le poison dans le breuvage, je ferai respectueusement remarquer à Votre Excellence que nous étions au moins quarante invités dans le même cas, sans compter les domestiques !

Le juge Ti ordonna alors de faire entrer la servante Tchen.

— Votre maître a accusé Ho Tso-pin, ici présent, d'avoir empoisonné votre jeune maîtresse, mais le candidat persiste à clamer son innocence. Vous êtes un témoin essentiel. Dites-moi exactement ce qui s'est passé cette nuit-là. N'omettez aucun détail, quelle que soit son importance à vos yeux.

— L'esclave de Votre Excellence, répondit la servante, peut affirmer qu'entre le moment où j'ai rempli la théière pour la seconde fois et le retour des mariés avec leurs invités, personne n'est entré dans la chambre. Tout le monde riait, criait, faisait des plaisanteries ; seul Monsieur Ho a dit toutes sortes de choses désagréables, provoquant les uns et les autres. Je l'ai vu de mes yeux s'approcher de la couche et de la table à thé. Plus tard, il menaça Son Excellence Monsieur Houa, et je suis convaincue que c'est lui qui a versé le poison dans la théière.

— Votre Excellence ! s'exclama le candidat Ho, c'est une vile calomnie ! Je vous prie de lui demander si elle m'a effectivement vu ne serait-ce que toucher cette théière !

La servante dut admettre qu'elle ne pouvait l'affirmer.

— Quand vous êtes-vous retirée dans la cuisine pour votre riz du soir ? lui demanda le juge.

— Je ne me rappelle pas l'heure exacte, mais j'ai quitté la chambre lorsque j'ai entendu commencer la cérémonie dans la salle de réception. Quand je suis revenue, j'ai entendu rire au loin les invités. La cérémonie devait donc être terminée et le vin servi.

— Ainsi, alors que les invités étaient tous occupés à suivre la cérémonie, s'écria le juge à l'adresse du candidat Ho, et que cette servante dînait dans la cuisine, vous vous êtes glissé dans la chambre nuptiale et avez empoisonné le thé ! Avouez votre crime !

Le candidat Ho frappa le sol de son front et déclara :

— Je prie Votre Excellence de me croire. Je n'ai pas quitté un seul instant la salle de réception, ainsi que pourront en témoigner deux de mes amis qui se trouvaient tout le temps à mes côtés. Après la cérémonie, j'ai porté moi-même quelques toasts avec le marié. J'ai pénétré pour la première fois dans la chambre en même temps que les autres invités. Voilà toute la vérité.

Le juge réfléchit un moment en se caressant lentement la barbe. Il n'avait pas cru un seul instant à la culpabilité du candidat Ho. Son interrogatoire était simplement destiné à prouver à Monsieur Houa qu'il ne négligeait aucune hypothèse. Il ne pensait pas non plus que la vieille servante fût mêlée à cette affaire. Il était en train de chercher d'autres questions à poser lorsque l'entrée d'un domestique qui lui apportait une tasse de thé lui fournit un prétexte pour s'interrompre un peu plus longtemps.

Comme il portait la tasse à ses lèvres, le juge Ti découvrit de petites particules de poussière blanche qui flottaient à la surface.

— Comment osez-vous m'apporter un tel breuvage ? dit-il au domestique.

L'homme jeta un coup d'œil au thé et s'empressa de se justifier :

— Cette personne n'est en rien responsable de cela. J'ai veillé à ce que cette tasse soit propre et ai déposé moi-même les feuilles de thé dans la théière. De la poussière ou du plâtre sont certainement tombés du plafond lorsque le cuisinier faisait chauffer l'eau dans la cuisine. Permettez à votre serviteur de vous en servir au plus vite une autre tasse.

A ces mots, une idée traversa soudain l'esprit du juge Ti qui demanda aussitôt d'un ton sévère à la servante :

— Où avez-vous puisé l'eau chaude pour préparer le thé ce soir-là ? Etes-vous sûre de l'avoir prise dans la casserole de la grande cuisine ?

Stupéfaite du caractère inattendu de cette question, la servante répondit d'une voix tremblante :

— Comme l'a déjà déclaré l'esclave de Votre Excellence, j'ai utilisé l'eau qui avait bouilli dans la grande casserole de la cuisine principale.

Le juge Ti lui jeta un regard sombre puis lui dit ainsi qu'au candidat Ho :

— J'ai découvert à présent la clé de ce mystérieux empoisonnement. Vous resterez néanmoins tous deux en détention jusqu'à demain. J'aurai alors élucidé toute l'affaire.

Après avoir ainsi parlé, le juge Ti quitta l'estrade et retourna dans son cabinet particulier. N'ayant rien perdu des propos tenus derrière l'écran, le vieux Monsieur Houa était fou de rage que le juge Ti n'ait pas fait mettre les poucettes au candidat Ho.

— J'ai suivi votre interrogatoire avec un intérêt extrême, dit-il au juge d'un ton sarcastique. Je constate que les méthodes des magistrats ont bien changé depuis mon époque. De mon temps, on traitait un criminel en criminel. Lorsqu'il refusait d'avouer, on lui mettait les poucettes. Devant l'échec de vos méthodes à produire le moindre résultat, vous me pardonnerez si j'envisage de porter cette affaire devant le préfet. Nous verrons s'il partage votre point de vue.

Monsieur Houa se leva pour prendre congé mais le juge le retint en lui disant :

— L'affaire qui a pris naissance dans votre honorable demeure est parfaitement claire à mes yeux. Je vous conjure d'avoir la patience d'attendre jusqu'à demain. Je me ferai alors l'honneur d'aller vous rendre visite personnellement pour me livrer à une petite expérience. Au cas où elle échouerait, j'insisterai moi-même pour que cette affaire soit transmise aux autorités supérieures.

Monsieur Houa pensa évidemment qu'il s'agissait là d'une manière de gagner du temps, mais il ne put décliner une proposition aussi courtoisement formulée. Il répondit donc d'un ton sec :

— J'accepte avec plaisir l'honneur de recevoir votre visite.

Après quoi il prit congé du magistrat.

Un jeune sbire en faction au poste de garde dit à son chef en voyant passer Monsieur Houa d'un pas majestueux :

— Ce vieux monsieur a l'air très en colère. Pourquoi notre juge a-t-il attendu deux jours avant de commencer le second interrogatoire ?

— Petit, répondit le chef des sbires avec condescendance, je constate que tu as encore beaucoup à apprendre. Alors écoute-moi bien. Dans l'affaire du Village des Six Milles, il ne s'agissait que d'un meurtre banal, commis dans la rue. La seule fois où j'ai vu l'argent changer de mains dans cette affaire, ce fut lorsque Son Excellence a remis cent pièces d'argent de récompense à Tsao Wantchouan. Et est-ce que Tsao nous a versé la moindre sapèque sur cette somme ? Après tout, ce furent les sbires qui, sous ma surveillance avisée, amenèrent le coupable à avouer, alors que Tsao lui s'est contenté de faire un petit voyage aux frais du tribunal. Quel rustre ! Prends maintenant l'affaire Pi Hsun ; ce n'est qu'un vulgaire crime passionnel. En revanche, l'affaire de l'Honorable Houa...

Le chef des sbires sourit d'un air béat et, caressant ses favoris, poursuivit :

— C'est une affaire très importante. Ignores-tu que Madame Li est propriétaire de la plupart des belles maisons de la grand-rue, et t'es-tu déjà imaginé ce qu'elle doit toucher comme loyer tous les mois ? Quant au vieux Monsieur Houa, eh bien, il était préfet dans le Kouangtong, et il a fort bien géré ses affaires ; il possède aujourd'hui les deux plus grandes joailleries de la ville, sans parler des terres au-delà de la Porte de l'Est. Madame Li et lui-même sont des gens bien éduqués qui savent comment il faut se comporter en de telles circonstances. Monsieur Houa ne t'a-t-il pas donné une pièce d'argent pour le dérangement de l'autre jour quand le juge est allé enquêter chez lui ? N'y avons-nous pas fait deux succulents repas ? Et Madame Ho n'a-t-elle pas remis aux sbires qui gardent son fils à l'Ecole des Classiques deux pièces d'argent pour qu'ils soignent un peu sa nourriture ? Par ailleurs, ne leur a-t-elle pas aussi versé une certaine somme d'argent pour pouvoir lui rendre visite tous les jours ? Et ne va pas évaluer cette somme en te fondant sur les quelques misérables sapèques que les gardes m'ont versées là-dessus !

Sur ces mots, le chef des sbires gratifia deux de ses hommes d'un regard mauvais qu'ils firent mine d'ignorer.

— Mais est-il vrai que le candidat Ho soit coupable ? demanda alors le jeune sbire.

— Bien sûr qu'il est coupable, espèce d'imbécile ! répliqua son chef, mais notre juge sait parfaitement qu'un jeune homme aussi délicat avouera tout dès qu'on lèvera la main sur lui. Et si une affaire comme celle-ci était résolue du jour au lendemain, Madame Li et Monsieur Houa ne penseraient-ils pas que c'est un peu trop rapide ? Non, petit, une affaire à laquelle est mêlé le beau monde doit être menée avec une grande circonspection. Il faut l'examiner sous tous les angles et sans précipitation intempestive, afin qu'ils puissent constater combien nous faisons consciencieusement notre boulot. Lorsque l'affaire sera enfin résolue, il leur faudra nous donner une récompense proportionnelle à nos efforts.

Pendant que les sbires devisaient de la sorte, Ma Jong se rendit dans le cabinet particulier du juge et essaya d'apprendre de lui quel était le nouvel indice qu'il venait de découvrir. Mais le magistrat se contenta de sourire et de répéter que l'affaire serait élucidée le lendemain. Ils étaient en train de discuter lorsque le sergent Hong et Tao Gan apparurent et saluèrent respectueusement leur maître.

— Voilà plusieurs jours que vous êtes partis, dit le magistrat au sergent Hong. Votre surveillance à Houang-houa a-t-elle été fructueuse ?

— Suivant les instructions de Votre Excellence, répondit le sergent, nous sommes restés cachés dans la journée chez le surveillant Ho Kaï. Tous les soirs, à la tombée de la nuit, nous sommes allés surveiller la maison de Madame Pi, sans pourtant découvrir quoi que ce soit d'anormal. Nous commencions à être à bout de patience, quand, hier, Tao Gan et moi-même avons décidé de surveiller les choses d'un peu plus près. Donc, juste après la seconde veille, nous avons grimpé sur le toit de la maison de Madame Pi et nous sommes couchés à plat ventre sur les tuiles pour essayer d'entendre de quoi parlaient les deux femmes. Au début, Madame Tchou a passé un bon moment à réprimander sa mère, lui reprochant d'être à l'origine de tous leurs malheurs pour avoir laissé entrer chez elle le juge déguisé en médecin. Il s'agit apparemment du sujet de conversation favori de Madame Tchou pour l'après-dîner. Puis la jeune muette s'est brusquement mise à grogner assez vigoureusement. Madame Tchou lui a crié : « Sale mioche, pourquoi nous importunes-tu ? Ce ne sont que des rats sous le plancher ! Va te coucher. Ta grand-mère et moi-même, nous y allons aussi. » Cela nous parut étrange. Pourquoi cette fillette se serait-elle alarmée à ce point en entendant un rat ? Peu après, Madame Tchou et Madame Pi allèrent apparemment se coucher chacune dans sa chambre. Nous n'avons pas bougé de notre place. Une heure plus tard environ, nous avons entendu du bruit dans la chambre de Madame Tchou. Nous avons collé nos oreilles contre les tuiles, mais malheureusement nous n'entendions pas très bien. Nous avons eu toutefois l'impression très nette que deux personnes parlaient à voix basse ; l'une était Madame Tchou, quant à l'autre, nous ne l'avons pas identifiée, mais il s'agissait d'une voix d'homme. Cet incident m'a paru assez important pour mériter d'être rapporté à Votre Excellence.

XXIII

**Le juge Ti envoie sa carte de visite au Docteur Tang ;
Il élucide le mystère de la jeune mariée
dans la demeure de Monsieur Houa.**

— C'est effectivement très curieux, remarqua le juge Ti. En ce qui concerne le nommé Hsu, auriez-vous par hasard découvert quelque chose ?

— Le surveillant Ho Kaï, répondit le sergent Hong, a passé en revue toutes les familles du village portant le nom de Hsu, mais il n'y en a pas une qui ait le moindre rapport avec la famille Pi. Puisque j'en parle, il faut dire que ce surveillant se débrouille fort bien. Lorsque Pi Hsun a été assassiné, Ho Kaï venait à peine de prendre ses fonctions. C'est plus par inexpérience que par négligence ou bêtise qu'il ne s'est pas aperçu que sa mort était suspecte. Mais j'ai eu l'occasion d'observer la manière dont il travaillait ces derniers jours, et je peux assurer à Votre Excellence que c'est un garçon zélé et astucieux.

« Bien que nous n'ayons pu découvrir aucun Monsieur Hsu dans le voisinage, nous avons dirigé nos recherches vers le voisin de droite de Madame Pi, car sa propriété jouxte la chambre de Madame Tchou. Nous avons découvert qu'elle n'en était séparée que par un simple mur. Il semblerait qu'autrefois la maison de Madame Pi ait fait partie de ce vaste domaine. Nous avons donc pensé qu'il pouvait y avoir un passage secret dans ce mur, et que Madame Tchou et son amant entraient et sortaient par cette propriété, ou peut-être se retrouvaient en secret dans une des pièces de cette maison. Nous nous sommes renseignés, mais il s'avère que les occupants sont des gens on ne peut plus respectables. Elle appartient à un Docteur en Littérature, un certain Tang Te-tsung. Bien que vivant retiré dans ce petit village, il paraît qu'il est très célèbre dans le monde des Lettres. Il sort rarement et passe ses jours et ses nuits parmi ses livres. Une demi-douzaine de ses disciples se sont installés dans le même village, tous fils de grandes familles de la province, auxquels le Docteur Tang enseigne la littérature. Le surveillant Ho Kaï a leurs noms à tous dans son registre, mais aucun ne s'appelle Hsu. De toute manière, j'aimerais beaucoup aller faire une petite investigation là-bas. Mais le Docteur Tang est un monsieur si distingué que je n'ose me présenter chez lui sans prétexte valable.

Le juge Ti réfléchit un instant. Puis il sourit et tendit une de ses cartes de visite officielles au sergent Hong.

— Prends cette carte, et présente-toi chez le Docteur Tang avec le surveillant Ho Kaï. Dis-lui que le magistrat du district désire le rencontrer, au tribunal, pour le consulter sur un problème d'ordre administratif. Demain, je me rendrai aussi à Houang-houa. Je te ferai alors part des détails de mon plan.

Le lendemain matin, le juge Ti revêtit une simple robe bleue et se coiffa d'un petit bonnet noir ordinaire. Accompagné de Ma Jong, de Tsiao Taï et de deux sbires, il se dirigea vers la demeure de Monsieur Houa.

Tandis que l'intendant de la maison les conduisait vers la salle de réception, Monsieur Houa, en robe d'intérieur bleue, surveillait les domestiques qui préparaient la pièce pour recevoir le juge. Apercevant le magistrat qui traversait la cour, il voulut vite aller revêtir sa tenue de cérémonie, mais le juge l'intercepta au passage et l'en empêcha :

— Ne vous dérangez surtout pas pour moi, dit-il. Je

suis aujourd'hui chez vous comme ami de votre estimée famille plutôt que comme magistrat. Veuillez appeler la personne chargée de faire bouillir l'eau pour toute la maisonnée.

Le vieux Monsieur Houa ne savait plus que penser, mais il envoya son intendant à la cuisine. Celui-ci en revint peu après, suivi d'une servante de dix-huit ans environ. La jeune fille se prosterna aussitôt devant le juge et frappa le sol de son front.

— Vous n'êtes pas au tribunal, alors point de cérémonie ici, lui dit aimablement le juge. Ecoutez-moi seulement et tâchez de vous rappeler ce qui s'est passé le jour du mariage. La servante Tchen n'est-elle pas venue deux fois chercher de l'eau chaude à la cuisine ?

Quand la jeune servante eut acquiescé, le juge Ti reprit :

— Maintenant, dites-moi exactement ce qui s'est passé à la cuisine. Lui avez-vous rempli le broc d'eau à la grande casserole ou bien s'est-elle servie toute seule ?

— La première fois que Tante Tchen est venue, expliqua la jeune fille, c'est l'esclave de Votre Excellence qui lui a rempli son broc d'eau. La seconde fois, je venais de partir servir le thé et les gâteaux dans la salle de réception. En revenant, je trouvai Tante Tchen sous la véranda, devant la cuisine, un broc d'eau chaude à la main ; elle regardait d'un air sombre une petite casserole renversée par terre. Il se trouve que pendant mon absence, les cuisiniers ont eu tellement à faire pour préparer le repas de mariage qu'ils ont laissé s'éteindre le feu sous la grande casserole. Tante Tchen, voyant qu'il n'y avait donc pas d'eau chaude et qu'il faudrait longtemps pour rallumer le feu sous la grande casserole, avait sorti sous la véranda un petit réchaud qu'elle avait allumé en prenant des braises dans le grand four, et y avait fait chauffer une petite casserole d'eau. Quand elle eut bouilli, elle en remplit le broc, mais la casserole lui échappa des mains et tomba. Je lui demandai si elle ne s'était pas brûlée. Elle dit que non et repartit. Voilà tout ce que je sais à ce sujet.

Le juge Ti hocha la tête d'un air satisfait et ordonna à Ma Jong d'aller chercher au tribunal la servante Tchen ; il devait également demander au chef des sbires de se rendre à l'Ecole des Classiques pour en ramener le candidat Ho au tribunal.

Pendant ce temps, le juge Ti savoura à petites gorgées plusieurs tasses de thé, exaspérant Monsieur Houa à discuter de choses et d'autres en se refusant à ajouter un mot sur l'affaire.

Dès que la vieille servante Tchen fut devant lui, le juge Ti reprit aussitôt son rôle de magistrat et lui cria avec colère :

— Stupide vieille ! Pourquoi m'avez-vous menti ? Pourquoi avez-vous prétendu être allée puiser les deux fois l'eau à la cuisine, dans la grande casserole ? Je viens d'apprendre que la seconde fois vous l'avez fait chauffer vous-même sur un petit réchaud, sous la véranda. Pourquoi m'avez-vous caché cela, alors que je vous avais bien dit de n'omettre aucun détail ?

Devant une semonce aussi énergique, la vieille servante, bouleversée, frappa plusieurs fois le sol de son front et balbutia d'une voix tremblante :

— Je supplie Votre Excellence de me pardonner. J'étais si troublée l'autre jour au tribunal que j'ai complètement oublié cet incident. Puisse l'esclave de Votre Excellence être traitée avec clémence !

Le juge Ti écrasa son poing sur la table et s'exclama avec fureur :

— Votre bêtise, femme, a différé de plusieurs jours la solution de cette affaire. Je vais sur-le-champ vous infliger le châtiment que vous méritez.

Puis le juge Ti dit à Monsieur Houa :

— Rendons-nous maintenant à la cuisine.

Le vieux Monsieur Houa ne savait absolument plus que penser. Il se leva sans mot dire et précéda le juge Ti à travers les divers couloirs et galeries jusqu'à la grande cuisine familiale.

Le juge Ti jeta un coup d'œil circulaire. Il y avait sur la droite un grand four de brique, devant lequel s'affairaient trois cuisiniers armés de louches et de casseroles, suivi d'un second fourneau de brique, sur lequel était posée une énorme casserole en fer où de l'eau bouillait à l'usage de toute la maisonnée. La cuisine donnait sur une courette au sol en terre battue, protégée par une véranda. Le juge Ti sortit sous la véranda et leva les yeux. Le toit était vétuste, l'avancée couverte de toiles d'araignées et l'une des poutres, particulièrement noircie par les ans, semblait près de tomber en poussière. Le toit entier avait l'air si vermoulu que l'on s'attendait à le voir s'écrouler d'un instant à l'autre. Se tournant vers la servante Tchen, le juge Ti demanda :

— C'est bien sous cette véranda que vous avez allumé le petit réchaud, n'est-ce pas ?

Comme elle hochait la tête, le juge Ti poursuivit :

— Maintenant, je vais vous dire quel châtiment vous allez recevoir pour votre faux témoignage. Apportez un réchaud, placez-le exactement à l'endroit où vous l'aviez mis le jour du mariage et mettez-y de l'eau à bouillir jusqu'à ce que je vous dise d'arrêter. Je vais m'asseoir ici pour veiller à ce que ces ordres soient convenablement exécutés.

Puis le magistrat s'adressa à Monsieur Houa :

— Je vous prie de faire apporter deux sièges.

Monsieur Houa, qui était à présent revenu de son étonnement, explosa de colère et d'indignation.

— Vous êtes juge et savez probablement ce que vous faites. Mais si vous croyez que je vais participer à votre petit numéro, vous vous trompez lourdement ! Je décline toute responsabilité dans cette farce.

Monsieur Houa fit mine de s'éloigner, mais le juge le héla et lui dit avec un sourire glacial :

— Tout cela peut vous sembler une farce, mais moi,

votre magistrat, je peux vous certifier que cette farce apportera la solution au drame. Je vous conseille donc de cesser ces arguties oiseuses.

Pendant ce temps, les domestiques avaient apporté deux fauteuils qu'ils disposèrent sous la véranda, l'un à côté de l'autre. Le juge Ti prit place gravement dans l'un et offrit l'autre à Monsieur Houa. Le vieux monsieur fulminait de rage contenue, mais il ne tenait pas à faire un esclandre devant les cuisiniers et tout le personnel qui avaient envahi la cuisine, curieux de voir ce qui allait se passer. Il s'assit donc aux côtés du magistrat.

La vieille servante avait placé un petit réchaud d'argile sous la véranda et commençait à attiser les charbons afin de porter à ébullition l'eau de la casserole. Au bout d'un moment, l'eau se mit à bouillir et des volutes de vapeur s'élevèrent jusqu'au toit.

Le juge Ti semblait prendre un intérêt passionné à cette opération. Confortablement carré dans son fauteuil, tout en se caressant lentement la barbe, il ne perdait rien des gestes de la vieille servante.

Une demi-heure plus tard, l'eau s'était presque tout évaporée. La servante jeta un regard ahuri au juge Ti qui lui cria aussitôt :

— Qu'attendez-vous pour rajouter de l'eau ? Et continuez à entretenir le feu !

La vieille femme se précipita vers le baquet d'eau froide qui se trouvait dans la courette et remplit de nouveau la casserole. Puis elle retourna s'accroupir auprès du petit réchaud et attisa le feu si vigoureusement que des gouttes de sueur lui ruisselaient le long des joues. La vapeur s'éleva encore une fois.

Monsieur Houa, qui n'avait cessé de s'agiter sur son siège, estimant que la plaisanterie avait assez duré, se leva brusquement. Mais le juge Ti le retint en lui posant la main sur le bras :

— Attendez encore un instant et regardez bien ! Voilà le poison qui a tué votre fille.

Le magistrat montra du doigt le toit de la véranda. A l'aplomb du petit réchaud, quelque chose de rouge apparut fugitivement sur la poutre vermoulue. Le juge Ti resta le doigt tendu dans cette direction. Ma Jong, Tsiao Taï, les sbires, les domestiques, tout le monde approcha et scruta le toit avec attention.

Une vipère rouge au corps luisant sortit lentement de derrière la poutre ; lorsque deux pouces d'écailles eurent apparu, l'animal dressa sa redoutable petite tête triangulaire et la balança de droite et de gauche, attiré apparemment par la chaude humidité de la vapeur.

Laissant retomber son bras, le juge Ti déclara :

— Voilà l'assassin de la jeune mariée.

La vieille servante, toujours accroupie, qui, paralysée par la peur fixait intensément le reptile maléfique, poussa un cri strident. La vipère rentra aussitôt dans son trou.

Un murmure d'étonnement et d'admiration parcourut la foule. Monsieur Houa, pétrifié de stupéfaction sur son fauteuil, ne quittait plus des yeux le toit.

Le juge Ti se leva alors et lui dit :

— Voilà exactement ce qui s'est produit le jour où votre belle-fille est morte. Le destin a voulu qu'il fût mis un terme brutal à sa jeune vie. L'eau utilisée pour le thé est toujours bouillie à l'intérieur de la cuisine, dans la grande casserole de fer. Or il se trouve que ce jour-là la vieille servante l'a fait bouillir dehors, sous la véranda. La vipère qui nichait dans la poutre vermoulue a été attirée par la chaleur de la vapeur et son venin est tombé directement dans la petite casserole en dessous. Par bonheur, la servante Tchen a lâché la casserole et l'eau empoisonnée s'est répandue sur la terre battue ; faute de quoi plusieurs autres personnes seraient mortes. Mais elle avait déjà rempli le broc qu'elle devait emporter dans la chambre nuptiale et le reversa dans la théière, à la tête de la couche. J'avais remarqué dès le début qu'une étrange odeur de moisi régnait dans cette chambre, sans parvenir à en déterminer l'origine. Si la servante m'avait dit qu'elle avait fait chauffer l'eau sous la véranda, j'aurais résolu cette énigme beaucoup plus vite. Ainsi, personne n'est coupable, si ce n'est vous Monsieur Houa, en tant que maître de cette maison : vous portez la lourde responsabilité de vous être montré trop négligent en laissant ce toit se détériorer de manière catastrophique.

Le vieux Monsieur Houa écouta le juge Ti la tête basse. Il ne trouva rien à répondre à ses reproches.

Le juge Ti ordonna à tous les domestiques de sortir de la cuisine et demanda aux deux sbires de lui apporter un long pieu. Il donna également l'ordre au cuisinier de fournir à Ma Jong des pinces à feu et d'aller se placer devant le baquet d'eau froide, dans la courette. Quand les sbires furent de retour avec le pieu, le juge ordonna à Ma Jong de faire tomber le toit. Il s'écroula avec fracas dès la première poussée ; la vipère surgit et essaya de ramper jusqu'au puits. Tsiao Taï la saisit avec les pincettes tandis que Ma Jong lui écrasait la tête avec le pieu. Le juge Ti demanda aux sbires de la brûler et de verser l'eau empoisonnée de la casserole dans un vieux pichet. Après l'avoir scellé, il chargea les sbires de l'emporter au tribunal pour le faire disparaître en même temps que le cadavre du chien et la théière. Puis il pria Monsieur Houa de le reconduire dans la salle de réception.

Wen-tsun et la vieille Madame Li s'y trouvaient. Le juge Ti leur expliqua ce qui s'était passé, ajoutant quelques paroles appropriées sur la volonté divine. La mère et le gendre pleuraient en silence, insensibles aux tentatives de réconfort prodiguées par Monsieur Houa.

Après avoir conseillé à Monsieur Houa de faire dire des messes au temple bouddhique pour le repos de l'âme de la jeune mariée, le juge Ti prit congé de ses hôtes.

XXIV

Ce qu'il advint au vieux Docteur en Littérature ; Une nuit, un voleur fait une étrange découverte

De retour au tribunal, le juge Ti demanda à un messager d'aller chercher la vieille Madame Ho et fit appeler Ho Tso-pin.

Il fit au candidat de sévères reproches, devant sa mère, lui disant que cet événement devrait lui apprendre combien il est dangereux de vouloir à tout prix être drôle ; il l'exhorta à se consacrer avec application à l'étude des Classiques, de manière à pouvoir faire la joie des vieux jours de sa mère en réussissant brillamment ses examens littéraires. Après quoi, il lui déclara qu'il était libre.

Le candidat Ho et sa mère frappèrent plusieurs fois le sol de leur front en signe de gratitude, s'exclamant que le juge avait purement et simplement sauvé la vie au candidat Ho.

Le juge Ti les congédia et se retira dans son cabinet particulier pour prendre connaissance de plusieurs documents récemment arrivés. Les sbires firent les préparatifs pour son départ à Houang-houa, dans l'après-midi.

Le sergent Hong, quant à lui, était retourné la veille dans ce village et avait transmis au surveillant Ho Kaï les instructions du juge Ti. Ils se présentèrent tous deux au petit matin chez le Docteur Tang.

Le surveillant Ho Kaï frappa à la porte qu'un vieux

domestique vint ouvrir. Il leur jeta un regard méfiant et leur demanda ce qu'ils désiraient.

— Ça alors, mais c'est ce vieux monsieur Tso ! s'exclama Ho Kaï. Vous n'avez donc jamais vu celui qui gagne son bol de riz quotidien grâce aux impôts que vous payez ?

Le vieux domestique reconnut le surveillant du village et dit en souriant :

— Surveillant Ho, quel bon vent vous amène ? Mon maître dort encore.

Ho Kaï fit un clin d'œil au sergent Hong et les deux hommes pénétrèrent vivement dans la cour. Le vieux domestique traversa la seconde cour suivi du surveillant et du sergent. Arrivé devant la bibliothèque, le sergent dit à Ho Kaï :

— Qu'attends-tu ? Puisque le Docteur Tang est chez lui, allons le réveiller pour que je lui remette mon message.

Devinant au ton du sergent qu'il appartenait au tribunal, le vieux serviteur intervint précipitamment :

— Monsieur le sbire, que désirez-vous demander à mon maître ? Dites-le-moi, je vais l'en informer.

— Ce monsieur est le sergent du tribunal de Tchang-ping, expliqua Ho Kaï. Il vient apporter au Docteur Tang une carte de visite de Son Excellence le juge Ti et l'inviter à se rendre au tribunal pour y donner son avis sur une question administrative.

Le vieux domestique reçut respectueusement des deux mains la carte de visite du juge Ti et contourna la bibliothèque. Ho Kaï le suivit, après avoir fait au sergent Hong signe de l'attendre. Derrière la bibliothèque se trouvait une cour plus petite, sur laquelle ouvraient trois pièces. Celle qui était située à l'extrême gauche jouxtait la chambre de Madame Tchou, dans la maison de Madame Pi.

Ho Kaï était en train de se dire que cela concordait parfaitement avec leur hypothèse lorsque la porte de gauche s'ouvrit, laissant apparaître un jeune homme de vingt-cinq ans environ. Il était grand et mince, et avait le port altier des fils de familles nobles. Ses traits étaient réguliers ; il pouvait même être considéré comme un fort beau jeune homme.

— Qui est cet homme ? demanda-t-il vivement au domestique.

— Voilà qui est curieux, dit le vieux domestique sans répondre à la question. Notre maître, le Docteur Tang, ne sort presque jamais de chez lui. Il consacre tout son temps à ses chères études et à l'instruction de ses disciples. Je me demande bien pourquoi Son Excellence le juge Ti désire le voir.

Le jeune homme sursauta en entendant prononcer le nom du magistrat et répliqua aussitôt :

— Eh bien, pourquoi ne dites-vous à ce monsieur que le Docteur Tang s'est retiré des affaires de ce monde et ne peut être importuné par des visites au tribunal ?

Ho Kaï pensa que s'il fallait un jour chercher l'amant de la belle Madame Tchou, ce séduisant jeune homme, qui apparemment occupait la chambre contiguë à celle de la dame, avait tout du personnage.

— Puis-je connaître votre honorable nom, Monsieur ? demanda Ho Kaï. Vous habitez ici ? Pour ne rien vous cacher, Son Excellence a entendu dire que le Docteur Tang était non seulement un érudit aux vastes connaissances, mais aussi quelqu'un de haute moralité. C'est pourquoi il désire le consulter pour un projet d'œuvre charitable concernant le district.

Pendant ce temps, le vieux domestique était entré dans la bibliothèque où s'éleva une voix :

— Tu sais bien qu'hier soir j'ai expliqué les Classiques à mes disciples jusqu'à une heure avancée. Pourquoi me déranges-tu aussi tôt ce matin ?

Lorsque le vieux domestique eut murmuré quelque chose au sujet du juge Ti et du tribunal, la voix reprit :

— Tiens, prends cette carte de visite et demande au messager d'informer respectueusement Son Excellence que je vis retiré du monde, me consacrant exclusivement à mes études littéraires. Je ne tiens aucunement à m'occuper d'œuvres charitables. Si quelque chose doit être fait, il y a bien assez de gens parmi les notables de Tchang-ping qui seront ravis d'offrir leur aide et beaucoup plus qualifiés que moi dans ce genre de domaine.

Le vieux domestique ressortit en refermant soigneusement la porte derrière lui et répéta au surveillant ce que venait de lui dire le Docteur Tang.

Posté derrière l'angle de la bibliothèque, le sergent Hong n'avait rien perdu de la conversation. Il s'approcha et dit au surveillant :

— Eh bien, rentrons vite au tribunal transmettre à Son Excellence la réponse du Docteur Tang. Le juge voudra peut-être lui rendre visite lui-même pour lui expliquer de quoi il s'agit.

Le jeune homme réintégra sa chambre tandis que le vieux domestique reconduisait les visiteurs à l'entrée.

Dès qu'ils se retrouvèrent dans la rue, le surveillant Ho dit au sergent :

— Tu as vu ce jeune homme ? A peine avais-je prononcé le nom de Son Excellence que je l'ai vu changer de couleur. Par ailleurs, sa chambre est juste à côté de la maison des Pi. Pourquoi n'irais-tu pas en avertir le juge pendant que je reste dans le secteur pour essayer de découvrir le nom du jeune homme ?

Trouvant cette idée excellente, le sergent se dépêcha de retourner à la ville.

Le juge Ti fut enchanté de ce que lui apprit le sergent Hong. Ce qui se passait chez ce lettré lui sembla des plus suspects. Il décida de s'y rendre sur-le-champ, avant que quiconque ne s'inquiétât de sa démarche précédente.

Il prit place dans son palanquin et se fit conduire en hâte à Houang-houa, accompagné par ses quatre fidèles lieutenants. La nuit tombait lorsqu'ils arrivèrent au village. Le juge Ti prit alors des chambres dans l'auberge où ils avaient déjà séjourné.

Après s'être rafraîchi, le juge Ti fit venir Ma Jong dans sa chambre et lui donna les instructions suivantes :

— Tu vas accompagner le sergent chez le Docteur Tang et grimper sur le toit, discrètement bien sûr. Essaie de voir ce qui se passe dans la bibliothèque et plus particulièrement dans la chambre de ce jeune homme, qui jouxte celle de Madame Tchou. Après votre départ, Tsiao Taï et Tao Gan s'y rendront également et surveilleront les entrées des deux maisons. Le sergent Hong t'expliquera la suite en chemin.

Ma Jong disparut avec le sergent Hong dans la rue obscure. Tandis qu'ils traversaient les étroites ruelles du village, le sergent lui dit :

— Ecoute bien maintenant les instructions secrètes de Son Excellence. Tout d'abord, sache que notre maître a bien l'intention de découvrir ce soir le fin mot de cette énigme. Le rôle qu'il veut te faire jouer n'est pas des plus réjouissants, mais notre juge estime qu'il est indispensable au succès de notre entreprise et...

— Cesse donc de tourner autour du pot ! coupa Ma Jong. Nous sommes tous deux les loyaux serviteurs de Son Excellence. Il n'a qu'à ouvrir la bouche et nous obéissons. Ne mangeons-nous pas son riz depuis plus de six ans ?

— D'après notre maître, reprit le sergent, nous devons absolument découvrir d'une manière ou d'une autre le passage entre la chambre du jeune homme et la maison de Madame Pi. J'ai surveillé de l'extérieur les deux maisons, avec Tao Gan, plusieurs jours de suite. Cela ne nous a menés à rien. Le seul moyen à présent de savoir si un tel passage existe est donc que tu cambrioles la chambre du jeune homme. Peu importe que tu te fasses prendre. Le juge a tout prévu dans une telle éventualité. Il te faudra probablement jouer quelque temps le rôle du voleur arrêté. Le juge pensait que c'est précisément ce qui t'arrêterait, si je puis dire...

Mais Ma Jong, que rien n'arrêtait, était ravi de ce que

l'on attendait de lui et voulut se rendre sur les lieux sans plus tarder.

Le sergent lui fit toutefois remarquer qu'il était encore tôt et qu'il y avait trop de monde dans la rue. Ils allèrent donc chez le surveillant Ho Kaï où ils bavardèrent un moment. Lorsque la seconde veille eut sonné, ils se dirigèrent vers la maison du Docteur Tang. En arrivant, Ma Jong demanda au sergent de surveiller le coin de la rue, le temps qu'il se débarrasse de sa veste et de sa longue robe. En simples vêtements de dessous, il fit un bond pour se rattraper au rebord du mur de la propriété. Il se hissa dessus et rampa sur le ventre comme un serpent jusqu'à l'endroit où il rejoignait le toit de la bibliothèque du Docteur Tang. Ma Jong se laissa lentement glisser vers le bord du toit et, se retenant aux chevrons en surplomb, se pencha jusqu'à ce que la pièce lui apparût par la fenêtre.

La bibliothèque était vaste et brillamment éclairée par plusieurs chandelles. Trois des murs étaient recouverts de rayonnages. Installé derrière un bureau élevé, un vieux monsieur lisait un livre à voix haute. Cinq jeunes gens, assis en demi-cercle, écoutaient attentivement ; il s'agissait assurément des disciples du Docteur Tang. Tout cela semblait très majestueux et respectable à Ma Jong.

Il quitta le toit et rampa de nouveau le long du mur jusqu'aux bâtiments situés au fond de la cour. Il se retrouva bientôt sur le mur de séparation entre la chambre du jeune homme et celle de Madame Tchou. Jetant un coup d'œil alentour, il découvrit avec stupeur une silhouette sombre, tapie sur le toit de la maison de Madame Pi. Mais il entendit aussitôt un sifflement bas : ce n'était autre que le sergent Hong qui avait lui aussi pris position sur le toit.

Ma Jong lui fit signe de ne pas bouger. Puis il grimpa sur le toit de la chambre du jeune homme et progressa prudemment à plat ventre jusqu'au bord. En tendant la tête, il put distinguer l'intérieur par une petite fenêtre.

La pièce, meublée avec simplicité mais élégance, était éclairée par une unique chandelle. Une grande couche occupait tout le mur de l'est. Devant la fenêtre, il y avait une table carrée d'ébène sculptée et deux chaises. Un jeune homme était assis à la table, près de la chandelle. Autant que Ma Jong pouvait en juger, il correspondait à la description que le sergent Hong avait faite du jeune homme qui lui était apparu ainsi qu'au surveillant. Un livre était ouvert devant lui, mais il ne le lisait pas. Il regardait droit devant lui, plongé dans ses pensées. Au bout d'un moment, il se leva et, après avoir ouvert la porte, regarda fixement les fenêtres allumées de la bibliothèque, de l'autre côté de la cour. Puis il referma la porte, revint s'asseoir et se tourna vers la couche. Il la contempla un long moment, comme s'il la découvrait pour la première fois, et murmura quelque chose.

Ma Jong vit la porte de la bibliothèque s'ouvrir. Un jeune homme en sortit et se dirigea droit vers la chambre que Ma Jong observait. Le jeune disciple frappa à la porte en appelant :

— Monsieur Hsu, le maître désire vous voir !

En entendant le nom du jeune homme, Ma Jong se dit : « C'est bel et bien notre homme ! » Plein d'ardeur, il abandonna sa position précaire et regagna le mur. Accroupi, il vit Hsu sortir de sa chambre et traverser la cour en compagnie de son condisciple.

Lorsqu'ils eurent disparu dans la bibliothèque, Ma Jong sauta du mur en adoptant la position des lutteurs appelée « papillon se posant sur une fleur ». Il toucha terre sans un bruit et se dirigea prestement vers la fenêtre de la chambre du milieu. Le vieux domestique était assis à une table, profondément endormi, la tête dans ses bras croisés. Ma Jong poussa tout doucement la porte, entra sur la pointe des pieds et souffla la chandelle posée sur la table.

Puis il ouvrit la porte de communication avec la chambre du jeune Hsu et entra en la refermant rapidement derrière lui. D'un seul coup d'œil, il mémorisa la disposition des meubles, puis éteignit la chandelle. Dans l'obscurité la plus totale, il se dirigea droit vers le mur de l'est et le sonda tout autour de la couche. Il ne sonnait creux en aucun point. Puis il répéta l'opération sur le sol, sans plus de résultat. Soulevant les rideaux de lit, il se glissa sous la couche et découvrit en tapant par terre qu'une zone rendait un son différent. Il passa lentement la main sur les dalles de pierre et quatre d'entre elles lui parurent légèrement plus hautes que les autres. Une dernière vérification lui permit de s'assurer que le bruit creux venait bien de là.

« Ce doit être l'entrée d'un passage secret, se dit Ma Jong. Mais comment cette trappe s'ouvre-t-elle ? »

Il tâta de nouveau l'arête des quatre dalles du bout des doigts, sans pourtant parvenir à découvrir la moindre gorge ni le moindre gond. Il tendit alors les deux mains dans le noir et balaya le vide, à tâtons. Quand soudain, sa main droite rencontra un morceau de corde qui pendait derrière la couche. Pensant qu'elle pouvait déclencher l'ouverture de la trappe, il la tira d'un coup sec. Deux montants du bois de lit s'écroulèrent aussitôt avec fracas.

Ma Jong quitta précipitamment le dessous de la couche. Comme il s'aplatissait derrière la porte, il entendit des gens sortir de la bibliothèque et crier à tue-tête : « Au voleur ! Au voleur ! »

Quatre disciples traversèrent en courant la cour en direction des trois chambres mais, constatant que les chandelles des pièces du centre et de gauche étaient éteintes, ils n'osèrent pas s'avancer davantage de crainte que les voleurs ne leur aient tendu un piège dans l'obscurité.

Le jeune Hsu, visiblement plus troublé que les autres, paraissait plus en colère qu'effrayé. Il se rua dans la pièce du milieu où il réveilla brutalement le vieux domestique. Puis il ralluma la chandelle et se précipita dans sa propre chambre.

Entre-temps, Ma Jong avait profité de la confusion générale pour ouvrir tout doucement la porte derrière laquelle il était tapi. Elle donnait dans la cour. Il se hissa d'un bond sur le toit, relativement bas, de la galerie et de là grimpa sur celui de la maison de Madame Pi. Dans la cour, les jeunes gens aperçurent sa silhouette qui se dessinait sur le ciel, mais personne n'osa le poursuivre. Ma Jong franchit à plat ventre le faîte du toit des Pi, à découvert et visible de tous. Mais dès qu'il eut atteint l'autre côté, il rampa sur le mur de séparation puis gagna le toit de la chambre de Hsu. Tout le monde crut qu'il s'était enfui en passant par le toit de la maison Pi, sans imaginer un instant qu'il était caché juste au-dessus d'eux. Il resta immobile, plaqué contre les tuiles, et écouta ce qui se disait en bas.

XXV

Où il est fait grand cas de l'arrestation d'un voleur ; La ruse réussit et Ma Jong piège son homme.

Ma Jong entendit le jeune Hsu hurler au vieux domestique :

— Etes-vous sourd et muet pour ne pas donner l'alarme quand un voleur s'introduit dans ma chambre ?

Sans attendre la réponse, posant la chandelle sur la table de sa chambre, il parcourut rapidement les lieux du regard. Ses condisciples, qui l'avaient suivi à l'intérieur, entreprirent de chercher les traces du passage du voleur. Se tournant vers eux, Hsu dit avec impatience :

— Eh bien, vous voyez que le voleur n'a réussi qu'à mettre mon lit à moitié par terre. Rien n'a disparu. Qu'est-ce que vous attendez ici ?

— Tu devrais être content que le voleur ait trahi sa présence avant d'avoir pu voler quoi que ce soit. Tu n'as aucune raison de te mettre dans un tel état !

Ma Jong retourna en rampant vers le toit de la maison Pi où attendait le sergent Hong. Ils regagnèrent ensemble le mur d'enceinte, qu'ils suivirent à plat ventre avant de sauter dans la rue. Dès que Ma Jong se fut rhabillé, ils se rendirent tous deux chez le surveillant du village. Ma Jong fit un brin de toilette et les trois hommes partirent à l'auberge.

Lorsqu'ils eurent fait leur rapport au juge Ti, celui-ci leur dit :

— Excellent travail, mes amis ! Maintenant, voilà ce que vous allez faire.

En quelques mots, il leur exposa la suite de son plan et les trois hommes retournèrent à la maison du Docteur Tang.

Là, Ma Jong enleva de nouveau ses vêtements et se macula le visage de poussière. Le surveillant lui lia les mains dans le dos à l'aide d'une grosse corde dont le sergent Hong tint l'extrémité. Puis Ho Kaï frappa un coup retentissant à la porte d'entrée en criant :

— Ouvrez vite, on a attrapé le voleur !

Les étudiants, qui venaient d'apprendre au vieux docteur la tentative de cambriolage, furent enchantés de cette nouvelle. Ils traversèrent en courant l'avant-cour et ouvrirent la porte. Ho Kaï se dépêcha d'entrer, suivi du sergent Hong qui traînait Ma Jong derrière lui.

Ho Kaï s'en prit aussitôt aux jeunes gens.

— Pourquoi, s'écria-t-il, n'êtes-vous pas venus me prévenir sur-le-champ qu'un voleur s'était introduit dans cette propriété ? Ignorez-vous que vous êtes placés sous mon autorité ? Et demain Son Excellence en personne doit rendre visite au Docteur Tang. Vous savez ce qu'il fera en apprenant qu'un voleur est entré ici sans que l'on m'en ait avisé ?

Les étudiants étaient terrorisés par ce langage brutal et par l'attitude menaçante du surveillant et du sergent. Ils se précipitèrent dans la bibliothèque et demandèrent au Docteur Tang d'aller discuter avec les autorités.

— Par bonheur, nous avons attrapé ce voleur alors qu'il tentait de fuir, Honorable Docteur, dit Ho Kaï comme le Docteur venait à sa rencontre. A présent, je dois faire un rapport détaillé sur ce qui a disparu. Le ruffian dit n'avoir rien pris, mais c'est toujours ce qu'ils prétendent. Lorsque Son Excellence viendra vous voir demain, Honorable Docteur, j'espère que vous aurez l'amabilité de lui dire que j'ai fait consciencieusement mon travail.

Le Docteur Tang fit apporter des lanternes dans la cour et observa attentivement Ma Jong.

— Insolent ruffian ! s'exclama-t-il, tu m'as l'air plutôt costaud et bien portant. Ne peux-tu rien trouver de plus utile à faire que de traîner dehors la nuit pour te livrer à tes activités honteuses ? Comme tu n'as rien volé, je ne porterai pas plainte au tribunal. Que cela te serve de leçon, et tâche de te corriger !

Ce n'était pas du tout ce à quoi s'attendait le surveillant qui intervint précipitamment :

— Vous êtes extrêmement généreux, Honorable Docteur. Mais si nous relâchons ce ruffian, il ne tardera pas à récidiver. Nous le garderons en détention jusqu'à demain et soumettrons son cas à Son Excellence le magistrat. A présent, je vous prie de me montrer exactement où il est entré et par où il a pu s'enfuir, pour que ces détails puissent figurer dans mon rapport.

Se tournant vers le sergent, il ajouta :

— Emmène-le avec nous, qu'il avoue son crime sur place.

A peine eut-il prononcé cette phrase qu'un jeune homme surgit dans l'avant-cour. Ma Jong reconnut immédiatement le jeune Monsieur Hsu.

— Espèce de paysan borné ! s'écria Hsu à l'adresse de Ho Kaï, n'avez-vous pas entendu que le Docteur Tang vous a dit de relâcher cet homme ? Je connais bien les individus de votre espèce. Vous ne cherchez qu'à vous faire bien voir du magistrat. Ignorez-vous que si le Docteur ne porte pas plainte, le magistrat ne pourra jamais vous reprocher de ne pas lui avoir signalé ce cambriolage ? Puisque rien n'a été volé, le Docteur Tang ne tient aucunement à perdre son temps avec toutes ces formalités. Voici deux pièces d'argent. Maintenant, libérez ce ruffian et emmenez ce sbire boire un bon pichet de vin à la taverne !

— Mais qui donc êtes-vous, jeune homme ? s'enquit

le surveillant. Vous demeurez ici également ? Etes-vous un élève du Docteur ?

Avant que le jeune homme n'ait pu répondre quoi que ce soit, l'un de ses compagnons s'exclama :

— Ne savez-vous pas que vous avez affaire à Monsieur Hsu, le propriétaire de ce domaine ?

— Non, vraiment pas, rétorqua Ho Kaï, et voilà qui est très étrange d'ailleurs. Car ce domaine figure dans mes registres comme appartenant au Docteur Tang. Il n'a jamais été déclaré que Monsieur Hsu y habitait.

— Vous devriez consulter les archives de votre prédécesseur, Surveillant Ho, conseilla le Docteur Tang. Ce domaine est la propriété de la famille Hsu depuis des années. Mais dernièrement le vieux Monsieur Hsu est retourné dans sa province natale, dans le sud de l'Empire fleuri. Il m'a octroyé l'usage de ce domaine pour mes études, à condition que son fils aîné puisse habiter l'arrière-cour et que je parachève son éducation littéraire en vue de son second examen. Donc votre prédécesseur a supprimé le nom des Hsu dans le registre et l'a remplacé par le mien.

— Il aurait dû être déclaré, Honorable Docteur, dit le surveillant en hochant la tête, qu'un membre de la famille Hsu habitait toujours ici. C'est à cause de ce genre de négligence que les surveillants s'attirent des ennuis. Vous connaissez la rigueur de notre magistrat. Il y a en ce moment une affaire en suspens au tribunal à laquelle est mêlé un certain Monsieur Hsu. Je vais être contraint d'emmener ce jeune homme, Honorable Docteur, car Son Excellence voudra certainement lui poser quelques questions.

Le vieux docteur abandonna soudain son flegme et s'écria avec colère :

— Insolent paltoquet, je vous ordonne de déguerpir immédiatement !

C'est alors que le sergent Hong, qui avait écouté en silence, intervint brusquement :

— Vous êtes assurément Docteur en Littérature, mais vous n'en avez pas moins caché sous votre toit un individu soupçonné de meurtre. Son Excellence le magistrat exige que l'on vous conduise tous les deux, vous-même et ce Hsu, devant lui...

Dénouant les liens de Ma Jong, il saisit le Docteur par le bras. Ma Jong, quant à lui, prit le jeune Hsu par les épaules et le poussa vers la porte d'entrée. Le Docteur Tang, abasourdi par la précipitation des événements, se laissa emmener comme un somnambule. Le jeune Hsu essaya bien de protester, mais Ma Jong lui ordonna de se taire, et le petit groupe se mit en route pour l'auberge.

Les étudiants refermèrent en hâte la porte sur eux et se réfugièrent dans la bibliothèque pour y discuter fiévreusement des mesures à prendre en de telles circonstances.

Le juge Ti se trouvait dans l'avant-cour de l'auberge, entouré de sbires brandissant des lanternes de papier, où s'étalait en gros caractères l'inscription : « Tribunal de Tchang-ping ».

Dès que le magistrat vit entrer ses lieutenants suivis des deux prisonniers, il ordonna au sergent Hong de retourner immédiatement chez Madame Pi pour l'arrêter ainsi que Madame Tchou.

Lorsque le juge eut appris du surveillant la manière dont l'opération avait été menée, il dit à Ma Jong et à Tsiao Taï :

— Ce jeune homme est un criminel. Qu'il soit étroitement surveillé chez Ho Kaï. Je l'interrogerai demain au tribunal.

N'étant pas très certain de la complicité du Docteur Tang dans cette affaire, et compte tenu de ses éminentes qualifications, le juge Ti ne tint pas à le mettre lui aussi en état d'arrestation sans supplément de preuves. Il demanda donc à Tao Gan de le conduire dans une chambre de l'auberge, de veiller à ce qu'on lui serve du thé et de ne pas le laisser seul un instant.

Précédé des sbires qui éclairaient la voie, le juge Ti se rendit ensuite chez le Docteur Tang. La porte fut ouverte à coups de pied, et tout le monde pénétra dans la propriété.

Les étudiants, toujours en grande discussion dans la bibliothèque du Docteur, découvrirent soudain avec stupeur que la cour était envahie de sbires qui vociféraient :

— Son Excellence le magistrat est arrivée !

Les disciples virent alors un homme de haute stature, vêtu d'une simple robe bleue, un petit bonnet noir sur la tête, présentant toute l'apparence d'un lettré. Ce personnage entra tranquillement dans la bibliothèque et s'assit au bureau du Docteur. Il s'adressa aussitôt avec autorité à l'un des jeunes gens :

— Déclinez vos noms et dites depuis quand vous êtes ici, quelles sont vos relations avec Monsieur Hsu, et tout ce que vous savez sur lui.

— Le disciple qui est devant vous, balbutia le jeune homme, se nomme To, et je suis les enseignements du Docteur Tang depuis le printemps dernier. Le nom personnel de Monsieur Hsu est Té taï, il a déjà brillamment réussi son premier examen littéraire. C'est le disciple favori de notre maître qui l'a nommé son assistant particulier. Il a une chambre à lui tout seul de l'autre côté de cette cour.

Le juge Ti hocha la tête et déclara :

— Il est en état d'arrestation. Conduisez-moi à sa chambre !

L'étudiant précéda vivement le juge Ti et lui ouvrit la porte de la chambre de Hsu. Le magistrat ordonna aux sbires d'aller chercher quelques grandes chandelles, puis leur demanda de tirer la couche.

Le juge Ti remarqua immédiatement que quatre dalles étaient légèrement en saillie par rapport aux autres, ainsi que Ma Jong le lui avait signalé. Mais dans le noir, son lieutenant n'avait pu distinguer le reste de l'ingénieux dispositif. Deux cordelettes de chanvre, insérées entre les joints des dalles, étaient reliées à deux montants, au dos du lit. Ces deux montants tournaient sur des gonds et faisaient office de levier pour ouvrir la trappe. Le juge Ti actionna le dispositif et les quatre dalles se soulevèrent. Elles étaient scellées à un cadre de bois qui pivotait sur des gonds cachés, fixés à une poutre sous le plancher. Un trou noir s'ouvrit sous les dalles.

Le juge Ti s'approcha, une chandelle à la main, et découvrit une volée de marches qui s'enfonçaient dans le noir. Une petite cloche de bronze avait été installée sous la trappe. Glissant la main à l'intérieur, il découvrit un petit orifice d'où sortait l'extrémité de la cordelette, bloquée par un anneau de fer. Il tira délicatement dessus et la clochette rendit aussitôt un son assourdi.

Le juge Ti se tourna alors vers le chef des sbires et lui dit :

— Il fait affreusement noir dans ce passage secret. Qui sait quels diaboliques artifices il recèle ? Tu vas rester ici avec deux hommes et monter la garde toute la nuit, je poursuivrai mes recherches demain, au grand jour.

Les étudiants, qui avaient assisté médusés aux opérations, n'en croyaient pas leurs yeux.

— Cette affaire ne vous concerne aucunement, les rassura le juge Ti. Vous n'avez donc pas à vous inquiéter. Je désire seulement connaître vos noms, âge, etc., et que vous apposiez votre sceau sur ces documents, en tant que témoins de la découverte de ce passage secret.

La quatrième veille avait sonné, et le juge Ti estima qu'il était grand temps de rentrer à l'auberge. Au moment où il quittait la demeure du Docteur Tang, Tsiao Taï arriva :

— Après avoir escorté Hsu chez le surveillant, expliqua-t-il, je suis retourné à l'auberge et j'ai discuté avec le vieux Docteur. Il m'a paru sincère en assurant qu'il ignorait tout des escapades du jeune Hsu. C'est un rat de bibliothèque des plus inoffensifs qui n'a pas la moindre idée de ce qui peut se passer dans le monde réel. Il est déjà fort tard, Votre Excellence, je vous conseille d'aller vous reposer un peu.

— Le sergent Hong est-il déjà revenu avec Mesdames Pi et Tchou ? demanda le juge Ti. J'espère qu'elles n'ont pas réussi à s'enfuir.

Le juge Ti retourna à grands pas vers l'auberge, suivi des sbires.

XXVI

Un vieil érudit tombe des nues ;
Un passage secret livre la clé du mystère.

Lorsque le juge Ti entra dans l'avant-cour, il entendit une femme pleurer et jurer, puis découvrit le sergent Hong en compagnie de Mesdames Pi et Tchou.

Madame Tchou entreprit aussitôt d'insulter bruyamment le juge, mais celui-ci la fit taire en ordonnant au sergent Hong de mettre les deux femmes dans une chaise à porteurs et de les conduire sur-le-champ chez le surveillant Ho. Elles devaient y rester enfermées dans des pièces séparées.

Le juge Ti se retira dans sa chambre pour prendre quelques heures de sommeil.

Il se leva de bon matin, et demanda à Tao Gan de faire venir dans sa chambre le Docteur Tang.

A son entrée, le magistrat le détailla attentivement. C'était un vieux monsieur frêle à la fine barbe blanche et à la moustache rare. Il était très ridé et clignait constamment des yeux ; il ne portait pas de favoris. Le juge Ti estima que somme toute Tsiao Taï lui en avait fait une très bonne description.

— Le Docteur qui se tient devant vous, déclara l'homme avec solennité, porte le nom de Tang et le prénom de Té-tsung. J'ignore encore la raison pour laquelle Votre Excellence m'a fait traîner ici par ses sbires et me retient prisonnier. Je me suis retiré et ai renoncé à toutes les affaires de ce monde. En ce qui concerne une hypothétique infraction à la loi, eh bien, je n'aurais pas le front de prétendre suivre la voie des anciens Sages, mais j'oserais affirmer que je ne me suis jamais engagé dans une entreprise qui ne fût pas strictement conforme aux convenances. Je prie Votre Excellence de m'accorder la faveur d'une explication.

— Votre érudition, commença le juge, est connue de tous. Il y a longtemps que j'attendais l'occasion de vous rencontrer. Cependant, en tant que directeur d'études d'un certain nombre de jeunes gens, vous êtes, comme vous le savez, responsable de leur bonne moralité. Etes-vous certain que tous soient à cet égard irréprochables ?

— Mes élèves, rétorqua le vieux maître avec indignation, sont tous sans exception issus de familles éminentes. Durant la journée, ils préparent leurs cours ; le soir, ils reçoivent mon enseignement. Ils suivent en tout point les règles de vie qui sont depuis les temps anciens celles des étudiants en littérature. Comment pourraient-ils ne fût-ce que penser à quoi que ce soit d'inconvenant ? Je crains fort que Votre Excellence n'ait été mal informée.

— Depuis que j'ai pris mes fonctions, répliqua le juge, je n'ai jamais rien entrepris d'important sur la foi de simples rumeurs. Vos élèves sont sans doute issus de familles nobles, mais croyez-vous que ceci fournisse quelque garantie que ce soit sur leur moralité ? Je suis au regret de vous informer que le candidat Hsu Té-taï, votre disciple depuis plusieurs années, est impliqué dans une affaire de meurtre.

Abasourdi par cette nouvelle, le Docteur Tang s'exclama :

— C'est impossible ! Si une preuve irréfutable existait, vous pourriez me convaincre que n'importe quel autre de mes disciples a commis une imprudence, mais certainement pas le jeune Hsu, mon meilleur élève ! Bien que mes études me fassent me tenir à l'écart des affaires de ce monde, de vagues rumeurs me sont néanmoins parvenues récemment, selon lesquelles le magistrat ici présent est trop rapide dans ses jugements et a fâcheusement tendance à conclure hâtivement. Devant les accusations extravagantes que vous venez de porter, Votre Excellence, je suis enclin à accorder un certain crédit à ces bruits.

— Monsieur, s'impatienta le juge Ti, vous connaissez la littérature, mais à part cela, votre ignorance est proprement stupéfiante. En tant qu'érudit, je m'incline devant votre savoir, mais en tant que magistrat de ce district, je ne vois aucune raison de vous ménager. En temps voulu, vous aurez à subir les conséquences de votre laxisme quant à la surveillance des jeunes gens qui vous ont été confiés.

Le juge Ti fit reconduire le Docteur Tang dans sa chambre. Puis il ordonna à Tsiao Taï de se rendre chez le surveillant Ho Kaï et d'en ramener Hsu Té-taï.

Comme Hsu Té-taï s'agenouillait devant le juge Ti celui-ci, constatant la beauté du jeune homme et la noblesse de son maintien, ne s'étonna plus que Madame Tchou eût succombé à son charme. Ce jeune homme, doté d'une bonne santé, d'un physique séduisant, d'une belle intelligence et d'une excellente éducation, n'avait pas l'ombre d'une excuse pour s'être engagé dans une intrigue qui avait causé la mort d'un pauvre boutiquier innocent. Le juge décida que la loi devait donc être appliquée avec une extrême rigueur, et c'est pourquoi il s'adressa à lui en ces termes dépourvus d'aménité :

— Cela fait des semaines que je vous recherche, Hsu Té-taï. Je vous ai enfin trouvé. Avouez la vérité quant à vos relations adultères avec Madame Tchou et la façon dont vous avez tous deux assassiné Pi Hsun ! Sachez que je détiens la preuve de votre culpabilité, et que si vous n'avouez pas sur-le-champ je n'hésiterai pas à vous interroger sous la torture.

Le jeune Hsu fut grandement impressionné par ces

paroles, mais il se dit qu'appartenant à une vieille famille influente, le juge n'oserait jamais le soumettre à une torture rigoureuse. D'après lui, le magistrat cherchait seulement à l'intimider.

— Le candidat qui se tient devant vous, répondit-il donc, fait partie d'une vieille et noble maison. Mon père et mon grand-père étaient tous deux gouverneurs de province, au service de la cour impériale. Les fils de notre famille ont tous été élevés avec la plus grande sévérité. Comment l'un d'eux aurait-il osé transgresser la loi ? En outre, je suis soumis nuit et jour à la surveillance du Docteur Tang. Mes appartements sont situés en face de sa bibliothèque. Nous prenons nos repas ensemble. Comment aurais-je pu me livrer à la conduite immorale dont Votre Excellence m'accuse, quand bien même en aurais-je eu l'intention ? Je prie Votre Excellence de bien vouloir vérifier de nouveau tous les faits. Il apparaîtra alors que je suis absolument innocent.

— Ainsi, déclara le juge Ti en se levant, vous préférez avouer la vérité sous la torture. Eh bien, nous allons commencer par vous faire voir le passage secret qui part de votre chambre et vous montrer où il mène.

Le magistrat ordonna à Tsiao Taï et à quelques sbires de conduire Hsu Té-taï jusqu'à la demeure du Docteur Tang. Il envoya le sergent Hong chez le surveillant Ho Kaï pour que Ma Jong et les deux femmes se rendent également chez le Docteur. Une fois ces ordres donnés, le juge quitta l'auberge.

L'existence de rebondissements dans l'affaire Pi Hsun étant à présent connue de tout le village, une foule de badauds curieux s'était rassemblée devant la propriété du Docteur.

Comme le juge entrait dans la cour, il fut assailli par Madame Pi, impatiente de passer sa colère sur lui.

— Vous tombez bien, l'interrompit le juge. Vous allez nous accompagner et découvrir les manigances qui se tramaient sous votre toit.

Puis le juge se dirigea droit vers la chambre de Monsieur Hsu, au fond de la propriété, suivi de Ma Jong et de Tsiao Taï qui escortaient les deux femmes.

Dans la chambre de Hsu, le juge Ti fit approcher le jeune homme du trou béant dans le sol et lui demanda en s'agenouillant au bord :

— Vous prétendez ne vous intéresser qu'à vos chères études ; dites-moi alors quelle est l'utilité de ce passage secret sous votre couche.

Hsu Té-taï ne sut que répondre. Le juge fit un signe à Ma Jong. Quand Tsiao Taï lui eut tendu une chandelle allumée, Ma Jong se laissa glisser dans la cavité. Il se retrouva dans un étroit boyau aux parois recouvertes de panneaux de bois. En se baissant, il découvrit que le sol était également tapissé de bois, parfaitement ciré et sans le moindre grain de poussière. Il descendit trois marches et se glissa sous une voûte basse. A la lueur de la chandelle, il vit que trois marches encore montaient vers un mur aveugle. Mais le plafond du boyau était constitué de planches qui sonnaient creux. Ma Jong posa la chandelle par terre et entreprit de soulever ces planches d'une brusque poussée. Elles cédèrent d'un coup. Le lieutenant du juge Ti se trouvait sous la couche de Madame Tchou, dans la maison voisine. Il se hissa au-dehors et découvrit le même dispositif que dans la chambre de Hsu : la trappe était constituée de quatre dalles scellées ensemble sur un cadre de bois. Une fois rabattues, rien ne les distinguait des autres dalles, mais si l'on actionnait les leviers, derrière la couche, la trappe se soulevait sans bruit et le plus facilement du monde. Se penchant au-dessus de la trappe, Ma Jong appela Tsiao Taï, puis sortit de la chambre de Madame Tchou. Après avoir traversé la petite cour, il déboucha dans la rue par la porte principale. Les badauds furent stupéfaits de le voir apparaître par cette porte, l'ayant vu quelques instants plus tôt disparaître dans la maison du Docteur Tang avec les deux femmes. Mais un jeune homme perspicace comprit immédiatement de quoi il s'agissait et s'exclama avec excitation :

— Le juge a découvert un passage secret !

Le magistrat fut soulagé de vérifier que toutes ses hypothèses se confirmaient. Se tournant vers Madame Pi, qui, médusée, ne quittait pas la trappe des yeux, le juge Ti déclara :

— Il n'est point étonnant que votre fille s'enfermât tous les après-midi. C'est par ce passage secret qu'elle communiquait avec son amant. Ils étaient même convenus d'un signal pour se prévenir quand la voie était libre. Et voilà l'amant de votre fille ! Ensemble ils ont assassiné votre fils.

Madame Pi avait blêmi. Elle poussa un cri étouffé puis s'évanouit. Le juge ordonna à deux sbires de la transporter dans la bibliothèque du Docteur Tang et de lui faire boire une tasse de thé fort.

Madame Tchou et Hsu Té-taï avaient assisté en silence à tous ces événements. Si leurs visages étaient graves, ils ne trahissaient aucune émotion particulière. Ils regardaient droit devant eux, comme si tout cela ne les concernait nullement.

Le juge Ti ne leur adressa pas la parole. Il ordonna à Ma Jong et à Tsiao Taï de les reconduire chez le surveillant Ho, où ils seraient enchaînés pour être envoyés au tribunal de Tchang-ping.

Après quoi, le magistrat regagna son auberge.

XXVII

UN GENTILHOMME DÉPRAVÉ AVOUE SA FAUTE ;
UNE FEMME ADULTÈRE PERSISTE À CLAMER SON INNOCENCE.

En fin d'après-midi, le juge Ti et sa suite arrivèrent au tribunal de Tchang-ping.

Dans son cabinet particulier, le magistrat rédigea un rapport détaillé sur les événements survenus à Houang-houa. C'est alors qu'il mesura toute la justesse des vers qui lui étaient apparus en rêve : « ... on descend de la couche, et l'on découvre la réponse à toutes les énigmes du passé. » A présent qu'il avait découvert que le passage secret partait de sous la couche de Hsu Té-taï, le sens lui en apparaissait très clairement.

Une fois ce rapport achevé, le juge Ti prit connaissance des documents concernant l'administration de son district. Il se sentait soulagé et serein, sachant que cette affaire inextricable approchait de sa conclusion.

Le lendemain matin, il réunit le personnel du tribunal et décida de commencer par faire appeler Hsu Té-taï. Quand le jeune homme se fut agenouillé devant la haute table, le juge dit :

— Hier, je vous ai montré que j'avais découvert le passage secret menant de votre chambre à celle de Madame Tchou. Vous avez un caractère dépravé, mais étant candidat aux examens littéraires, vous êtes capable de raisonner avec logique. Vous comprendrez qu'il serait vain de m'obliger à vous interroger sous la torture.

Epargnez-moi, ainsi qu'à vous-même, cette peine inutile, et avouez vos relations coupables avec Madame Tchou, ainsi que la façon dont Pi Hsun a été assassiné. S'il existe la moindre raison d'adoucir votre châtiment, je ne manquerai pas d'en tenir compte.

— Le candidat qui se tient devant vous, répondit Hsu Té-taï, ignorait l'existence de ce passage. Je suppose que le précédent propriétaire l'avait ménagé pour y cacher des objets de valeur. Lorsque feu mon père, Son Excellence le gouverneur, a pris sa retraite, il a acheté à Houang-houa cette propriété qui comprenait alors également la maison occupée aujourd'hui par la famille Pi. Comme mon père n'avait pas besoin d'autant d'espace pour sa famille, il vendit les petites propriétés attenantes et fit murer les portes de communication. Ce passage resta donc ignoré jusqu'à ce jour. Quoi qu'il en soit, ce candidat n'en connaissait pas l'existence. Quant à l'allégation selon laquelle j'aurais eu des relations avec cette femme, qui apparemment habite dans la maison de gauche, je ne peux que la qualifier de grave atteinte à l'honneur de mon nom et à celui de ma famille. Je prie Votre Excellence de se montrer bienveillante !

Le juge Ti sourit froidement et répondit :

— Voilà un raisonnement dont l'indigence surprend de la part d'un étudiant aussi brillant. Si le passage était effectivement ancien, comment expliquez-vous qu'il n'y ait pas le moindre grain de poussière ? Et la trappe actionnée par des leviers placés sous votre couche, et la clochette de bronze mise en branle par la corde à votre chevet ? Votre culpabilité ne fait aucun doute, c'est pourquoi je vais à présent vous interroger sous la torture.

Le juge Ti ordonna alors aux sbires d'infliger cinquante coups de canne de jonc à Hsu Té-taï. Ils lui déchirèrent sa robe dans le dos et la canne cingla aussitôt l'air. Bien avant que les cinquante coups n'eussent été appliqués, Hsu avait le dos en sang et ses cris retentissaient dans la salle. Mais à aucun moment il ne sembla se décider à avouer.

Le juge donna l'ordre aux sbires de s'arrêter. Il comprit que le jeune Hsu croyait qu'en supportant sans mot dire cette torture, le magistrat estimerait que les apparences étaient sauves et qu'il le laisserait tranquille par égard pour ses influentes relations. Mais le juge Ti s'exclama d'une voix de stentor :

— Je vais vous montrer ce qui arrive à ceux qui défient les lois de notre pays ! Au tribunal, tout le monde est égal, sans distinction de rang ou de situation. La grande torture va vous être infligée !

Sur un signe du juge, les sbires apportèrent une croix de bois installée sur un gros socle bas. Deux sbires firent s'agenouiller Hsu dos à la croix et lui attachèrent solidement la tête à l'aide d'une cordelette passée autour du cou. Ses poignets furent glissés dans deux trous ménagés aux deux extrémités de la barre transversale, puis liés de manière à ne pouvoir bouger. Ils lui passèrent une grosse perche entre les cuisses et les mollets, et lui placèrent un lourd madrier sur les cuisses. Lorsqu'ils eurent prévenu le juge que tout était prêt, le magistrat leur ordonna de procéder à la torture.

Alors, deux sbires prirent chacun place aux deux extrémités du lourd madrier et appuyèrent dessus de toutes leurs forces. Les genoux et les poignets de Hsu furent presque démis ; on entendait les os craquer. En outre, à mesure que l'on faisait pression sur son corps, la corde se resserrait autour de son cou, l'étranglant. Comme il étouffait, le chef des sbires fit un signe à ses hommes qui relâchèrent aussitôt leur pression. Le sang et la sueur ruisselaient sur le corps de Hsu, qui ne pouvait que geindre tant la corde le serrait. Au moment où les sbires s'apprêtaient à appuyer sur la poutre pour la troisième fois, leur chef informa le juge que Hsu avait perdu connaissance.

Le magistrat leur ordonna de le détacher. Ils le ranimèrent en lui faisant respirer du vinaigre chaud, mais il fut long à revenir à lui. Il fallut quatre sbires pour le redresser et il ne put s'empêcher de pousser un hurlement lorsqu'ils le forcèrent à s'agenouiller devant la haute table. Son visage était tordu de douleur, et deux sbires durent le soutenir.

Après l'avoir attentivement observé un certain temps, le juge Ti lui dit soudain d'un ton bienveillant :

— Vous n'avez pas à avoir honte de votre incapacité à endurer cette torture. Ce tribunal a vu des criminels endurcis avouer sur cette croix. Comment un jeune homme aussi délicat que vous pourrait-il supporter cette douleur ? Je suis prêt à entendre vos aveux.

A ces mots, Hsu Té-taï hocha la tête, encore incapable de parler.

Le juge demanda aux sbires de lui faire boire plusieurs tasses de thé fort. Un profond silence régnait dans la salle, puis la voix tremblante de Hsu se fit entendre :

— Le candidat qui se tient devant vous comprend aujourd'hui, trop tard hélas, l'ampleur de sa folie. Tout a commencé le jour où je suis entré dans la boutique de Pi Hsun pour y faire quelque achat. Son épouse, qui se tenait dans l'arrière-boutique, me sourit à l'insu de Pi Hsun. Je la trouvai très séduisante et le lendemain, je retournai la voir sous un fallacieux prétexte. Pi Hsun était absent ; et nous bavardâmes tous deux. Puis un jour elle me dit qu'elle serait seule cet après-midi-là chez elle, sa mère et sa fille devant aller aider Pi Hsun au magasin. Ce fut notre premier rendez-vous, et par la suite nous nous retrouvâmes régulièrement chez elle, chaque fois que ses proches étaient à la boutique.

« Au bout d'un certain temps, elle me dit qu'elle n'aimait guère ces rencontres improvisées car quelqu'un risquait à tout moment de revenir. Elle me suggéra de soudoyer un charpentier d'un village éloigné et de lui faire percer un passage secret entre nos deux chambres, puisqu'elles se trouvaient être contiguës. A cette époque, je l'aimais passionnément ; je fis donc venir un charpentier du sud, où vit ma famille, sous prétexte de faire réparer mes meubles anciens. C'est lui qui, la nuit, nous ménagea ce passage. Je le payai grassement et il repartit sans rien révéler à quiconque. Il nous fut alors possible de nous retrouver aussi souvent qu'il nous plaisait.

« Il apparut cependant bien vite que cette situation ne la satisfaisait guère. Elle me dit que le secret de notre amour lui faisait horreur et qu'elle voulait se débarrasser de son mari pour que nous puissions nous marier. Ces propos cruels me choquèrent profondément, et je la suppliai de ne pas faire une chose aussi affreuse. Elle déclara en riant qu'il s'agissait d'une plaisanterie. Mais au cours de la nuit qui suivit la Fête des Bateaux-dragons, elle assassina Pi Hsun. Nous ne nous étions pas retrouvés ce soir-là, et je n'ai appris la mort de Pi Hsun que le lendemain matin, en entendant les pleurs dans la maison d'à côté. Comprenant qu'elle avait dû mettre son diabolique projet à exécution, je découvris sa véritable nature et mon amour pour elle disparut complètement. Je refusai de la revoir, et pendant plusieurs jours je fus tourmenté par la tentation de la dénoncer aux autorités. Mais je suis un lâche et je n'en osai rien faire, car cela m'aurait obligé à avouer nos relations clandestines. Je choisis donc de me taire et décidai d'oublier cet épisode comme on oublie un mauvais rêve.

« Mais au bout d'une semaine, Madame Tchou insista pour me voir. “ C'est pour toi, me dit-elle, que j'ai tué mon mari, pour que tu puisses m'épouser. Or tu ne sembles plus m'aimer, je vais donc me livrer au tribunal. Je regrette, mais il me faudra alors dire que j'ai agi à ton instigation. Mais si tu m'aimes encore, nous pouvons patienter tranquillement un an ou deux et nous marier ensuite. ” A ces mots, je compris toute la vérité de notre proverbe : *Quand on chevauche un tigre, la difficulté est d'en descendre.* Je l'assurai donc de mon amour et de mon ferme désir de l'épouser à l'expiration

La première rencontre de Hsu Té-taï et de Madame Pi dans la boutique de Pi Hsun. L'enseigne porte l'inscription « Magasin de Laines ». L'enseigne suspendue à droite représente trois écheveaux de laine ; c'est l'emblème traditionnel des marchands d'articles de laine.

du délai exigé par la bienséance. Je lui dis que j'avais refusé de la voir de crainte que nos rencontres clandestines ne soient remarquées, et qu'elle ne soit soupçonnée de meurtre. Elle fut satisfaite de mes justifications et ajouta en souriant que je n'avais pas à craindre que le meurtre soit découvert, car personne ne pourrait jamais deviner comment elle avait tué son mari. Je lui ai souvent demandé par la suite comment elle s'y était prise, mais elle se contentait à chaque fois d'éclater de rire et elle ne m'en a jamais rien dit.

« Dès lors elle insista pour que je vienne la voir toutes les nuits et, ma passion s'étant transformée en un profond dégoût, je traînais une vie misérable qui devint un véritable cauchemar du jour où Votre Excellence commença son enquête et fit exhumer le cadavre de Pi Hsun. Voilà la vérité absolue. »

Le juge Ti demanda au chef des sbires de relire à voix haute la confession de Hsu, et celui-ci y apposa son sceau.

Le magistrat relut lentement le document, après quoi il ordonna aux sbires de lui amener Madame Tchou.

Comme elle s'agenouillait devant la haute table, le juge Ti résuma brièvement les preuves réunies contre elle. Puis, désignant Hsu Té-taï à genoux près de l'estrade, couvert de sang et de sueur, il déclara :

— Votre amant vient de faire des aveux complets, après avoir été soumis à la torture. A présent que votre culpabilité est clairement établie, je vous conseille d'avouer, car sinon c'est une torture encore plus rigoureuse que je vous réserve.

— Il est fort possible que vous ayez extorqué sous la torture de faux aveux de la part de ce Monsieur Hsu, quant à moi je n'avouerai jamais un crime que je n'ai pas commis. J'ignore tout de ces passages secrets et de ces amours clandestines. Je n'ai pas tué mon mari. Mon unique souhait est de rester une chaste veuve jusqu'à la fin de mes jours.

Le juge Ti fit un signe aux sbires. Ils dévêtirent la jeune femme, ne lui laissant que ses vêtements de dessous, puis l'étendirent sur le sol. Après avoir apporté les grandes poucettes, ils la couchèrent sur des planches et lui placèrent les bras et les jambes dans les poucettes. Dès qu'ils les eurent serrées, la chair et les os furent broyés, les dalles se teintèrent de rouge. Elle poussa des hurlements déchirants et s'évanouit au moment où les sbires serrèrent encore d'un tour les poucettes. Ils relâchèrent aussitôt leur pression, et aspergèrent Madame Tchou d'eau froide jusqu'à ce qu'elle eût repris connaissance. Puis ils tournèrent de nouveau les vis. La femme se tordit de douleur sous l'étreinte insoutenable et poussa un cri strident ; pourtant, à aucun moment elle ne fit mine de vouloir avouer.

Hsu Té-taï était incapable de supporter plus longtemps ce spectacle éprouvant.

— Je vous supplie d'avouer ! Pourquoi, pourquoi ne m'avez-vous pas écouté lorsque je vous suppliai de ne point tuer votre époux ? Il est vrai que notre amour aurait dû alors rester secret, mais nous nous serions vous et moi épargné ce funeste destin !

Madame Tchou grinça des dents pour ne pas gémir et reprit sa respiration avec difficulté.

— Misérable lâche, chien abject ! Si j'ai tué mon mari, dis-leur comment j'ai fait ! Dis-le-leur... si tu le peux !

Puis, incapable d'endurer davantage une telle souffrance, elle perdit de nouveau connaissance.

XXVIII

UN ÉTRANGE INTERROGATOIRE A LIEU DANS LA PRISON ; DES AVEUX SONT OBTENUS ET LE MYSTÈRE EST ÉLUCIDÉ.

Le juge Ti ordonna aux sbires de desserrer les poucettes et de ranimer Madame Tchou. Après avoir attendu qu'elle fût en état de saisir toute la portée de ses paroles, il s'adressa à elle avec froideur :

— Vous n'ignorez pas qu'il est stipulé dans le Code qu'un criminel, ayant encore un parent âgé à sa charge, peut éventuellement être traité avec quelque clémence. Après tout, Pi Hsun est mort et enterré ; personne ne peut le ramener à la vie. Mais votre vieille mère et votre fille sont vivantes. Or quand vous aurez avoué, je devrai naturellement requérir la peine de mort contre vous. Mais j'ajouterai une recommandation de clémence, eu égard à votre vieille mère et à la fillette qu'il vous faut élever. Il est donc fort probable que la Cour métropolitaine de Justice prie le Trône de commuer votre peine. A présent, dites-moi comment les choses se sont passées et ne ménagez pas cet individu, Hsu Té-taï, qui vous a chargée dès qu'il est entré dans ce tribunal.

A la grande déception du juge Ti, cet habile discours ne fut d'aucun effet sur Madame Tchou. Lui jetant un regard méprisant elle rétorqua :

— Je n'avouerai jamais.

Le juge Ti la regarda fixement un long moment, se demandant comment faire avouer cette femme. Il pouvait la soumettre à une torture plus rigoureuse, mais doutait de l'efficacité de ce moyen. En outre, étant donné son état de faiblesse dû aux sévices récents, il craignait qu'elle ne mourût ou vînt à perdre l'esprit. Profondément contrarié, il ordonna en désespoir de cause de la reconduire dans sa cellule.

Il fit également renvoyer Hsu Té-taï en prison, mais précisa que l'on ne l'enchaînât pas et que le médecin du tribunal lui administrât quelque baume et des calmants.

Le juge Ti quitta le tribunal et gagna son cabinet particulier. Après s'être installé à son bureau, il fit appeler le sergent Hong.

— Il y a des semaines, dit-il, que nous travaillons ensemble sur cette affaire. Nous avons fait ce que nous avons pu, et voilà qu'au dernier moment tous nos efforts semblent réduits à néant, par l'obstination de cette femme. Tu as vu toi-même que j'ai épuisé tous les moyens connus ; j'ai employé la menace, la torture et la persuasion ; tout a échoué. J'avoue quant à moi ne plus savoir que faire. Délibérons-en ensemble.

— Votre Excellence ne peut-elle trouver d'indices dans le rêve ? demanda le sergent. La première partie s'est révélée exacte dans les moindres détails ; la seconde nous aidera peut-être à résoudre ce mystère.

Mais le juge Ti secoua lentement la tête.

— J'ai le sentiment que nous ne devrions pas accorder trop d'importance à la dernière partie de mon rêve. J'étais alors sur le point de me réveiller et l'inspiration venue d'En-Haut s'était brouillée, troublée par les chimères issues de mon propre cerveau. La fin du rêve à proprement parler, lorsque je vis le cadavre et la vipère, pourrait être interprétée comme une prémonition de l'affaire de la jeune mariée empoisonnée, mais j'en doute. Non, ainsi que ce fut le cas lorsque j'ai été confronté à cette affaire, nous devons nous fier à notre intelligence seule pour résoudre ce dernier problème.

Puis les deux hommes discutèrent un long moment. Après quoi le juge fit appeler Ma Jong, Tsiao Taï et Tao Gan.

Pendant ce temps, Madame Tchou gisait sur sa paillasse, dans la cellule de la prison. Elle était seule. L'intendante l'avait laissée après lui avoir apporté son riz du soir.

La jeune femme était en proie à une grande souffrance physique et la trahison de Hsu Té-taï l'avait beaucoup plus bouleversée qu'elle ne l'avait manifesté au tribunal. « C'est pour cet homme, pensa-t-elle, que j'ai enduré les sévices que l'on m'a infligés, c'est pour lui que j'ai supporté tous les interrogatoires et toutes les humiliations. Et à peine amené au tribunal, il révèle tout ! Mon " rêve de printemps " valait-il tous ces maux ? »

A la tombée de la nuit, son corps endolori la fit souffrir davantage et la fièvre l'envahit. Incapable de fixer ses pensées, elle gisait dans l'obscurité, les yeux brûlants et grands ouverts.

Soudain, elle sentit un léger courant d'air frais dans la cellule. Elle pensa qu'on avait dû ouvrir les portes de sa prison, mais pourtant il faisait toujours aussi noir, et elle ne put rien discerner.

Au prix d'un douloureux effort, elle se souleva sur les coudes et regarda en direction de la porte. Peu à peu, une lueur bleuâtre lui apparut et à son grand effroi elle vit se dessiner une grande table rouge.

En proie à la fièvre, elle crut avoir été reconduite dans la salle du tribunal pendant son sommeil et hurla de terreur. C'est alors qu'une vision plus effrayante encore la pétrifia d'horreur.

Dans la lumière bleue lui apparut la redoutable silhouette du Juge des Enfers, derrière son bureau rouge. A sa droite et à sa gauche, elle découvrit les silhouettes floues des démons à tête de Bœuf et de Cheval, fixant sur elle leurs étranges regards d'animaux.

— Je suis morte, sanglota-t-elle, je suis morte.

Et brusquement un sentiment d'extrême solitude l'assaillit. Elle se sentit envahie d'une lassitude irrémédiable et de la conscience de la vanité de tout effort.

Le Juge Noir la regardait sans mot dire, posant sur elle de grands yeux impassibles, tandis que roulaient dans leurs orbites ceux des deux démons à tête d'animal.

Alors la lugubre silhouette verdâtre d'un cadavre émacié enveloppé dans un linceul souillé flotta devant le bureau. Il tourna vers elle son visage décomposé, aux yeux sortant de leurs orbites. De ses mains décharnées, il brandit un document face au Juge Noir.

— Pi Hsun, Pi Hsun ! s'écria Madame Tchou, n'expose pas ta plainte, tu ne sais pas tout. Laisse-moi parler, laisse-moi me défendre.

La jeune femme ne ressentait plus la moindre douleur, mais seulement une immense fatigue et le désir profond d'en terminer au plus vite. Qu'avait été sa vie, en fin de compte ?

— La boutique de Pi Hsun, déclara-t-elle, rapportait à peine de quoi faire un repas par jour. Comment aurais-je pu être heureuse ? La journée, je m'échinais comme une esclave à la maison et à la boutique ; le soir, j'essuyais les reproches et les récriminations de ma belle-mère. Un jour, Hsu Té-taï apparut. Il était beau, bien élevé, sans souci. Je succombai à une passion dévorante pour cet homme et ne tardai pas à apprendre que ma beauté l'avait touché lui aussi. Lorsque je sus qu'il n'était pas marié, je décidai qu'il m'épouserait, quel qu'en fût le prix. Je commençai par entamer une liaison avec lui, et lorsqu'il fut passionnément amoureux, je compris que le moment de tuer Pi Hsun était arrivé. Un soir, après la Fête des Bateaux-dragons, je lui fis boire de nombreuses coupes au cours du dîner. Comme il n'était pas habitué à boire autant de vin, il se plaignit de maux d'estomac. Alors, dans notre chambre, je le fis boire encore davantage pour apaiser sa douleur. Il finit par s'écrouler sur la couche, ivre mort. Je pris alors une des longues aiguilles fines que nous utilisons pour coudre les semelles de feutre de nos chaussures et la lui enfonçai au sommet du crâne avec un maillet, jusqu'à ce que ses trois pouces de long eurent complètement disparu. Pi Hsun ne poussa qu'un seul cri avant de mourir. Seule la tête de l'aiguille apparaissait, comme un grain de poussière, impossible à localiser dans l'épaisse chevelure. Il n'y eut pas une goutte de sang, mais les yeux lui sortirent des orbites. Je savais qu'une autopsie même ne parviendrait pas à découvrir cette blessure mortelle. Par la suite, Hsu me demanda souvent la façon dont j'avais tué Pi Hsun, mais je ne la lui ai jamais révélée.

« Tout danger semblait écarté. Mais un jour, pensant que ma mère et ma fille étaient sorties pour emprunter quelque argent, je fis venir Hsu dans ma chambre en tirant sur la corde reliée à la clochette. A peine était-il entré par le passage secret, que je découvris ma fille au milieu de la pièce ; elle était en train de dormir sous les couvertures, dans la pièce à côté, et avait été réveillée par le bruit de nos voix. Terrorisée à l'idée qu'elle dise quelque chose à ma belle-mère, je lui fis boire un breuvage qui lui ôta l'usage de la parole. Après quoi, l'absence de ma belle-mère me suffit pour recevoir Hsu, car je savais que ma fille ne pourrait jamais me trahir, quand bien même elle comprendrait de quoi il s'agissait.

« Lorsque le magistrat commença à me soupçonner, je fus convoquée au tribunal et interrogée pour la première fois. »

Repensant à ses nombreuses luttes avec le juge et à ses appréhensions au moment de l'exhumation, Madame Tchou se sentit de plus en plus lasse, et se demanda s'il était bien utile de relater tout cela. La lueur bleue s'estompa, le bureau rouge s'évanouit, et elle se laissa sombrer dans la bienfaisante obscurité. Le dernier son qu'elle perçut fut celui des portes de sa cellule qui se refermaient doucement.

A cette heure tardive, le tribunal était désert et plongé

dans les ténèbres. Seul le cabinet du juge Ti était éclairé par deux chandelles, dont la lueur se refléta sur son visage comme il ôtait son masque lugubre.

Ma Jong et Tsiao Taï se débarrassèrent avec difficulté de leurs têtes d'animal, en papier mâché et en bambou, et épongèrent leurs fronts luisants de sueur. Tao Gan prenait hâtivement quelques notes sur le coin du bureau du commis et le sergent Hong entra, après s'être lavé les mains, les cheveux encore mouillés ; il portait à la main un masque en papier.

— Voilà donc comment le meurtre a été commis ! conclut le juge.

XXIX

Le juge Ti clôt le dossier du mystérieux cadavre ; Un censeur impérial prend le thé dans le pavillon du bord de l'eau.

Se tournant vers Ma Jong, le juge Ti poursuivit :

— A présent que j'ai acquis la conviction que cette fillette a perdu la parole après avoir absorbé une drogue, je peux prendre le risque de lui administrer un remède extrêmement puissant, mentionné dans un vieux traité de médecine que ma famille a conservé. Si le mutisme a une cause naturelle, ce remède peut faire perdre la raison ; mais s'il a été provoqué par une drogue, il sera immédiatement guéri. Il n'est donc pas encore temps d'aller se reposer ; vous allez vous rendre tout de suite à cheval à Houang-houa et vous arrangerez pour me ramener la vieille Madame Pi et sa petite-fille demain matin. Cette femme Tchou possède une force de volonté extraordinaire, et je ne tiens pas à la voir se rétracter à l'audience de demain. Pour empêcher cela, je veux la confronter au témoignage de sa fille.

Ma Jong était si ravi du succès incontestable de leur stratagème qu'il endossa volontiers sa veste de voyage et se rendit droit aux écuries pour y choisir une monture.

Lorsque Tao Gan eut fini de rédiger la confession de Madame Tchou, le juge Ti la relut et la glissa dans sa manche avec un sourire de satisfaction. Après le départ de Tao Gan et de Tsiao Taï, le sergent Hong resta encore un moment et offrit au juge une tasse de thé.

Comme son maître dégustait la bienfaisante boisson, le sergent Hong resta plongé dans ses pensées.

— Votre Excellence, dit-il enfin, il me semble que je comprends à présent la fin du rêve que vous avez fait au temple. Au début de la nuit, lorsque vous nous exposiez la façon dont vous alliez extorquer des aveux à Madame Tchou, cela ne m'a pas frappé. Mais il est évident à présent que la représentation théâtrale que vous avez vue en rêve était une exacte anticipation de ce qui s'est passé cette nuit. Car n'avons-nous pas transformé la prison en un théâtre, où chacun de nous jouait son rôle ? Quant à la femme acrobate et au jeune homme, il doit s'agir de Madame Tchou et de Hsu Té-taï. Et la petite fille de la jarre, s'agrippant à la manche de Hsu, c'est la fille de Madame Tchou, dont le témoignage mettra demain un terme à cette affaire. Votre Excellence, soyez certain que Madame Tchou ne reviendra pas sur ses aveux !

Le juge toutefois secoua la tête d'un air dubitatif et dit :

— Ton interprétation est peut-être la bonne, mais je n'en suis pas parfaitement convaincu. Je continue de penser que la fin de mon rêve était très embrouillée et je crains bien qu'elle n'ait aucun sens. Nous ne le saurons jamais.

Après quelques propos à bâtons rompus, le sergent Hong prit congé de son maître qui se retira pour quelques heures de sommeil.

Le lendemain matin, le juge Ti convoqua Madame Pi et sa petite-fille dès l'ouverture de l'audience.

Il commença par reprocher à Madame Pi son entêtement durant toute l'enquête ; par son obstruction, elle avait considérablement retardé la solution de l'affaire. Madame Pi, en larmes, se confondit en excuses, mais le juge Ti s'empressa de l'interrompre :

— J'ai en ma possession un remède capable de guérir votre petite-fille de son mutisme. Mais c'est une médecine très puissante qui la bouleversera assurément. C'est pourquoi je voudrais votre accord avant de la lui administrer et que vous restiez à ses côtés pendant qu'elle agira.

Madame Pi donna sans hésiter son autorisation. Le juge Ti avait déjà fait préparer le remède ; le sergent Hong présenta le bol à la fillette en lui demandant de le boire entièrement mais lentement.

Lorsqu'elle l'eut vidé, son visage se tordit de douleur et elle se mit brusquement à vomir. Son petit corps était secoué de convulsions, et elle ne tarda pas à s'effondrer sur le sol, inconsciente. Le juge Ti demanda à Ma Jong de l'emporter dans ses bras jusqu'à son cabinet particulier, où il l'allongerait sur le canapé. Dès son réveil, il devra lui faire boire une tasse de thé fort.

Quelques instants plus tard, Ma Jong réapparut dans la salle du tribunal, tenant la petite fille par la main. Découvrant Madame Pi, elle se précipita vers elle et s'enfouit le visage dans son giron en sanglotant :

— Grand-mère, pourquoi sommes-nous ici ? J'ai peur !

Le juge Ti se leva et descendit de l'estrade. Lui prenant le menton, il lui leva gentiment la tête et lui dit d'une voix douce :

— N'aie pas peur, petite fille. Ta grand-mère va bientôt te reconduire à la maison. Mais, dis-moi, connais-tu votre voisin, Monsieur Hsu ?

La petite fille acquiesça et répondit d'un ton ferme :

— Monsieur Hsu est un grand ami de ma mère. Il vient la voir presque tous les jours. Mais où est ma mère ?

Le juge Ti fit un signe de tête à Madame Pi qui entraîna aussitôt la fillette à l'autre bout de la salle. S'accroupissant auprès d'elle, elle s'efforça de la consoler à voix basse.

Après avoir regagné son siège, le juge Ti remplit un petit billet destiné au geôlier. Deux sbires firent entrer Madame Tchou.

— J'ai sous les yeux la copie de vos aveux complets. Ils attestent comment vous avez séduit Monsieur Hsu Té-taï ; comment vous avez assassiné Pi Hsun, en lui enfonçant une aiguille dans le crâne ; comment vous avez rendu votre fille muette en lui faisant boire une drogue maléfique. Ce matin, j'ai guéri votre fille et elle a témoigné que Monsieur Hsu Té-taï vous rendait fréquemment visite la nuit.

Cela dit, le juge se tut un moment, observant attentivement Madame Tchou. Mais celle-ci regardait droit devant elle, d'un air absent, et ne dit mot. Elle comprit que la vision de la nuit précédente avait été l'œuvre du magistrat, mais cela lui importait peu à présent. Son seul désir était qu'il en finisse au plus vite.

Le juge Ti ordonna alors au chef des sbires de lire tout haut les aveux dont Tao Gan avait pris note. Lorsqu'il eut terminé, le magistrat posa à Madame Tchou la question rituelle :

— Reconnaissez-vous qu'il s'agit là de vos aveux authentiques ?

Un profond silence se fit dans la salle. Madame Tchou pencha davantage la tête. Puis elle ne prononça qu'un seul mot :

— Oui.

Après quoi le scribe lui présenta le document où elle apposa l'empreinte de son pouce.

Alors le juge Ti annonça :

— Je vous déclare coupable de trois crimes : de faux témoignage volontaire devant le tribunal, d'adultère du vivant de votre époux, et du meurtre de cet époux dont vous n'aviez aucunement à vous plaindre. Ce dernier crime est le plus odieux. Le Code prescrit la peine de mort sous sa forme la plus rigoureuse : la « mort lente ». Je ne manquerai pas de signaler que vous avez encore une vieille mère à charge en envoyant votre sentence aux autorités, mais il est de mon devoir de vous prévenir que si ce fait peut adoucir l'exécution de votre peine, il est peu probable qu'il conduise à une commutation.

Madame Tchou fut reconduite en prison, où elle devait désormais attendre la décision impériale.

Puis le juge Ti fit appeler Hsu Té-taï.

— Je vous déclare coupable d'adultère et de complicité dans le meurtre de l'époux de votre maîtresse, Pi Hsun. Ce crime est passible de mort par strangulation. Quant à savoir si vous mourrez par strangulation lente ou si la strangulation rapide vous sera appliquée eu égard à vos diplômes, je laisse à la Cour métropolitaine de Justice le soin d'en décider.

Hsu Té-taï resta sans voix en entendant prononcer ce jugement. Il fut reconduit dans sa cellule dans un état de complète hébétude.

Ce fut alors au tour du Docteur Tang de comparaître. Le juge Ti le tança sévèrement.

— Vous, homme d'un grand savoir et riche d'expérience, avez honteusement failli à vos devoirs de pédagogue. Le crime d'adultère a eu lieu sous votre toit et, pour ainsi dire, sous vos yeux. Si je devais appliquer à la lettre les articles du Code pénal, je pourrais vous punir sévèrement en tant que complice *. Mais eu égard à vos travaux de lettré, je vous libérerai en vous enjoignant de vous consacrer dorénavant exclusivement à vos études littéraires. Il vous sera désormais interdit de former de jeunes disciples.

Enfin le juge fit appeler Madame Pi.

— Votre négligence, dans votre tâche de surveiller la conduite de votre belle-fille, a permis que deux crimes odieux soient commis dans votre demeure. Toutefois, eu égard au fait que vous êtes par nature une femme d'une bêtise incommensurable, et que la charge de la

* (N.d.T.) En ce qui concerne les questions de droit soulevées ici, le lecteur se reportera aux notes relatives à ce chapitre dans la Postface du traducteur.

fille de Pi Hsun vous incombe, je vous rends la liberté. En outre, après l'exécution de Hsu Té-taï, je vous ferai remettre une partie de ses biens confisqués, pour pourvoir à l'éducation de votre petite-fille.

Madame Pi se prosterna devant le magistrat et, le visage baigné de larmes de gratitude, fit trois fois le ko-téou.

Le juge Ti déclara l'audience close, et regagna son cabinet particulier. Il rédigea son rapport final sur l'affaire, y joignant les aveux de Madame Tchou et de Hsu Té-taï, ainsi que la composition du remède qui avait guéri la fille de Madame Tchou. Il y ajouta également une requête séparée afin que soit considérée comme nulle et non avenue la déclaration par laquelle il s'était accusé d'avoir bassement calomnié une femme innocente, ainsi que d'avoir exhumé un cadavre sans raison valable.

***

Quelques semaines après cette audience extraordinaire du tribunal de Tchang-ping, le gouverneur du Chantong recevait un hôte de marque dans son palais de la capitale provinciale.

Il s'agissait de Yen Li-pen, célèbre homme d'Etat, artiste et lettré *.

Ce soir-là, le gouverneur avait organisé en l'honneur du Censeur Yen un grand dîner officiel dans la salle de gala de son palais, banquet auquel avaient été conviés tous les hauts fonctionnaires du gouvernement provincial et les notables locaux. A la fin de l'après-midi, il prenait le thé en compagnie de son invité dans un endroit retiré du jardin du palais. Ils s'étaient installés dans le pavil-

* (N.d.T.) Yen Li-pen est mort en 673 de notre ère, à un âge avancé. Il existe un tableau de lui au Musée des Beaux-Arts de Boston.

lon du bord de l'eau, charmant petit édifice posé au milieu du pont voûté qui enjambait l'étang de lotus.

Il avait fait très chaud ce jour-là, et les deux hommes savouraient la douce brise qui ridait la surface de l'eau.

Au cours de cette conversation à bâtons rompus, le gouverneur s'enquit auprès du Censeur Yen des dernières nouvelles de la capitale. Le Censeur lui exposa les raisons de certaines mutations au Ministère des Rites, et, tout en agitant lentement un grand éventail de plumes de héron, ajouta :

— Tenez, cela me rappelle que juste avant mon départ de la capitale, on faisait grand bruit au Ministère des Châtiments de l'affaire d'une belle jeune femme morte empoisonnée lors de sa nuit de noces. Cela s'est passé dans un district de votre province, et le magistrat a élucidé le mystère en trois jours. Le Ministère fut grandement impressionné par votre rapport et l'affaire largement discutée dans les milieux judiciaires. Sur le moment, je n'ai pas cherché à en savoir davantage, mais puisque les faits se sont déroulés dans votre province, vous pourriez sans doute m'en parler.

Le gouverneur demanda au domestique d'apporter une autre théière de thé chaud et, dégustant à petites gorgées l'exquise boisson, répondit :

— Cette affaire a été résolue par le magistrat du district de Tchang-ping, le fonctionnaire Ti Jen-tsie, originaire de Tai-yuan, dans la province du Chan-si.

Le Censeur hocha la tête en disant :

— Son nom me rappelle en effet que j'ai connu feu son père, le préfet Ti. Le vieux préfet était hautement considéré par le pouvoir central. Son père, le grand-père de Ti Jen-tsie, était un ministre avisé, scrupuleusement honnête, qui laissa un certain nombre de remarquables mémoires au Trône, encore fréquemment cités aujourd'hui. Il semble que ce magistrat Ti poursuit la grande tradition de sa famille, car je me souviens maintenant qu'il a, paraît-il, résolu plus d'une affaire mystérieuse, outre celle de la mariée empoisonnée.

— La façon dont il a élucidé celle-ci, précisa le gouverneur, fut particulièrement ingénieuse, et j'imagine aisément l'intérêt qu'une affaire aussi sensationnelle a dû susciter à la capitale. Pourtant, ce magistrat, lors des deux premières années à son poste, a résolu de nombreuses énigmes au moins aussi difficiles que celle-là. Vous les trouverez toutes relatées dans les archives du tribunal provincial. Et cette année, il a également élucidé deux autres affaires. La première était un double meurtre, commis sur la route par un malfrat. Quoique je suppose que les complications n'ont pas manqué et que retrouver et arrêter le coupable n'a pas dû être une tâche aisée, la résolution de cette affaire fut, à mon avis, une question de routine.

« En revanche, j'ai été personnellement très impressionné par la manière dont le magistrat a mené sa troisième enquête, sur laquelle le préfet m'a envoyé son rapport la semaine dernière, rapport que j'ai transmis à la capitale. Il s'agit d'une femme adultère qui a assassiné son mari, il y a près d'un an, afin de pouvoir épouser son amant. Ce qui m'a frappé dans ce cas, c'est que tout d'abord personne ne s'était aperçu qu'un crime avait été commis et qu'aucune plainte n'avait été déposée au tribunal. Mais notre magistrat Ti, dont les soupçons avaient été éveillés par des réflexions glanées dans la rue, remonta avec un zèle stupéfiant aux origines de ce crime, au risque de s'attirer de très graves ennuis. En effet, il parut à un certain moment s'être lourdement trompé, et le préfet m'a fait savoir que le magistrat s'était reconnu coupable d'avoir accusé à tort et torturé une innocente. Ayant eu connaissance de ce premier rapport, je l'ai mis de côté et n'ai pris aucune mesure, espérant qu'il parviendrait à faire la lumière sur cette affaire. Et effectivement, la semaine dernière, le préfet m'a fait parvenir le rapport concernant la solution de ce crime, ainsi que les aveux complets de la femme adultère et de son amant, accompagnés de preuves irréfutables.

« J'apprécie grandement son travail dans cette affaire, beaucoup plus méritoire que la façon dont a été résolue celle de la mariée empoisonnée, qui ne fut peut-être qu'une conjecture heureuse. En outre, survenant dans la demeure d'un ancien préfet, et agrémentée en toile de fond des détails croustillants d'une nuit de noces, cette affaire avait tout pour devenir fameuse. En revanche, celle de la femme adultère concernait la famille d'un pauvre boutiquier vivant dans un petit village. Le magistrat ouvrit cette enquête et la mena à bien, risquant son rang et sa position, et perdant le soutien des habitants de son district. Il était mû uniquement par le désir que justice soit faite et la mort d'un modeste marchand vengée. Voilà à mes yeux une conduite exemplaire, digne d'une citation particulière.

Le Censeur Yen donna son approbation puis ajouta :

— Après le dîner de ce soir, vous pourriez me faire apporter tout le dossier de Tchang-ping dans la bibliothèque. J'ai constaté qu'à mon âge, on ne dormait plus aussi bien et j'ai contracté la fâcheuse habitude de lire jusqu'à une heure avancée de la nuit. La bibliothèque, que vous avez eu l'obligeance de tenir à ma disposition lors de mon séjour en votre demeure, fait honneur à votre goût exquis. J'ai examiné votre belle collection de manuscrits, et la vue de la fenêtre septentrionale sur la Pagode aux Six Etages et les montagnes au loin est absolument ravissante. J'en ai déjà fait deux peintures, l'une au petit matin dans la brume, et l'autre au crépuscule, dont j'ai essayé de restituer l'étrange atmosphère. La vision d'une voile solitaire glissant sur un lac dans la lumière de la lune, le tintement des cloches d'un temple la nuit... Je me demande parfois si ces choses-là ne sont pas plus importantes que tous les tracas de la vie officielle. Bon, eh bien, demain vous choisirez le tableau que vous préférez et je vous le dédicacerai.

Le gouverneur exprima ses remerciements pour ce témoignage d'amitié, puis les deux hommes se levèrent et regagnèrent le palais pour revêtir leurs tenues de cérémonie.

XXX

Trois criminels sont condamnés à la peine de mort et exécutés ; Un émissaire de la Cour apporte des ordres exprès.

Deux semaines plus tard, plus rapidement que le juge Ti ne l'avait prévu, le préfet lui transmit la ratification impériale de la peine de mort proposée pour Chao Li-huaï, Hsu Té-taï et Madame Tchou, assortie de quelques légères modifications indiquées par le Ministère des Châtiments, sur recommandation de la Cour métropolitaine de Justice. Une instruction supplémentaire stipulait que ces ordres devaient être exécutés dans les plus brefs délais.

Le juge Ti envoya aussitôt un message au commandant de la garnison de Tchang-ping, lui ordonnant de détacher le lendemain matin quelques-uns de ses soldats sur le terrain d'exécution. A l'aube, une escorte militaire devait se tenir prête devant le tribunal pour convoyer les trois prisonniers.

Le juge Ti lui-même se leva avant l'aube et, ayant jeté sur ses épaules son étole pourpre, il gravit l'estrade. A la lueur vacillante des chandelles, il fit l'appel. A quelques pas des sbires se tenait une sorte de colosse, portant un sabre nu sur l'épaule.

Le juge ordonna tout d'abord que Chao Li-huaï lui fût amené. On avait servi à Chao son dernier repas d'usage, composé de viande rôtie et de vin ; il semblait résigné à son sort. Comme il s'agenouillait devant la haute table, le juge Ti lui lut la sentence :

— Le criminel Chao Li-huaï est condamné à être décapité ; sa tête sera exposée trois jours durant à la porte de la ville et tous ses biens seront confisqués.

Les sbires attachèrent solidement Chao Li-huaï avec des cordes, puis lui glissèrent dans le dos une perche surmontée d'une pancarte avec son nom, son crime et son châtiment écrits en gros caractères. Ils le poussèrent dehors et le firent monter dans la charrette de la prison. La foule de badauds rassemblés devant l'entrée principale était maintenue à distance respectable par les piques et les hallebardes des soldats.

Puis le juge se fit amener Hsu Té-taï. Lorsqu'en pénétrant dans la salle d'audience plongée dans la pénombre il aperçut l'étole pourpre du juge qui rougeoyait à la lueur des chandelles, toute l'horreur de sa mort prochaine fondit sur lui ; il se jeta à genoux en sanglotant d'effroi.

— Le criminel Hsu Té-taï, lut le juge, mourra par strangulation, de manière que mort s'ensuive immédiatement ; son corps ne sera pas exposé au public ; cette faveur est concédée en considération des services méritoires rendus à l'Etat par le père et le grand-père dudit Hsu Té-taï. Tous ses biens seront confisqués.

Une fois Hsu Té-taï attaché, il fut emmené et monta à son tour dans la charrette, portant lui aussi la pancarte blanche indiquant son nom et le crime qu'il avait commis.

Enfin Madame Tchou fut présentée devant le juge. Elle avait désormais l'air d'une vieille femme et marchait voûtée, la tête baissée.

— La criminelle Pi, née Tchou, lut le juge, est condamnée à la mort lente, mais de manière que la mort s'ensuive dès la première incision ; cette faveur étant concédée en considération des tortures qu'elle a subies lors de son interrogatoire. Ses biens ne seront pas confisqués, eu égard au fait qu'elle laisse une vieille mère. Mais sa tête sera exposée trois jours durant à la porte de la ville.

On l'attacha et on lui plaça dans le dos la pancarte portant son nom, son crime et son châtiment.

Comme les trois criminels avaient pris place dans la charrette, six soldats, les sabres dégainés, montèrent à leur suite, tandis que d'autres, portant piques et hallebardes sur l'épaule, se rangeaient des quatre côtés de la charrette. Tous les sbires et les gardes du tribunal se disposèrent en rang par six, devant et derrière le palanquin du juge. Le cortège était conduit par dix soldats à cheval, chargés d'ouvrir la voie. Juste après eux, venait l'exécuteur des hautes œuvres, le sabre à l'épaule, flanqué de deux assistants.

Le grand gong retentit par trois fois, et le juge Ti monta dans son palanquin. Le sergent Hong et Ma Jong l'escortaient à cheval sur la droite et Tao Gan sur la gauche.

Le cortège se fraya lentement un chemin à travers les rues de Tchang-ping pour gagner la Porte de l'Ouest. Jeunes et vieux, riches et pauvres, tout individu capable de se tenir sur ses jambes était descendu dans la rue pour assister au spectacle. Les gens acclamaient chaleureusement le juge Ti sur son passage. Mais quand arrivait la charrette avec les trois criminels, ceux-ci étaient violemment conspués par les plus jeunes des spectateurs. Leurs aînés toutefois leur reprochèrent leur comportement en ces termes :

— Ne vous servez pas de vos langues pour les insulter. Servez-vous plutôt de vos cervelles et méditez un peu sur le sévère châtiment réservé aux criminels par les lois de notre pays. Vous voyez là un dangereux malfrat, un noble dépravé et une femme lubrique ; ils sont tous égaux dans la charrette des condamnés. Aux yeux de la loi, le rang, la position, le sexe, ne comptent plus. Que ce spectacle vous serve de leçon et souvenez-vous-en le jour où vous serez soumis à la tentation !

Au moment où le cortège franchissait la Porte de l'Ouest, une foule de près d'un millier de personnes le suivait. Lorsqu'il arriva sur le terrain d'exécution, les premiers rayons du soleil frappaient les casques des soldats disposés en carré.

Le commandant de la place s'avança à la rencontre du juge Ti. Les deux hommes montèrent sur l'estrade dressée pour la circonstance face au terrain d'exécution, et s'installèrent derrière la haute table. Quant aux sbires et aux scribes, ils se mirent en rang face à l'estrade.

Les deux assistants du bourreau conduisirent Chao Li-huaï au milieu du terrain et le firent s'agenouiller. Ils lui enlevèrent la pancarte qu'il portait dans le dos et lui dégagèrent le cou. Le bourreau ôta sa veste, découvrant un torse musclé. Levant son sabre des deux mains, il regarda le juge.

Le magistrat lui donna le signal et la tête fut tranchée d'un coup stupéfiant. Un assistant la saisit par les cheveux et la brandit vers le juge. Celui-ci lui marqua le front d'un trait de pinceau vermillon, après quoi elle fut jetée dans un panier pour être exposée plus tard à la porte de la ville.

Pendant ce temps, le second assistant du bourreau avait planté dans le sol une croix de bois, basse, sur laquelle il était en train d'attacher Hsu Té-taï à genoux, les bras écartés. Le bourreau lui glissa autour du cou un nœud coulant d'une fine corde de chanvre et noua l'autre extrémité en haut du bois de la croix. Après avoir passé un court bâton entre la corde et la croix, juste derrière la tête de Hsu, il tourna les yeux vers le magistrat.

Dès que le juge Ti lui eut donné le signal, le bourreau tourna vivement le bâton des deux mains, la corde se resserra autour du cou du criminel dont les yeux sortirent de leurs orbites et la langue pendit. Après quoi il fit une pause et attendit. Un profond silence régnait sur le terrain d'exécution. Pas un murmure ne s'éleva de la foule des nombreux spectateurs. Enfin, le bourreau prit le pouls du criminel et annonça au juge qu'il était mort.

Les assistants détachèrent le cadavre de la croix et le déposèrent dans un cercueil provisoire qu'un représentant de la famille de Hsu Té-taï avait préparé.

Ils redressèrent la croix, à hauteur d'homme environ. Après avoir tassé la terre tout autour du montant central, ils clouèrent une seconde traverse horizontale, à un pied du sol. Puis ils déshabillèrent Madame Tchou, ne lui laissant qu'un seul vêtement de dessous. Ils lui attachèrent les mains aux extrémités de la traverse supérieure et les chevilles à celles du bas. L'exécuteur se plaça devant elle, un couteau long et effilé à la main. Ses deux assistants étaient à ses côtés, munis d'une hachette et d'une scie.

Dès que le juge Ti lui eut donné le signal, le bourreau lui plongea le couteau dans le cœur d'un seul coup. Madame Tchou mourut immédiatement. Puis il entreprit de découper et de démembrer le corps en commençant par les pieds et les mains. Bien que le supplice de la « mort lente » fût infligé au criminel alors qu'il n'était déjà plus qu'un cadavre, il n'en restait pas moins un spectacle très éprouvant et plus d'un témoin s'évanouit. L'opération dura une heure. Ce qui restait du cadavre de Madame Tchou fut jeté dans un panier. Mais la tête fut marquée par le juge ; elle devait être exposée à la porte de la ville trois jours durant auprès d'une pancarte dénonçant son crime, comme exemple dissuasif.

Les gongs retentirent, et les soldats présentèrent les armes au passage du juge et du commandant de la place. Le magistrat remonta dans son palanquin et le commandant dans la chaise à porteurs de l'armée. Une fois entrés dans la ville, ils se rendirent tout d'abord au temple où ils prièrent et firent brûler de l'encens. Ils prirent congé l'un de l'autre dans l'avant-cour du temple. Le juge Ti retourna au yamen et le commandant à son quartier général.

Le gong du tribunal sonna trois fois ; le juge Ti, qui

avait enlevé son étole pourpre dans son cabinet particulier et bu hâtivement une tasse de thé fort, prit place sur l'estrade pour l'audience de midi. Il avait auparavant donné l'ordre que fussent présents à cette session Madame Pi, la veuve du charretier Wang, un oncle de Liou le marchand assassiné, et un représentant de la famille de Hsu Té-taï.

Le magistrat fit tout d'abord avancer le représentant de la famille de Hsu Té-taï. Il le pria, comme il s'en retournait dans le Sud, de transmettre ses condoléances aux aînés du clan Hsu, puis il lui demanda d'inventorier les biens de Hsu Té-taï.

L'homme sortit un document et lut :

— Une propriété sise dans le village de Houang-houa, estimée à trois mille pièces d'argent, ainsi qu'une somme s'élevant à deux mille pièces d'argent. Cette somme comprend ce qui reste de l'allocation trimestrielle versée par sa famille à Hsu Té-taï il y a deux mois.

Le juge Ti fit venir le comptable du tribunal et ordonna au représentant de la famille Hsu de lui remettre le document. Après avoir demandé au fonctionnaire de mettre en vente les biens de Hsu Té-taï, il donna congé au représentant.

Puis il ordonna aux sbires d'amener Madame Pi, Madame Wang et l'oncle du marchand Liou. Lorsqu'ils furent tous trois à genoux devant la haute table, le juge Ti demanda au comptable de faire son rapport.

Le fonctionnaire ouvrit un dossier et lut :

— Le courtier en soie de cette ville a reçu une lettre du négociant Lo Tchang-po, du Village Divin, l'informant que la soie qu'y avait déposée Tsao Wan-tchouan avait été vendue neuf cents pièces d'argent. Là-dessus, Monsieur Lo en avait déjà remis trois cents à Tsao Wan-tchouan, représentant la somme qu'il avait prêtée au criminel Chao Li-huaï. Monsieur Lo, désireux de prouver son civisme, n'a pris qu'une commission de 10 % sur le restant, au lieu des 20 habituels, de sorte que le montant net de cette vente s'élève à cinq cent quarante pièces d'argent. Monsieur Lo a autorisé le courtier en soie à verser cette somme au tribunal.

« Le magistrat du district de Lai-tcho nous a fait savoir par son comptable, que l'inventaire exécuté par ses sbires au Col des Navets indique que les biens de Chao Li-huaï se montent à deux cents pièces d'argent, sans compter les soixante autres que représentent diverses dettes de jeu. De ces deux cent soixante pièces, le magistrat de Lai-tcho en a déduit soixante pour frais de recouvrement. »

Il se produisit alors une interruption, le chef des sbires s'étant mis à proférer des remarques fort désobligeantes en entendant mentionner le magistrat de Lai-tcho.

— Silence ! s'exclama le juge d'une voix tonitruante. Et, se tournant vers le comptable, il ajouta : « Continuez ! »

— Donc, reprit le comptable, le montant net des biens du criminel Chao Li-huaï s'élève à la somme de deux cents pièces d'argent. La totalité des sommes disponibles au tribunal est de six mille cinq cent quarante pièces d'argent.

— Je déclare, dit le juge Ti, que sur cette somme, vous remettiez mille cinq cent quarante pièces d'argent à l'oncle de la victime Liou, ici présent, pour les balles de soie appartenant à ce marchand et pour l'argent que lui a volé Chao Li-huaï. En outre, vous lui verserez mille pièces d'argent comme dédommagement.

« Par ailleurs, vous remettrez une somme forfaitaire de mille pièces d'argent à Madame Wang, comme dédommagement.

« Les deux mille pièces restantes reviennent à l'Etat et seront enregistrées dans vos livres en tant que telles. Dans votre rapport trimestriel, vous ferez figurer le détail de ces dispositions financières, en y joignant une copie du rapport de Lai-tcho. »

Se tournant vers le chef des sbires, le juge Ti ajouta :

— Le comptable de la préfecture examinera certainement avec le soin qu'il mérite le rapport venu de Lai-tcho.

Madame Pi, Madame Wang et l'oncle du marchand Liou se prosternèrent devant le magistrat et frappèrent plusieurs fois le sol de leur front en signe de gratitude.

Le juge Ti quitta l'estrade et regagna son cabinet particulier. Après avoir revêtu une robe plus simple et confortable, il humecta son pinceau et entreprit la rédaction du compte rendu de l'exécution, destiné au préfet.

Il écrivait depuis quelques instants seulement quand un commis haletant fit brusquement irruption dans la pièce.

— Votre Excellence ! s'exclama-t-il, un messager de la Cour porteur d'un Edit impérial vient de se présenter à l'entrée du yamen !

Fort surpris par cette nouvelle, le juge Ti se demanda de quoi il pouvait bien s'agir. Il revêtit de nouveau en hâte sa robe de cérémonie, ordonnant au chef des scribes d'installer dans la salle d'audience, contre le mur du nord, la haute table avec le brûle-parfum, réservée aux Edits impériaux.

Lorsque le juge pénétra dans la salle d'audience, le messager impérial s'y trouvait déjà, tenant des deux mains un coffret oblong enveloppé de brocart jaune. Ce messager était un jeune courtisan à la mine grave, portant le costume et les signes distinctifs d'un subalterne du Grand Secrétaire.

Après l'avoir accueilli avec les égards dus à son rang, le juge Ti le conduisit vers la haute table et ajouta de l'encens dans le brûle-parfum. Tandis que les volutes de fumée odorante s'élevaient, le messager déposa avec révérence le coffret sur la table et recula de quelques pas. Le juge Ti se prosterna et fit neuf fois de suite le ko-téou.

Puis il se releva et attendit, la tête baissée, que le messager ait déplié l'étoffe et ouvert le coffret de cuir jaune qu'elle protégeait. Il en sortit un rouleau monté sur un brocart jaune, qu'il posa devant le brûle-parfum. Après avoir lui-même ajouté de l'encens, il déclara avec solennité :

— Les Augustes paroles peuvent à présent être lues.

Le juge Ti prit le rouleau et le déroula lentement en l'élevant devant lui des deux mains, de sorte que le sceau impérial ne se trouvât jamais plus bas que son visage.

Le magistrat lut tout haut et avec déférence le document impérial :

ÉDIT
Le sceau impérial

« Considérant que, suivant respectueusement l'Exemple illustre de nos Augustes Ancêtres, notre politique traditionnelle veut que nous fassions accéder les fonctionnaires méritants aux fonctions où leurs talents trouveront leur meilleur emploi, leur permettant ainsi d'élever leur loyauté vers nous et de faire descendre leur protection sur Notre peuple ;

« Considérant que Notre Secrétaire d'Etat, sur recommandation de Notre Censeur Yen Li-pen, a porté à Notre attention le zèle exemplaire avec lequel Notre serviteur Ti, du nom de Jen-tsie, originaire de Tai-yuan, remplissant les fonctions de magistrat du district de Tchang-ping, dans Notre province du Chantong, a contribué à redresser les torts des opprimés et à châtier justement les coupables, contribuant ainsi au repos de Notre esprit et à la paix de Notre peuple ;

« Notre bon vouloir fut tout d'abord de nommer le susdit Ti au poste de préfet de Soutcheou.

« Dernièrement, toutefois, de pressantes affaires d'Etat ne nous laissant aucun répit, le jour ni la nuit, Nous désirons que tous ceux qui, dans Notre Empire, possèdent des talents exceptionnels, restent auprès de Nous,

Le juge Ti lit l'Edit impérial

de manière que nous puissions faire appel à eux pour soutenir le Trône chaque fois que Nous le désirerons ;

« En conséquence, en ce deuxième jour de la cinquième lune de la troisième année de notre règne, Nous publions cet Edit par lequel le susdit Ti est nommé Président de Notre Cour métropolitaine de Justice.

« Tremblez et obéissez ! »

« Rédigé par le grand Secrétaire d'Etat

« Visé par l'Auguste pinceau vermillon :

« Qu'il en soit ainsi. Dépêché par courrier. »

Le juge Ti enroula lentement l'Edit impérial et le replaça sur la table. Puis, se tournant en direction de la capitale, il se prosterna de nouveau et exécuta neuf fois de suite le ko-téou, en signe de gratitude pour cette faveur impériale.

Lorsqu'il se fut relevé, il appela Ma Jong et Tsiao Taï, et leur demanda de monter la garde devant la salle d'audience. Personne n'était autorisé à y pénétrer tant que s'y trouverait l'Edit impérial.

Le juge invita alors le messager à passer dans la grande salle de réception. Une fois confortablement installé, l'émissaire du Trône confia à voix basse au juge qu'une grave crise avait éclaté à la Cour. Il prit soin de s'exprimer avec concision et précision. Car s'il était encore fort jeune, il avait grandi dans les milieux proches du Trône et il savait qu'il était sage de faire bonne impression à un fonctionnaire sur le point d'occuper un poste clé à la capitale. Enfin il informa le juge Ti que son successeur à Tchang-ping avait été nommé depuis trois jours et pouvait arriver incessamment ; le juge devait rejoindre la capitale dès qu'il aurait remis les sceaux de sa charge à son successeur.

Un domestique entra prévenir que les chevaux de

l'escorte du messager avaient été changés et que tout était prêt pour son départ. Le messager exprima ses regrets d'avoir à partir aussi vite, mais des affaires pressantes l'appelaient encore dans le district voisin. Le juge Ti le reconduisit donc dans la salle d'audience, où l'Edit impérial lui fut remis. Après quoi le messager s'empressa de prendre congé.

Le juge Ti attendit dans son cabinet particulier que tout le personnel du tribunal eût pris place dans la salle d'audience.

Comme le magistrat montait sur l'estrade, la foule des sbires, des gardes, des scribes, des commis et des estafettes, tous s'agenouillèrent pour féliciter le magistrat ; cette fois-ci ses quatre fidèles lieutenants s'agenouillèrent également devant l'estrade.

Après les avoir tous priés de se relever, le juge Ti fit un bref discours de circonstance, les remerciant pour leurs loyaux services durant le temps de ses fonctions. Il ajouta que le lendemain matin chacun recevrait une prime spéciale, selon son rang et sa position. Puis il regagna son cabinet particulier.

Il termina la rédaction de son rapport sur l'exécution des trois criminels et fit appeler l'intendant en chef. Il lui ordonna de faire préparer la salle de réception le lendemain dès la première heure, pour qu'il puisse y recevoir les notables de la ville et les petits fonctionnaires de l'administration du district qui viendraient lui présenter leurs félicitations. Il devait également faire préparer dans une autre cour du yamen des appartements provisoires pour le nouveau magistrat et sa suite. Une fois ces questions réglées, il se fit servir à dîner dans son cabinet particulier.

Tout le personnel du tribunal se réjouissait. Le sergent Hong, Ma Jong, Tsiao Taï et Tao Gan évoquaient avec excitation la vie à la capitale et projetaient pour le soir même un véritable festin dans la meilleure auberge de la ville. Les sbires débattaient joyeusement du montant exact de la prime qu'ils allaient recevoir.

Si tout le monde était heureux au tribunal, les gens du peuple ne tardèrent pas à envahir les rues aux abords du tribunal et à se lamenter sur le funeste sort qui leur enlevait un magistrat aussi juste et avisé.

Assis à son bureau, dans son cabinet particulier, le juge Ti entreprit de mettre de l'ordre dans ses dossiers pour son successeur.

Considérant la pile des boîtes de cuir que le premier scribe lui avait rapportées des archives, il ordonna aux domestiques de lui préparer davantage de chandelles. Il savait qu'une fois de plus la nuit serait longue.

POSTFACE DU TRADUCTEUR

I. Le texte chinois

Le titre chinois original de cet ouvrage est *Wu-tsé-t'ien-szû-ta-ch'i-an,* « Quatre grandes énigmes du règne de l'Impératrice Wu ».

J'ai fait usage de trois textes : *a*) d'une copie manuscrite chinoise en quatre volumes, de la fin du XIXe siècle vraisemblablement ; *b*) d'une petite édition lithographique en six volumes, publiée en 1903 par la Kuang-i Bookstore de Shanghaï et *c*) de la réimpression la plus récente et typographiée, collationnée par M. Hu Hsieh-yin, et publiée en 1947 en un seul volume, également par la Kuang-i Bookstore.

Les éditions imprimées *b* et *c* sont pratiquement identiques. Le texte de *a* est toutefois beaucoup plus condensé ; il y manque maints passages éloignés du sujet contenus dans *b* et *c*, certains chapitres sont réarrangés de manière plus logique. Ce manuscrit est rédigé d'une calligraphie médiocre, employant de nombreuses abréviations de caractères non autorisées. Etrangement, il ne recèle pourtant aucune erreur véritable : ainsi les erreurs de caractères figurant dans les textes *b* et *c* dans les noms de plusieurs personnages historiques n'existent pas dans *a*. Il semblerait que ce roman — comme la plupart des productions de ce genre — ait circulé de nombreuses années sous forme manuscrite uniquement, et que la version *a* soit l'œuvre d'un lettré, *b* et *c* étant fondées sur des copies manuscrites de qualité inférieure. C'est pourquoi j'ai choisi *a* comme texte de base pour ma traduction.

Ce livre compte soixante-quatre chapitres ; les trente premiers (que j'appellerai par commodité la 1re partie) sont consacrés aux tout débuts de la carrière du juge Ti et plus particulièrement à trois affaires criminelles résolues par ses soins ; les chapitres 31 à 64 (la 2e partie) décrit sa carrière à la Cour impériale. Dans les trois textes, ces deux parties sont très différentes, tant par le style que par le contenu. La première partie est écrite de façon assez concise et intelligemment composée. Le style de la seconde partie est au contraire prolixe et répétitif, l'intrigue maladroite et les caractères des nouveaux personnages mal décrits. En outre, tandis que la première partie est écrite avec une grande retenue, il se trouve dans la seconde divers passages carrément pornographiques, par exemple celui où sont décrites les relations de l'Impératrice Wu et du prêtre Huaï-i.

On s'apercevra en lisant attentivement les remarques introductives de l'auteur lui-même au chapitre premier que son résumé de l'ouvrage condense en quelques phrases les principaux événements décrits dans la deuxième partie. La phrase : « Des gens qui commettent des crimes afin de vivre jusqu'à la fin de leurs jours en odeur de sainteté » fait référence à la jeune femme de l'*Affaire du mystérieux cadavre ;* « Des gens qui commettent des crimes pour amasser des richesses » fait référence aux meurtres de Chao Li-huaï ; « Des gens poussés dans la voie du crime par des relations adultères » fait référence à Hsu Té-taï ; « Des gens qui meurent brutalement en absorbant un poison qui ne leur était pas destiné » fait référence à l'*Affaire de la jeune mariée empoisonnée* et enfin « Des gens qui par leurs plaisanteries attirent sur eux de graves soupçons » fait référence à Ho Tso-pin, protagoniste de la même affaire. Mais tandis que le contenu de la première partie est indiqué en détail, les trente-quatre chapitres de la seconde partie ne sont résumés qu'en une seule et brève phrase : « Des gens qui déparent le Palais du Printemps. »

A mon avis, cette dernière sentence est une interpolation et toute la deuxième partie une addition ultérieure, écrite par un autre auteur. Sur la base des données dont je dispose aujourd'hui, je suis convaincu que la première partie était en elle-même un roman original, portant comme titre

« Affaires criminelles résolues par le juge Ti », *Ti-kung-an*. Ce roman finit d'une façon tout à fait caractéristique des romans chinois : Yen Li-pen intercède auprès du Trône pour offrir une promotion au juge Ti ; la plupart des romans chinois ayant trait à la vie officielle se terminent dans une véritable débauche de promotions. D'après moi, un écrivaillon de peu d'envergure a ajouté plus tard les trente-quatre chapitres de la seconde partie et changé le titre, afin de rendre le livre plus attrayant pour le grand public. Car l'Impératrice Wu étant connue pour l'extravagance de ses aventures sentimentales, la mention de son nom dans le titre pouvait laisser croire qu'il s'agissait d'un ouvrage à caractère pornographique *. En outre, le titre « Quatre grandes énigmes du règne de l'Impératrice Wu » est inapproprié, et ceci d'autant plus que la deuxième partie ne décrit aucune sorte d'énigme mais présente seulement une version romancée de certains événements historiques.

La présente traduction n'offre donc que la première partie que je considère authentique, et qui constitue une histoire intéressante en elle-même.

Le héros de ce roman est le fameux homme d'Etat de la dynastie T'ang, Ti Jen-tsie (630-700) ; on trouvera sa biographie au chapitre 89 du *Chiu-t'ang-shu* et au chapitre 115 du *Hsin-t'ang-shu*. Il serait intéressant d'essayer de vérifier dans quelle mesure Ti Jen-tsie a eu quelque chose à voir avec les affaires criminelles relatées dans ce roman. Ses biographies officielles mentionnées plus haut font simplement état de la façon dont il résolut comme magistrat bon nombre

---

* Je possède dans ma collection personnelle un roman : *Wu-tsê-t'ien-wai-shih*, « Archives officieuses concernant l'Impératrice Wu », vingt-huit chapitres en deux volumes ; l'auteur signe d'un pseudonyme, *Pu-ch'i-shêng*, et il fut publié en 1902 à Shanghaï. C'est un livre pornographique écrit de façon fort vulgaire. Dans son célèbre catalogue des romans chinois *Chung-Kuo-t'ung-su-hsiao-shuo-shu-mu*, le bibliographe moderne Sun Kai-ti répertorie page 223 un autre roman pornographique au titre très légèrement différent *Tsê-t'ien-wai-shih* ; il ajoute qu'il n'a pas eu le livre entre les mains. Il n'y aurait rien d'étonnant à ce qu'une recherche approfondie révélât que ce *Tsê-t'ien-wai-shih* ou quelque autre roman pornographique plus ancien décrivant la vie sentimentale tumultueuse de l'Impératrice Wu est à l'origine de la deuxième partie du texte dont nous parlons.

d'affaires compliquées et libéra de nombreux innocents jetés en prison sur de fausses accusations ; ni ces biographies officielles, ni les histoires locales ou autres sources mineures ne livrent le moindre détail sur les affaires résolues par le juge Ti. Pour répondre à cette question, il faudrait faire une étude comparative de tous les célèbres romans policiers antérieurs. Il suffira d'ajouter ici que par exemple l'intrigue de la *Jeune mariée empoisonnée* et celle du *Mystérieux cadavre* se retrouvent dans d'autres romans policiers chinois anciens ; *cf.* plus loin les notes aux chapitres XXVIII et XXIX.

On peut trouver les neuf mémoires au Trône de Ti Jen-tsie dans le *Shih-li-chü-huang-shih-ts'ung-shu* (recueil de réimpressions établi par le fameux lettré Ch'ing Huang P'ei-lieh, 1763-1785), sous le titre *Liang-kung-chiu-chien.*

II. La traduction

En règle générale, il s'agit d'une traduction littérale ; mais ce livre étant plutôt destiné au lecteur non spécialisé qu'au sinologue, il y a cependant quelques exceptions.

Tout d'abord, j'ai tenu à supprimer tous les noms propres et de lieux qui n'étaient pas absolument indispensables à la compréhension du récit, afin de ne pas gêner le lecteur par une accumulation de noms inhabituels. Je citerai par exemple la seconde moitié du poème qui se trouve en tête du chapitre premier :

Traduit littéralement, le poème signifierait ceci :

Pour trouver l'équilibre entre la sévérité et la clémence,
pense au Prince Lü et à Tu Chou ;
Tout en étant sévère, garde-toi cependant des doctrines de Shên et de Han.

Le Prince Lü est l'ancien législateur qui a donné son nom à un chapitre du « Livre d'Histoire », et Tu Chou un législateur de la dynastie Han. Les philosophes Shên Pu-hai (mort en 337 avant J.-C.) et Han Fei (mort en 234 avant J.-C.) étaient partisans d'une doctrine plus ou moins totalitaire, extrêmement cruelle pour l'individu. J'ai traduit ces vers comme suit :

Tempérer la sévérité par la clémence, ainsi que le prescrivent nos législateurs.
Et éviter les extrêmes préconisés par d'artificieux philosophes.

En adoptant ce principe tout au long de ma traduction et en désignant les personnages secondaires par leurs fonctions plutôt que par leur nom, j'ai réduit le nombre des noms apparaissant dans ce roman, qui dans l'original était considérable, à près de deux douzaines.

Je dois ajouter que j'ai délibérément changé le nom de famille du surveillant du Village des Six Milles, Hu ; il devient donc Pang pour éviter la confusion avec le surveillant Ho de Houang-houa. De même ai-je changé le nom du marchand de soie assassiné, Hsü, en Liou, pour que le lecteur ne le confonde pas avec l'étudiant Hsu Té-taï.

Deuxièmement, j'ai omis à la fin de chaque chapitre la phrase conventionnelle dans tout roman chinois : « Si vous désirez connaître la suite, lisez le chapitre suivant », et également en début de chaque chapitre le résumé du chapitre précédent. On sait que cette coutume vient des conteurs populaires chinois, grâce auxquels s'est développé le roman. Cette même tradition veut que tous les chapitres se terminent, si possible, à un moment critique du récit, afin d'inciter les auditeurs à déposer leur sapèque dans la sébile ou de s'assurer qu'ils reviendront l'écouter le lendemain. J'ai donc supprimé ces redites, mais j'ai conservé la division en chapitres, ainsi que les deux lignes de sentences, propres à tous les romans chinois.

Troisièmement, j'ai parfois glissé une phrase explicative là où le texte chinois considère comme connue quelque situation particulière. A la fin du chapitre III, par exemple, le juge Ti part mener son enquête déguisé en médecin. J'ai ajouté la phrase : « Comme tout lettré, il possédait une solide connaissance des drogues et de la médecine, etc. » pour que le lecteur comprenne qu'il s'agissait là d'un déguisement des plus faciles. Un détective occidental ordinaire se trahirait immédiatement s'il essayait de se faire passer pour médecin.

Quatrièmement, j'ai considérablement raccourci le chapitre XXVIII. Dans l'original, le tribunal des Enfers était présent au grand complet dans la prison, et les sbires jouaient les rôles des démons secondaires. C'est un passage intéressant pour le lecteur chinois, familiarisé avec tous ces détails, qui, pour Madame Tchou, constituent une réalité effrayante. Mais la fidélité au texte aurait produit sur le lecteur occidental un effet de comique certain, contraire à celui recherché. Il ne figure plus dans cette scène que le juge Noir et ses deux assesseurs, les démons à tête de Bœuf et de Cheval.

Enfin, ainsi que je l'ai remarqué dans ma préface à cette traduction, l'auteur anonyme du XVIIe ou du XVIIIe siècle manifeste une parfaite insouciance quant à la fidélité historique. Il décrit la vie quotidienne telle qu'il la connaît et oublie allégrement que son récit se déroule sous la dynastie T'ang, près de mille ans plus tôt. J'ai laissé passer de nombreux anachronismes, par exemple lorsque le juge fait allusion au lettré de l'époque Song, Chao Yung, qui vécut entre 1011 et 1077, ou encore lorsqu'il fait allusion à Pékin comme à la capitale de la Chine. J'ai supprimé les anachronismes qui auraient pu contribuer à répandre des idées fausses chez les lecteurs occidentaux, ainsi la natte chinoise (imposée au XVIIe siècle par les envahisseurs mandchous, plusieurs siècles après la mort du juge Ti), et le tromblon qu'utilisent les sbires du tribunal.

D'autres petites modifications sont mentionnées dans les notes. J'espère que mes collègues sinologues comprendront que ces légers changements n'affectent en rien la restitution fidèle du style et de l'esprit de l'original chinois.

III. Littérature

A l'intention des lecteurs particulièrement intéressés par le roman policier chinois ainsi que par l'ancien droit criminel et la procédure judiciaire de la Chine, voici une liste succincte de quelques ouvrages abordant ces thèmes :

Ta Tsing Leu Lee, ou lois fondamentales du Code pénal chinois, traduit du chinois par Sir George Thomas Staunton, Londres, 1810. Les articles du code figurant dans les notes suivantes sont cités d'après cette traduction.

Notes and Commentaries on Chinese Criminal Law, de Ernest Alabaster, Londres, 1899.

Le Droit chinois, conception et évolution, institutions législatives et judiciaires, de Jean Escarra, Peiping, 1936. Bien que cet ouvrage traite essentiellement du droit chinois moderne, il comporte une excellente introduction historique.

The Office of District Magistrate in China, article de Byron Brenan paru dans « Journal of the North-China Branch of the Royal Asiatic Society », Vol. XXXII, 1897-1898.

Historic China and other sketches, de H.A. Giles, Londres, 1882. La seconde partie, « Judicial sketches », de ce recueil d'essais du célèbre sinologue britannique fournit nombre d'informations sur le sujet qui nous occupe. « The Penal Code », pp. 125-140, est un bon résumé des articles et de la teneur de ce code, agrémenté de commentaires pleins d'intérêt. Pp. 141-232, « Lan Lu-chow's criminal cases », on trouvera la traduction de douze affaires résolues par le fonctionnaire et lettré Lan Ting-yüan (nom de plume de Lu-chow, 1680-1733), alors qu'il était magistrat du district de Ch'ao-yang, dans la province du Kouantong. Ce sont d'authentiques affaires criminelles. Le juge Lan fait un récit fidèle de la manière dont il a élucidé certains crimes commis dans son district ; ces rapports sont donc assez différents des « romans policiers » ; ils ont été écrits dans le but d'instruire plutôt que dans celui de distraire.

Strange Stories from a Chinese Studio, de H.A. Giles, diverses éditions. Cet ouvrage est une traduction partielle du célèbre *Liao-chai-chih-i*, important recueil de nouvelles chinoises, aux péripéties étranges et surnaturelles. L'excellent traducteur y a joint de nombreuses notes sur les us et coutumes des Chinois.

Lung-t'u-kung-an, Novelle Cinesi tolte dal Lung-tu-kung-an e tradotte sull' originale Cinese da Carlo Puini. Piacenza, 1872.

Il s'agit là de la traduction italienne de sept affaires résolues par le juge le plus célèbre de la Chine ancienne, Pao-kung. Son nom complet était Pao Ch'eng (999-1062) ; il occupa une haute charge sous les Song. Ses exploits sont déjà mentionnés dans des recueils d'affaires criminelles aussi anciens que le *T'ang-yin-pi-shih*, écrit en 1211 par le lettré Song du Sud Kuei Wan-yung. Cet ouvrage, soit dit en passant, fut très populaire au Japon et servit de modèle à des recueils d'histoires criminelles tels par exemple le *O-in hi-ji* et le *To-in hi-ji* ; le sinologue japonais Yamamoto Hokuzan (1752-1812) a publié une réimpression très soignée du *T'ang-yin-pi-shih*.

Le *Lung-t'u-kung-an*, ce recueil d'affaires criminelles où figure le juge Pao, est en grande partie fictif. Il reste aujourd'hui le roman policier le plus populaire, et certaines pièces de théâtre célèbres sont basées sur des épisodes tirés de ce recueil.

Some Chinese Detective Stories, essai de Vincent Starrett, figurant dans son « Bookman's Holiday », publié en 1942, Random House, New York. Hormis quelques inexactitudes secondaires (dont certaines sont mentionnées dans ma note au chapitre XXIII), il s'agit d'une bonne étude du sujet, et, pour autant que je sache, la seule existant en langue anglaise. Il ne faut toutefois pas oublier qu'il existe un grand nombre de romans policiers plus anciens que ceux que mentionne M. Starrett. Il doit y en avoir plus d'une centaine. Bien que les érudits chinois et japonais ne se soient mis que très récemment à recueillir et à étudier les romans populaires chinois des XVIe, XVIIe et XVIIIe siècles, ils en ont déjà découvert un nombre impressionnant. On sait que les lettrés chinois de l'ancien temps considéraient tous les romans comme de la littérature d'un genre inférieur et, s'ils les lisaient avec plaisir, ils ne conservaient pas de tels ouvrages dans leurs bibliothèques. C'est pourquoi, aujourd'hui, nous devons rechercher ces romans dans les caisses des marchés chinois et au fond d'obscures librairies.

Il me semble qu'il serait intéressant qu'un de nos écrivains modernes de romans policiers s'essaie à composer un roman policier chinois à la manière des anciens. Le « modèle » en est fourni par le roman ici traduit, et l'on pourra trouver dans les ouvrages cités plus haut une grande variété d'intrigues typiquement chinoises. Qu'il soit possible d'écrire un bon roman policier qui soit également acceptable d'un point de vue d'érudit, Agatha Christie l'a prouvé avec *Death Comes As the End,* dont l'action se déroule dans l'Egypte ancienne.

IV. Notes

Chapitre III. La fonction de contrôleur des décès est très ancienne en Chine. Il nous est parvenu un intéressant manuel à l'usage des contrôleurs des décès, le *Hsi-yüan-lu,* « Archives de la Réparation des torts », recueillies vers l'an 1250 de notre ère. Une version française de cet ouvrage est parue dès 1780 dans *Mémoires concernant l'histoire, les sciences, les arts, etc., des Chinois,* volume IV, pp. 421-440, sous le titre *Notice du livre chinois Si-yuen.* H.A. Giles publia par la suite une traduction anglaise de l'édition augmentée de cet ouvrage datant de 1843, sous le titre « Instructions to Coroners » (dans *China Review,* III, et plus tard dans *Proceedings of the Royal Society of Medecine,* vol. XVII, Londres, 1924). Bien que ce vieux manuel chinois contienne certaines théories assez fantaisistes, il n'est pas dépourvu de remarques fort sensées et propose bon nombre de conclusions valables, basées sur une observation méticuleuse.

J'attire l'attention de ceux que cela intéresserait sur un petit traité indien sur le travail du contrôleur des décès, que l'on trouve dans un ouvrage en sanscrit du IIIᵉ siècle avant J.-C. Il s'agit du célèbre *Arthasastra,* volumineuse étude sur l'art de gouverner, rédigée par Kautilya. Le chapitre VII du 4ᵉ Livre, « Examination of Sudden Death », expose d'anciennes « Instructions aux contrôleurs des décès », exerçant en Inde. *Cf.* la traduction du Dr. R. Shamasastry, 3ᵉ édition, Mysore, 1929, pp. 245 et *sq.*

Chapitre IV. La Fête des Bateaux-dragons se déroule dans toute la Chine le cinquième jour de la cinquième lune, en mémoire d'un homme d'Etat du Ve siècle avant J.-C. qui se noya de désespoir parce que son souverain refusait d'écouter ses sages conseils. Les Bateaux-dragons sont des embarcations longues et étroites, dont la proue représente une tête de dragon et la poupe sa queue. Ils sont manœuvrés par cinquante à cent rameurs, au rythme marqué par un grand gong suspendu au milieu du bateau. Le vainqueur gagne un prix symbolique, et tous les équipages sont invités après la course par les membres les plus riches de la communauté.

Chapitre VI. Cf. Code pénal chinois, Art. CCLXXVI : « Toute personne coupable d'avoir violé une sépulture, de sorte que soit visible l'un des cercueils enterrés, sera condamnée à cent coups de bambou et au bannissement à perpétuité, à une distance de 3 000 milles. Toute personne qui, après s'être livrée à ce premier crime, entreprend d'ouvrir le cercueil et expose au grand jour le cadavre qui s'y trouve, sera condamnée à mort par strangulation, après avoir purgé la peine de prison prévue. »

Cf. le discours du juge au contrôleur des décès au chapitre VIII et son avertissement au fossoyeur au chapitre IX.

Chapitres VII et VIII. Le juge a pris de gros risques en arrêtant la veuve et en l'interrogeant sous la torture, sans preuve précise ; si elle se révèle innocente, il aura enfreint la loi à plus d'un titre. Je cite les dispositions du Code pénal :

ART. CCCCXX : « Les contrevenants de sexe féminin ne seront pas mis en prison, sauf en cas de crime capital ou d'adultère. Dans tous les autres cas, elles resteront, si elles sont mariées, à la charge de leurs époux, et sinon, à celle de leurs parents ou plus proches voisins qui seront, chaque fois que l'occasion se présentera, responsables de leur présentation au tribunal. »

ART. CCCXXXVI : « Si quelqu'un est accusé à tort de crime capital, et sur une telle accusation condamné et exécuté, l'accusateur sera lui aussi étranglé ou décapité, selon la manière dont la personne innocente aura été exécutée, et la moitié de ses biens lui sera confisquée. Si l'exécution de la peine de mort d'une personne innocente a été évitée par la découverte opportune de la fausseté de l'accusation, l'accusateur sera condamné à cent coups de bambou et au bannissement à perpétuité à une distance de 3 000 milles, et soumis en outre à un service supplémentaire de trois ans. »

ART. CCCXCVI : « Tout fonctionnaire du gouvernement, ou auxiliaire de celui-ci, qui, mû par rancune ou vengeance personnelles, met délibérément en prison un individu innocent sera condamné à quatre-vingts coups de bambou. Tout fonctionnaire du gouvernement, ou auxiliaire de celui-ci, qui, mû par une rancune ou vengeance personnelles, interroge délibérément avec violence un individu innocent sera, même s'il n'a pas en agissant ainsi blessé effectivement cette personne, condamné à quatre-vingts coups de bambou ; s'il est coupable d'avoir infligé par ce moyen quelque blessure, il sera condamné selon la loi sur les coups et blessures dans une rixe ; enfin, si mort s'ensuit, le magistrat hiérarchiquement responsable sera décapité. Les assesseurs, et autres officiers de justice impliqués dans l'affaire, s'ils ont agi en connaissance de l'illégalité de leur acte, subiront la même peine, à l'exception des cas de crimes capitaux, où ils bénéficieront d'une réduction d'un degré de leur peine. »

Ce dernier paragraphe explique les inquiétudes du chef des sbires au chapitre VIII.

Chapitre XIII. « Village Divin » : dans l'original, il s'agit de *Shuang-t'u-chai,* « Village de la Double Terre ». Le juge fait le rapprochement entre ce nom et le caractère *Kua* signifiant « divination » dans le poème, et qui contient deux caractères *k'u* « terre ». J'ai transformé ce nom en « divin », afin d'épargner au lecteur une fastidieuse explication sur l'art très chinois de disséquer à l'envi les caractères.

Chapitre XIV. L'art de la physiognomonie est en Chine une science particulière sur laquelle il existe une vaste littérature. Elle apprend non seulement à juger le caractère d'un individu d'après la forme de ses yeux, de ses sourcils, de ses oreilles, de sa bouche, etc., mais également à déduire de ces données son passé et son avenir.

Chapitre XV. « Turn-up Pass » : en chinois *ch'i-t'uan* « légumes verts ». Le vieux sbire confond avec *p'u-ch'i* qui signifie « châtaignes ». Ne trouvant pas en anglais deux mots suffisamment proches phonétiquement, j'ai choisi « Turn-up » et « Turnip ».

Le traducteur français a procédé de même avec « Navrés » et « Navets ».

Intermède. Les trois acteurs jouent les rôles de *tan,* la jeune fille, *shêng,* l'amoureux et *mo,* le vieillard. La scène chinoise ne possédant pas de coulisses et autres dégagements, les spectateurs sont censés imaginer tous les décors. Dans l'original, les airs des chansons sont indiqués.

La Fête des Fleurs était alors l'occasion d'une grande liberté de mœurs, les règles strictes concernant la séparation des deux sexes étant momentanément suspendues. La fleur de prunier est riche en allusions sexuelles ; *cf.* mon ouvrage *The Lore of the Chinese Lute* (Tokyo, 1940), p. 143.

Les chandelles rouges mentionnées dans le chant de la jeune fille font allusion aux grandes chandelles rouges allumées lors des mariages.

Pour une interprétation plus poussée de cet intermède, voir les notes des chapitres XXVII et XXVIII.

Chapitre XIX. Cf. Alabaster, *op. cit.,* p. 103 : « Le droit chinois considérant comme très importante la perpétuation de la lignée familiale, il permet généralement à un contrevenant d'échapper aux conséquences de sa faute — souvent en voyant sa peine commuée en amende — s'il est l'unique soutien de famille. La clémence s'étend à la plupart des catégories de fautes, et semble-t-il même aux cas d'homicide. Apparemment cette clémence ne va pas jusqu'aux cas d'homicide volontaire, et certainement pas jusqu'aux crimes les plus graves comme la trahison ; mais en ce qui concerne l'homicide volontaire, on peut se demander si un motif aussi puissant ne prévaudrait pas en toutes circonstances. » Dans cette affaire, toutefois, le juge décide qu'aucune clémence ne sera accordée.

Le cas du surveillant de village est plus compliqué. Bien qu'il ait effectivement dit que l'aubergiste avait commis le double meurtre, il l'a fait la première fois pour lui soutirer de l'argent, et la deuxième fois pour justifier sa conduite devant le juge. Il n'a pas porté d'accusation contre l'aubergiste, et si ce dernier n'avait pas protesté, le surveillant aurait certainement déclaré au tribunal que le meurtre avait été commis par un inconnu. C'est probablement pour cette raison que le juge le relaxe avec les cent coups de bambou prévus par le Code, ART. CCCXXXVI (voir plus haut), sans le bannissement à perpétuité ni les trois années de service supplémentaires ; mais le juge lui inflige une seconde correction, puisqu'il avait également produit un faux rapport et déplacé les cadavres.

Chapitre XXIII. Vincent Starrett, *op. cit.*, p. 20, a souligné la similitude de cette solution avec celle d'une histoire de Sherlock Holmes, « The Speckled Band ». En comparant le résumé qu'a fait M. Starrett de l'*Affaire du mystérieux cadavre* et de la *Jeune mariée empoisonnée* avec le récit complet ici traduit, on remarquera que le premier comporte quelques inexactitudes. Dans la première affaire, ce n'est pas le juge qui effectue une fouille sous la couche, mais un de ses lieutenants ; et ce n'est pas l'amant qui commet le crime mais la veuve Tchou. Dans la seconde affaire, seule la fiancée meurt, et non « un certain nombre de personnes ». Ce ne sont que des points de détail qui n'affectent en rien la thèse de M. Starrett.

Chapitres XXVIII et XXIX. Le thème du clou se retrouve dans plus d'un roman policier chinois ancien ; je mentionnerai par exemple le *Shih-kung-an*, « Affaires criminelles résolues par le juge Shih ». Ce juge était un célèbre fonctionnaire et lettré Ch'ing, Shih Shih-lun (1659-1722) ; on trouvera un récit succinct de la façon dont il résolut un meurtre identique à celui de Pi Hsun dans le livre du Rev. Macgowan *Chinese Folklore Tales* (Londres, 1910), sous le titre « The Widow Ho ». Dans la *China Review* de 1881 (volume X, pp. 41-43), G.C. Stent donne le résumé en anglais d'un autre meurtre commis par ce moyen, sans toutefois indiquer sa source originale chinoise. Ce récit a pour titre « The double nail murders » et offre une intéressante variation sur le même thème. Lorsque le contrôleur des décès se révèle incapable de découvrir la moindre trace de violence sur le cadavre d'un homme, sa propre épouse lui suggère de rechercher un clou. Après que le juge a confondu, grâce à cette preuve, la veuve de l'homme assassiné, il fait également comparaître l'épouse du contrôleur des décès, sa connaissance d'un moyen criminel aussi inhabituel lui paraissant suspecte. Il apparaît alors que le contrôleur des décès est son second mari. On exhume le corps de son premier époux, dans le crâne duquel on découvre un clou. Les deux femmes sont exécutées.

La peine infligée à Hsu Té-taï peut paraître au lecteur d'une sévérité disproportionnée. Mais le droit chinois tient pour très grave l'adultère avec une femme mariée et la complicité de meurtre. En outre, la strangulation, bien qu'en réalité beaucoup plus douloureuse et cruelle que la décapitation, est considérée en Chine comme la peine de mort la plus douce, car le corps de la victime n'est pas mutilé ; selon une très ancienne croyance chinoise, l'âme d'un mort ne sera en paix dans l'Au-delà que si son corps est enterré sans qu'il ait été porté atteinte à son intégrité. Le processus de la strangulation consiste à « relâcher trois fois et resserrer trois fois », autrement dit le bourreau fait deux fois suffoquer sa victime et l'étrangle réellement la troisième fois, au moment où il serre le nœud. La peine de Hsu Té-taï est adoucie par la décision que la mort survienne la première fois que le nœud a été serré.

L'exécution dite par « mort lente », *ling-ch'ih,* est la peine de mort la plus rigoureuse du droit chinois. C'est le châtiment réservé à la haute trahison, au parricide et aux femmes coupables d'avoir assassiné leur époux. Le bourreau exécute le coupable en lui découpant le corps en lamelles et en morceaux, procédé atroce qui, paraît-il, dure des heures. Aux yeux des Chinois, le fait que le corps soit mutilé de telle façon est aussi monstrueux que l'insoutenable douleur infligée ; car ainsi pour la victime tout espoir d'une vie dans l'Au-delà s'évanouit. Les cas d'exécution de ce supplice avec toute la rigueur requise semblent toutefois relativement exceptionnels ; il est généralement, comme dans le cas de la veuve Tchou, adouci de sorte que la victime est tout d'abord tuée puis découpée en morceaux.

En ce qui concerne la culpabilité du Docteur Tang et de Madame Pi, tous deux auraient pu être sévèrement punis, dans la mesure où le droit chinois tient le chef de famille pour responsable des crimes commis par l'un de ses membres, et le tuteur *in loco parentis*. Ni l'un ni l'autre cependant ne sont poursuivis davantage en justice, parce que le juge s'aperçoit que tous deux ignoraient ce qui se tramait sous leur toit ; par ailleurs, le Docteur Tang possède des diplômes très élevés, ce qui constitue déjà un motif légal de clémence ; quant à Madame Pi, sa bêtise la sauve.

Tout cela montre clairement la marge de manœuvre que laisse le Code pénal à la discrétion du juge.

Après les deux confessions relatées aux chapitres XXVIII et XXIX, nous comprenons mieux le sens de l'Intermède : la jeune fille est naturellement la veuve Tchou, et l'amoureux, son amant Hsu Té-taï. Leur conversation indique que Hsu n'est pas aussi attaché à sa maîtresse qu'elle ne l'est, et qu'elle prend intimement conscience de cette réalité. Elle fait allusion à ses ennuis avec le juge, « l'homme cruel à la maison », mais Hsu ne réagit pas à ses lamentations. Cette étrange saynète, truffée de double sens, ne tient compte d'aucune notion de lieu ni de temps. Il me semble donc que le troisième personnage, le vieillard, représente Pi Hsun, le mari assassiné. Cet intermède est le seul passage du roman qui nous éclaire sur ses relations avec sa femme. Il est visiblement très épris d'elle, c'est lui qui réagit à ses plaintes, et non Hsu. Et devons-nous supposer que devant son désir d'« y aller tous les trois », Pi Hsun soupçonne déjà l'intrigue de sa femme avec Hsu, mais l'aurait pardonnée pour la retenir auprès de lui ? Je laisserai aux psychanalystes le soin de trancher cette question.

R.H. V. G

BIBLIOGRAPHIE DE ROBERT VAN GULIK

URVACI, A DRAMA OF KALIDASA, traduit du sanscrit, avec une introduction et des notes critiques sur le texte, La Haye, 1932.

HAYAGRIVA, l'aspect mantrayanique du culte du cheval en Chine et au Japon, avec une introduction sur le culte du cheval en Inde et au Tibet, Leyde, 1935.

MI FU ON INKSTONES, traduction du Yen-shih, avec introduction et notes, Pékin, 1938.

THE LORE OF THE CHINESE LUTE, essai sur l'idéologie Ch'in. Monumenta Nipponica Monographs, Tokyo, 1940.

HSI K'ANG AND HIS POETICAL ESSAY ON THE LUTE, Monumenta Nipponica Monographs, Tokyo, 1941.

SHUKAI-HEN (description de la vie dans la colonie chinoise de Nagasaki durant la période Ch'ien-lung) traduit de l'original chinois en japonais, avec introduction et notes en japonais, Tokyo, 1941.

SIDDHAM, AN ESSAY ON SANSKRIT STUDIES IN CHINA AND JAPAN, Nagpuz, Sarasvati-Vihara series XXXVI, 1956.

T'ANG YIN PI SHIH, PARALLEL CASES FROM UNDER THE PEARTREE, traduit du chinois, Leiden, Brill, 1956.

TUNG-KAO-CH'AN-SHIH-CHI-KAN (écrits du Maître Tung-kao, moine loyal de la fin de la période Ming). En chinois, Chungking, 1944.

LA VIE SEXUELLE DANS LA CHINE ANCIENNE, Gallimard, 1977.

LISTE DES ILLUSTRATIONS

TABLE

TROIS AFFAIRES CRIMINELLES RÉSOLUES PAR LE JUGE TI

(Dee Goong An)

Du même auteur
aux Éditions 10/18

MEURTRE À CANTON, n° 1558
LE PAVILLON ROUGE, n° 1579
LA PERLE DE L'EMPEREUR, n° 1580
LE MOTIF DU SAULE, n° 1591
TRAFIC D'OR SOUS LES T'ANG, n° 1619
LE PARAVENT DE LAQUE, n° 1620
LE SQUELETTE SOUS CLOCHE, n° 1621
MEURTRE SUR UN BATEAU-DE-FLEURS, n° 1632
LE MONASTÈRE HANTÉ, n° 1633
LE MYSTÈRE DU LABYRINTHE, n° 1673
LE COLLIER DE LA PRINCESSE, n° 1688
ASSASSINS ET POÈTES, n° 1715
L'ÉNIGME DU CLOU CHINOIS, n° 1723
LE FANTÔME DU TEMPLE, n° 1741
LE SINGE ET LE TIGRE, n° 1765
LE JUGE TI À L'ŒUVRE, n° 1794
▶ TROIS AFFAIRES CRIMINELLES RÉSOLUES PAR LE JUGE TI, n° 1917
LE JOUR DE GRÂCE, n° 2294

Si vous désirez être régulièrement tenu au courant de nos publications, merci de bien vouloir remplir ce questionnaire et nous le retourner :

Éditions 10/18
c/o 10 Mailing
29, rue Claude Decaen
75012 Paris

NOM : ------------------------

PRENOM : ------------------------

ADRESSE : ------------------------

CODE POSTAL : ------------------------

VILLE : ------------------------

PAYS : ------------------------

AGE : ------------------------

PROFESSION : ------------------------

TITRE de l'ouvrage dans lequel est insérée cette page :

Trois affaires criminelles résolues par le Juge Ti, nº 1917

Impression réalisée sur Presse Offset par

BRODARD & TAUPIN

GROUPE CPI

La Flèche (Sarthe), 16461
N° d'édition : 1818
Dépôt légal : mars 1988
Nouveau tirage : décembre 2002

Imprimé en France